U0003182

從時事、熱門台劇、韓劇到經典電影，認識日常裡無處不在的語言學，

探索人類思考與互動背後的奧祕

# 語言學家

## 看劇時在想什麼？

謝承諭、蘇席瑤 —— 著

# 推薦序

# 當戲劇遇上語言學

文◎江文瑜（臺灣大學語言學研究所教授）

　　為了替《語言學家看劇時在想什麼？》這本書撰寫推薦序，我有幸在它正式問世前得以閱讀出版前的草稿。本書透過影視劇的穿針引線來介紹語言學，尤其是社會語言學／語言社會學的概念，也包含了與社會語言學／語言社會學比較有交集的「語用學」和「譬喻研究」。全書以日常生活可以觸及的語言現象介紹語言學的重要研究發現與如何應用於生活中，避開艱深的理論論述，內容有趣可讀性高。其中的影視語言主要涵蓋臺灣語言、日語、韓語、英語、東南亞語言，可以說都是與臺灣民眾比較能親近的語言，相信讀者讀來會有種「原來語言學與我們如此接近」的感觸。

　　多年來，我一直期待有像《語言學家看劇時在想什麼？》這類的書籍能在學術機構以外的出版社出版，因此我接下來想透過以下幾點來說明本書的一些的貢獻。首先，這本書透過影視作品連結語言學，是極佳的學術科普化的方式，讀者很容易從書頁中快速吸收語言學知識，遍嘗語言之多面向趣味。由於我自己是影視劇愛好者，這種連結深得我心。小時候我的阿公就經常帶我去電影院看電影，加上小學一年級那年家中購買了一台黑白電視機，我從此迷上歌仔戲、布袋戲、與各種連續

劇。這種喜好讓我在進入大學教書後，在我所教授的各種課堂上，經常以多媒體，包括流行音樂、電視劇與電影作為教材。從二○一八年起，我陸續在臺灣大學開設社會語言學／語言社會學的相關課程，從研究所的「語言與社會」、「臺灣語言與社會」、和「臺灣多語社會的形成與建構」到大學部的通識課程「臺灣語言與社會」，在這些課程中我都經常使用戲劇中的語言來說明語言學概念和臺灣的語言現象。這本書介紹的不少影視作品，例如《海角七號》、《KANO》、《賽德克‧巴萊》、《異星入境》、《幸福路上》、《斯卡羅》、《茶金》……都曾是我課堂上用來引發學生興趣的元素。我深刻感受到使用電影或電視劇作為媒介，在教學中能讓學生快速感到共鳴，因為戲劇中的動人故事永遠最吸引人。當我們沉浸在戲劇中，經常變得忘我，倘佯在另一個我們熟悉或不熟悉的世界中，分享著情緒的起伏。我常告訴學生說，小說、電影與電視劇能彌補我們有限生命的經驗，在故事的鋪陳中，我們經歷冒險與探索，也跟著帶動心靈的成長。我在《故事如何改變你的大腦？透過閱讀小說、觀看電影，大腦模擬未知情境的生存本能》書中，找到類似的說法，而作者更把「說故事」這件事理論化，透過腦神經醫學、心理學研究和實驗，闡述他對於「故事」的新觀點：亦即故事不應只如傳統中所認為的是休閒娛樂，人類其實自古以來就透過故事來強化對未知情境和事件的反應，也就是「說故事」是人類的生存本能和演化不可或缺的一部分。由此來看《語言學家看劇時在想什麼？》，那些架構起故事元素的語言使用，或許更可看成是成就我們生命深刻經驗的最基礎核心。我想人類的語言從遠古時期在漫長的時間中不斷演化，應該與

人類不斷想要透過語言傳遞故事有密切關係，更多的聲音與詞彙隨著故事的發展需要不斷地被創造，語言結構也需要逐漸愈來愈完整精細才能架構更精采的故事。故事裡當然也少不了模擬人類的對話，而人與人之間的對話接觸，經常又碰撞出新的語言火花。

　　我們可以這樣說，影視作品的語言是導演心中對於角色該如何說話的「語言想像」，某種程度可以視為語言鑲在文化背景下的「集體意識」（導演自己所投射）的一個呈現。不過，一般人在看影視節目時，往往多專注於故事該如何發展，也忙著看字幕，經常會忽略劇中的語言表現，鮮少分析語言裡到底存在什麼。這時，語言學其實能提供非常重要的資訊，讓我們得以知道該如何將以往單純對語言做直覺的反應，提升到更細緻地分析語言的深層意義和語言所扮演的社會與認知角色，例如語言選擇、語言與身分認同……等等的繽紛面向，而這本書正是符合了這種彌補語言知識缺口的需求。

　　值得注意的是，雖然影視作品可以作為語言學的極佳語言材料的來源，但也同時可能呈現錯誤的語言表現，我簡單以下面四點做說明：(1) 當影視劇（尤其是歷史劇）有些角色所說的語言不是演員本來就會說的語言時，他們必須硬背台詞而容易產生不自然感，這確實是戲劇極難克服的部分。(2) 戲劇中的角色說出的語言不符合歷史背景。例如《茶金》中的某個男性主要角色的華語屬於「現代（標準）華語」。他在劇中的角色，應該是臺語母語者，加上他受到日語教育，即使說華語至少也需帶些臺灣或日語口音。又例如《斯卡羅》中飾演十九世紀蘇格蘭醫師萬巴德的演員卻來自加拿大，說一口加拿大口音

的英語，並沒有更改他的口音至英國腔。(3) 由於戲劇效果，有時戲劇語言必須扭曲語言真實，這會造成錯誤的語言呈現。例如《斯卡羅》中的清國官員劉明燈竟然以流利英語與美國官員李仙得對話無礙，這從歷史來看應該是錯誤的，而就算他能說英語（可能性很低），也由於他有官階，更不適合更改自己的語言去配合對方。但如果戲裡劉明燈說的每句話都需要由華語（當時的清國官方語）翻譯成英語，可能會失去戲劇效果，也讓觀眾失去耐心。(4) 影視作品也可能強化既定的刻板印象，但此刻版印象不一定真實。例如，以往的西方科幻片中的外星人大多說英語，我相信讀者都可想像這應該不是事實，只是因為英語是當今的霸權語言才會如此呈現。直到《異星入境》中的外星人以視覺化的書寫方式突破以往的既定印象，才提供了另種外星人語言的另類可能。

從以上幾點來看，影視作品的另個作用是提供公眾一個用來檢視並討論各種場域（尤其是歷史劇）所說出的語言是否符合事實的重要平台。或許大家會覺得上述第二點的部分很難克服，但我想到《航站情緣》裡面的湯姆漢克斯所飾演的東歐人，當他前往美國途中，他的國家被反政府組織推翻，於是落地美國後護照失效，也由於這個處境發生了一連串意想不到的故事。戲裡他飾演的角色被設定為原本不會英語，後來可以說一些英語。他在劇中非常敬業地模擬來自東歐人說英語的口音，製造非常成功的戲劇效果。克服第二點的另一個例子是日本人在製作歷史大河劇時，往往考據歷史當時的語言，因此劇中演員仍必須說出與現代日語非常不同的句子，這些戲劇經驗或許都可提供臺灣未來的戲劇參考，讓我們的影劇作品真正落

實以語言呈現歷史的意義。由於臺灣特殊的歷史背景，臺灣的教育曾長期強調「中華民國史觀」，這個史觀以過去的中國歷史連結一九四五年後的臺灣歷史，造成不少民眾對於臺灣這塊土地的歷史（尤其是一九四五年前）極為陌生。因此我期待任何臺灣歷史劇的出現，都是人民重新認識歷史與語言互動的好機會。讀者若對於歷史脈絡下的臺灣語言特別感興趣，本書的第三部「臺灣語言的今與昔」可以作為一個閱讀出發點。

　　這本書帶來的第二個重要貢獻是推廣語言學讓更多大眾知道這個學科的內涵。「語言學」對於不少的臺灣人來說，仍是陌生的名詞與學科，對於語言學的認知更停留在非常粗淺的階段。這當然也與臺灣的大學部沒有語言學相關科系有關。大多數的大學部語言學課程附著在外文系、中文系、臺文系、人類學系或臺灣語言相關科系下，使得語言學豐富而龐大的知識，無法讓多數的大學生得以接觸。再加上，過去幾乎一個世紀以來，較為抽象的、抽離社會因素的西方「形式語言學」仍占據語言學教科書的主流，讓許多原本對語言學感興趣的人望而卻步。這個學派有其重要貢獻，將語言形式與結構視為各種規則的呈現，如同科學般地將語言切分得如生物學的分子一樣細小，也需要如數學般地，可以寫出規則與預測結構，但其缺點是嚴重忽略語言是在社會互動下所形成的產物，因而忽略語言非常重要的社會意義。要彌補形式語言學的缺點，社會語言學／語言社會學是一帖良方，在我的教學經驗中，相較於比較談論形式的「語音學／音韻學」、「構詞學」、「語法學」、「語意學」，著重語言與社會關係的社會語言學／語言社會學很容易受到學生的共鳴，因為一旦語言被放在有社會情境的狀況下討

論，許多語言現象都比較能清楚地呈現。這本書就是在這樣的組織下寫成，舉凡語言與社會階級的關係、語言的刻板印象、校園語言、語言的稱呼、語言的弦外之音、語碼轉換、語言的性別差異、語言與性別認同、臺灣語言的歷史、語言轉移、原住民語言的瀕危現象、日語與漢語的互動、新語言的誕生、語言裡的情緒密碼、語言與未來、語言與音樂互動、語言如何影響思維等，將生活中的語言現象盡量收入，每章還有「想一想！生活中的語言學」、「延伸閱讀與參考書目」的單元，讓人可以輕鬆地與生活周遭的語言現象結合，可以說是開啟目前市面上的臺灣語言學科普書的一個極佳里程碑。

第三個貢獻，是我個人希望這本書能喚起臺灣民眾對於臺灣這塊土地各種語言的關心，並一起努力復振面臨語言消頹的各種語言（參見第十一章）。雖然臺灣各種語言（台語、客語、原住民語、臺灣手語、華語和馬祖語等）已經在《國家語言發展法》中都被稱為「國語」，但多數民眾仍習慣只稱呼「臺灣華語」為「國語」。華語以外的臺灣語言面臨瀕危的狀況已經有許多學術論文與書籍在討論，也是臺灣人必須共同面對的議題。大家在看到語言扮演如此重要的角色時，應該可以感受到語言的消失對於一個社會是多大的損失。我多年來不斷透過各種方式，包括我的課程，不斷強調「語言轉型正義」的重要。「語言轉型正義」或許聽起來比較嚴肅，我期盼這本比較以輕鬆方式呈現語言可愛面的書，能提供大家重視語言是珍貴的人類的資產與臺灣獨特歷史下的產物。

最後，我要恭喜兩位作者（席瑤教授與承諭教授）完成了這本書。席瑤教授曾在她的大學階段來旁聽我的「語言與社

會」課程，我當時就感受到她對於語言的熱情與對語言觀察的高度敏銳性。她後來赴美留學研究社會語言學／語言社會學，學有所成。回到臺灣後，她致力於社會語言學／語言社會學的研究與推廣，我很高興看見她努力耕耘的豐碩成果。承諭教授畢業於臺大語言學研究所，拿到博士學位，是我們研究所過往極優秀的人才。他過去曾修過我的必修課，當時我就注意到他的研究潛力與博聞好學。現在兩位教授努力共同交織出來的有趣成果，我高度推薦給大家來閱讀，相信你們一定會有滿滿的收穫與感動。

# 一本我很想寫的語言學科普書

文◎何萬順（東海大學外文系講座教授）

接到麥田出版寄來的邀請信時，書名《語言學家看劇時在想什麼？》立刻讓我有了會心的一笑。再看了一下作者，是蘇席瑤和謝承諭，就立刻回信答應了。因為謝承諭近年來在年輕語言學家中嶄露頭角，頗受矚目，而蘇席瑤更是臺灣重中之重的社會語言學家。兩人且曾是師生，一脈相傳又跨世代，是極佳的組合；而且兩人性別平衡，這在社會語言學的論述上是很重要的，不信的話，你看這本書的第七章。

書名會讓我心有戚戚會心一笑，是因為我從來沒辦法好好看劇，總是得分心去分析一下其中的語言，有時還禁不住邊看邊做筆記。上課時或是在論文裡也經常拿一些這樣的例子作為解釋的材料。各位想想，要在真實的社會情境中觀察各式各樣的語言表現，是多麼不容易，可是電視電影的萬花筒提供了一個絕佳的捷徑，開啟了一扇扇讓我們可以偷聽、偷窺的窗。這本書的兩位語言學家把他們系統性的偷窺結果娓娓道來，十分過癮。

我自己最津津樂道的例子是，最近十幾年我的一個研究主題是分類詞，例如，英文的「three apples」在「國語」（語言學界稱之「臺灣華語」，請見本書第九章）裡可以是「三

『粒』蘋果」、「三『顆』蘋果」或「三『個』蘋果」，但不會只是「三蘋果」，需要一個分類詞。但是二〇一一年的某一天，我弟弟送了我《非誠勿擾》和續集《非誠勿擾2》的兩張CD。語言學家開始看劇，沒多久聽到一句「你要想找一帥哥就別來了」，「一帥哥」？很訝異，以為聽錯了，馬上倒回去再聽一次，沒聽錯，繼續看，陸續又出現了「一錢包」、「一仙女」、「一小白臉」、「一徵婚廣告」、「一男的」。一發不可收拾，劇情根本不看了，一直做筆記。最終統計結果，電影裡的普通話該用分類詞而省略的超過四分之一。這給了我對分類詞的分析很重要的啟發。二〇一六年暑假去美國講學，在回臺的紅眼班機上睡不著覺，一不小心點播了《老炮兒》這個電影，又發現在北京話裡分類詞省略的更多，這又給了我新的靈感。對這議題有興趣的讀者可以搜尋一下國科會贊助的平台《人文‧島嶼》上的「熱門文章」，專做科普。

科普的文章是不是有趣很重要，是不是接地氣更重要。作為唯一一本從電視電影切入討論的語言學科普讀物《語言學家看劇時在想什麼？》兩者兼具，因為占盡了「看劇」的優勢。

八年前臺灣出現了第一本語言學科普的書《語言癌不癌？語言學家的看法》，把語言有沒有癌的議題吵得火熱。這書是我主編的，邀請寫推薦文字的學者專家之一是臺灣語言學的泰斗，中正大學語言學研究所講座教授戴浩一。我最喜歡戴老師的一點是熱情直爽、快人快語。他說《語言癌不癌？》這本書「也意圖把語言學以科普的方式介紹給社會，精神可嘉。這本冊子離理想的科普書雖然還有一段距離，但是的確有「拋磚引玉」的作用，值得大家一讀。」我相信戴老師看了《語言學家

看劇時在想什麼？》這本書會說，「玉」被引出來了。

　　所以，我最想講的感想其實是，《語言學家看劇時在想什麼？》會是我想寫的一本書，但是被蘇席瑤和謝承諭搶足先登了。我很羨慕，基於對語言學的熱愛，推薦給對語言好奇的你，也推薦給臺灣的語言學家們，希望這本書能「拋玉引玉」，勾引更多的語言學家出來做科普，破除種種瀰漫臺灣社會對於語言的迷思。

　　這是一本語言學科普的書，你可以在欣賞語言多樣的同時，學著如何分析種種的弦外之音，因此得到許多語言學上的知識，體會為什麼語言學是這麼有趣的科學。這本書還有一個很精采也很貼心的特色，作者在每一章的最後都還根據該章討論的議題，建議了延伸的閱讀與影片。所以這也可以是一本社會語言學的參考書。我也很可以想像在大學裡開一門與語言相關的通識課，就以這本書為題材，整學期就是看劇討論。嗯，我好像有點心動了。

## 自序

# 語言學家在做什麼？

文◎謝承諭

語言學家的工作，原來是尋找隱藏在
日常對話裡的「箭頭」？

◆ 從一個商標的巧思看語言學

◆ 語言學家在做什麼？

◆ 語言學家怎麼做研究？

◆ 如何讀這本書？

皮克林上校：我能問問您是怎麼猜到我的出身嗎？

希金斯教授：單純憑語音學猜到的，那是種話語的科學。是我的專業，也是我的興趣。

皮克林上校：那是個可以維生的工作嗎？

希金斯教授：喔，是的，非常可以維生的工作。

《窈窕淑女》

班克斯博士：所以首先，我們要確認七足族了解什麼是一個「問題」。好，也就是問題的本質是在尋求資訊，所以要有相對應的回覆。接下來，我們要釐清「特定的你」和「集體的你」之間的差異，因為我們不想知道為什麼甲外星人在這裡，而是為什麼他們所有人都降臨到地球上。

《異星入境》

　　我是一個語言學家。

　　聽到這句話的時候，你心裡浮現什麼想法？

　　有些人會認為既然是語言學家，那麼可能英文很好？很會挑別人語病？會很多語言？很會翻譯語言？比較有概念的人，可能會問：「你研究的是什麼語？」

　　大部分的人難以想像要怎麼「研究語言」，多半覺得語言學就是一門生冷的學問，離自己的生活很遠。我甚至跟我媽說：「如果有人問起你兒子博士班在讀什麼，你就回答『他在讀英文』就好。」因為語言學研究內容實在太過一言難盡。

## 從一個商標的巧思看語言學

　　語言學是什麼呢？在進一步解釋前，我想先從聯邦快遞（FedEx）的商標說起。請去 Google 一下聯邦快遞的圖片。你應該會看到一個由藍色的 Fed 和橘色的 Ex 組成的圖案。現在，請把目光放到大寫 E 和小寫 x 的中間，有沒有發現一個小小白色的箭頭？沒錯，那個可愛的箭頭很少人發現，但一直都在那裡，而且是設計的人特別擺進去的小巧思，為的就是要傳達聯邦快遞想要營造的核心形象：便捷迅速、使命必達。

　　語言學家的工作，常常就是要指出語言中這些無所不在，卻常受人忽視的「小箭頭」：為什麼明明講的是抽象的情緒，我們卻要說「高」興和「低」潮？為什麼我們明明是要別人幫忙，我們卻傾向用問句提出要求，而別人也明白我們要的答案不只是個「YES」？為什麼日本的男生和女生會用不同的方式來說「我」？為什麼有人講話會中英夾雜？為什麼我們會對這種中英夾雜的講話方式有時讚賞，有時厭煩？

　　這些現象背後的「潛規則」，都是語言運用裡一般人難以覺察、難以歸納的「小箭頭」，我們每天都會遇到，隨時都在使用，一旦這個「箭頭」歪了、不見了，又會馬上發現不對勁。尤其在學習另一個新語言的時候，我們更容易察覺語言不只是背單字、記文法規則而已，許許多多的「約定俗成」、不知道為什麼但就是必須存在的「小箭頭」，往往才是學語言的最大關卡。語言學家的研究內容就是不斷嘗試找出這些深埋在每個日常當中的差異、規律和原理。

## 語言學家在做什麼？

那麼，語言學到底在研究什麼？這個問題，如果你問不同的語言學家可能會得到非常不同的答案。有些語言學家志在追求語言的核心本質，希望找到一個抽象理型的方式，來呈現語言的規則。另一些語言學家相信語言不能從「語境」中抽離，因此不斷探索各種外在因素對於語言表現的影響。

有些語言學家，像是《異星入境》中的主角班克斯博士，會進到田野，和說特定語言的母語人士互動往來，藉由對話問答，整理出語言的特徵與規律；也有些語言學家則是設計實驗，利用科技與統計方法，釐清人類感知、處理、產出與學習語言的機制。有人用訪談，有人用問卷，最近也愈來愈多人使用不同性質、不同數量的語言資料，來進行質性與量化的分析。

我曾經在一本關於心理學的書中讀到，心理學系是個非常多元的系所，同一個系館每一層樓可能都像一個獨立的科系。當時讀到的時候很有共鳴，在語言學研究領域中，每一間研究室也就像是一個獨立的小天地，一個微型生態圈。

## 語言學家怎麼做研究？

如果要為各種研究方法與理論框架找到一個共同點的話，也許可以把語言學定義成：**用科學化、系統性的方式，研究語言及相關現象的學科。**

這個定義聽起來很「教科書」，不如就用「臺中腔」作為

**語境**：簡單來說，語境可以解釋成「語言使用的情境」，又可以細分為很多種，像是語言、物質、社會、文化的情境等等。這些情境會進一步影響到我們對於語言的理解和使用。以「電話」這個詞為例，如果語言上講「打」電話，就不會是指電話機本身。現代人講到電話，也從傳統的室內電話，延伸到線上的通話。這些都是語境帶來的影響。

例子說明。你聽過「臺中腔」這個說法嗎？臺中腔指的是某個年代之後，在臺中市以及附近地區長大的人所講的華語。據稱有一些特別的特徵，因為一些網路和綜藝節目的討論而廣為人知，很多諧星甚至會將這樣的新興腔調誇張化，藉此拿來製造笑點。

　　臺中腔到底有哪些特徵？這一點其實眾說紛紜。有人說「尾音會上揚」，有人說結尾會講「真的假的」，這些討論甚至上了新聞，但很少人真的去分析「臺中腔」是什麼，往往變成「一個臺中腔，各自表述」的情況。臺師大的許慧如老師就做了一個有趣的研究，用科學化的方法來探討這個議題。

　　許老師找了五十二個以臺灣華語為母語的年輕人作為發音人，一半的人十八歲以前居住在臺中和彰化地區，作為臺中腔或中部華語的代表；另一半的人則是在臺北或新北市長大，當作對照組，看看他們講的華語是不是和臺中彰化地區來的人講的不一樣。這兩組都唸了九十個中文的句子，中間夾雜了對比的字詞，像是「生活」和「生火」，以及不是研究重點的干擾句。許老師將這些發音念的結果，統統錄音起來，並用電腦軟體進行分析。

　　結果發現，中部地區的年輕人在華語聲調的發音上，的確和雙北地區的年輕人不一樣。整體而言，臺中腔高頻的部分，例如四聲的開頭和一聲，平均都比臺北腔低，也因此整體聲調的音域也比較集中、比較窄，大概可以想像是天花板比較低的樓層那種感覺。

　　當然，不是每個語言學家都是用分析錄音的方法來做研究，也不是每個語言學家都把研究焦點放在腔調的差異上。但

以許老師的研究為例可觀察到，語言學家的研究程序大致都是類似的：觀察現象、定義問題、產生假說、收集資料、分析資料、做出論證，檢驗論證。不論研究的是什麼主題，在每個步驟當中，語言學家都要不斷去定義自己要研究的內容，找到可以重製的研究方法，提出一些可以「反證」（falsify）的結論。

以上述臺中腔的例子來說，語言學家必須要先定義「什麼是臺中腔」，在許慧如老師的研究當中，臺中腔是以語音的方式呈現，而且是體現在聲調當中。為了要研究是否真的有臺中腔，她找了不同地區的人來錄音，再用電腦程式分析比較這些錄音。這個過程是可以被另一個人用同樣的方法再做一次的，也就是可以「重製」。最後分析出來的結果，無論是不是每個人都同意、都有一樣的感受，但至少是可以檢驗、反證的結論。如果不服氣，可以用同樣的方法，或其他方法推翻修正。

這個就是所謂「用科學化、系統性的方式，研究語言及相關現象」，換言之，語言學的研究，從定義到結論，都應該要符合科學程序與科學精神。

至於一般人在討論語言的時候，常會有「法語是最美的語言」、「德語是最科學的語言」或是「中文是最先進的語言」等言論，就是比較「不語言學」的發言。因為「美」、「科學」、「先進」很難有客觀定義，每個人都可以有自己的想法，也很難以系統性的方法去比較，更無法反證。

本書藉由介紹語言學，期待推廣用更為科學化的思維，來看待語言，讓我們在碰到一個語言或語言現象時，不再只侷限於個人感受和集體偏見，而是有機會用比較客觀持平的方式，看到其更加深入的本質與內涵。藉由這樣的方法，我們甚至可

以進一步探討與理解人們為何會對某個語言或語言現象，產生某種特定態度或觀感，解析背後更深層的機制與意義。

## 如何讀這本書？

這本書共十八章，兩位作者各負責一半的章節。每一章之間雖然有些關聯，在編排上也有一定的邏輯和連貫性，基本上彼此是獨立的，每一章會處理不太一樣的語言學議題，有時候是同一個大主題的不同面貌，有時候是好幾個相異但又相關的語言現象。從校園語言學、語言態度、語用詮釋、語言相對論這些大議題，到語言與不同的領域像是性別、性向、認知、情緒、音樂之間的互動，再到個別的語言或語言表現，像是稱謂、借詞、語碼轉換、臺灣華語、臺灣南島語、克里奧爾語以及人造語言等等。所以如果不想一章一章照順序讀，也可以挑自己有興趣的部分跳著看。

另外，每一章都會以影視作品或是新聞時事作為討論的觸發點，以便更清楚地呈現一些語言學反映或應用在藝術作品或實際情境中的例子。書中如出現較不熟悉的專有名詞，我們也會在頁面邊緣補充**語言學小知識**，讓讀者有機會更進一步認識語言學。

每一章的結尾是「**想一想！生活中的語言學**」，我們會提出與該章主題相關的討論問題和活動，讓讀者可以做一些延伸思考與觀察，如果有老師將這本書列為指定或推薦閱讀，也可以引導學生進行小組討論與實作。對相關議題有興趣，想要再多了解一些的讀者，也可以去看**延伸閱讀與參考書目**裡推薦的

影片、書籍及文章，得到更詳細的資訊。

　　藉由這些安排，我們希望能與國內過往多為翻譯引進的語言學科普書做出區別，為大多源自西方的語言學理論與研究，注入本土的色彩，將其放進臺灣的情境，讓讀者能用更為切身的題材與經驗來與語言學對話。

　　這是一本盡可能涵蓋多元主題，希望一般讀者能夠輕鬆入門的大眾語言學普及書，不是教科書也不是百科全書，因而難免割愛許多語言學概論裡的重點（例如語法分析），或是臺灣很重要的語言議題（例如臺灣手語）。書中提到的研究結果，未必是毫無爭議的唯一真理，理論上也絕對不是，但都是透過科學方法得到的研究結果，可以供人進行檢驗、加以反證。我們鼓勵讀者抱著反覆辯證、持續建構的科學態度，對於本書所呈現的語言學知識，都樂於懷疑與批判。如能更進一步提出自己的見解或理論，並且利用系統性的方法與實際具體的證據，推翻文獻中的說法，那就再理想不過了。

　　我們希望，讀者透過這本書，可以用語言學家的眼睛，看見身邊不為人知的神祕「小箭頭」，進而產生興趣，得以繼續探索這些奧祕背後的大千世界。希望讀者有機會理解：語言學不是敝帚自珍的象牙塔，語言學活在每一句電影台詞裡，每一段故事情節中，每一個與人互動的日常片刻。語言學是一種觀看世界的方法，一種挖掘生活全新面貌的態度。

　　最重要的是，語言學真的很有趣！

 **參考書目**

● 許慧如（2020）。〈「台中腔」──臺灣中部華語的聲調特徵及其成因初探〉，*Taiwan Journal of Linguistics*, 18(1), 115-157。

# 目次

# 第三部　臺灣語言的今與昔

第一部

# 語言與社會

語言不僅是我們在日常互動中不可或缺的工具，
更影響著我們的社會地位、給他人的第一印象，
以及對社交圈的認同感。

第一章

# 一開口就聽出你是淑女？還是俗女？
# 從《窈窕淑女》認識社會語言學

從社會階層來看我們的語言如何被影響

◆ 從《窈窕淑女》裡的語言學家說起

◆ 從鄉村到都會──社會語言學的興起

◆ 捲舌不捲舌，哪一個比較優雅？

◆ 紐約百貨公司四樓的祕密

◆ 俗女如何華麗變身？倫敦地方腔與標準英式口音

◆ 社會階層以外的其他因素

◆ 臺灣的特殊環境

---
**本章關鍵字**

#社會語言學　#社會語言變異　#方言學
#國際音標　　#社會階層　　#美式英文
#英式英文
---

# 從《窈窕淑女》裡的語言學家說起

語言學研究在做些什麼？我們可以先從由奧黛麗・赫本主演的經典歌舞片《窈窕淑女》講起。對於我們語言學研究者來說，這部電影最大特點在於，片中罕見地出現了一位語言學家的角色。

氣質優雅的奧黛麗・赫本飾演貧窮賣花女伊萊莎・杜立德，一出場就以其聒噪世俗的言行，吸引了語言學家亨利・希金斯教授的注意。希金斯教授與人打賭，只要經過適當的語言與儀態訓練，即使是像伊萊莎這樣粗俗的賣花女也能以貴族之姿，在上流社會社交場合與人平起平坐，而且不啟人懷疑。

這部問世超過半世紀的歌舞大片，在今日的眼光看來，難免有不合時宜之處：來自上流世界的紳士試圖「改造」市井女孩，這種階級意識和對性別分工的態度跟現今社會追求的平權思想顯得扞格不入，頗有點「直男癌」的味道。然而，如果抱持著認識「語言學家在做什麼」的角度來看，這部電影就顯得十分有趣了。

男主角希金斯教授是一名中年未婚的語言學家，更精確來說，是語音學家。他著迷於記錄各個地區的口音差異，甚至透過幾句對話就能猜出對方出身於何處。初次相遇伊萊莎時，他躲在柱子後方偷聽並記錄伊萊莎的口音；他鬼祟的行徑讓伊萊莎誤以為是祕密執行公務的警探，將對她不利，於是求爺爺告奶奶地找路人當靠山，哭訴自己的清白，大鬧了一場。希金斯教授只好表明自己語音學家的身分，亮出他的筆記。此時，觀眾會看到筆記本上一連串的音標符號，這些畫面上看到的符

號雖是虛構的，但是語言學家確實有一套通用的記錄聲音的符號，名為「國際音標」（International Phonetic Alphabet，簡稱IPA），是十分重要的語音調查工具。

身為語音學家的希金斯教授相當自豪於自己的辨音能力。一般人可能僅能聽出一個大區塊的口音，例如南部口音、北部口音等，但他對口音的分辨能力可以細微到以直徑六英里為單位。若在倫敦城內，則可到達以兩英里為單位，甚至以幾條街區為單位。例如，他從賣花女伊萊莎的口音，就能推知她來自於倫敦一條叫「里森格羅夫」（Lisson Grove）的街區；他也從幾句與友人的對話中，猜出對方曾經到過印度的經歷。這樣的能力，讓眾人為之驚訝。希金斯教授的辨音能力究竟是電影情節太過誇大，還是現實世界裡的語言學家真的能對口音做出如此細微精確的判斷呢？答案是，雖然電影確實誇張了些，但在某種程度上，語言學家確實可以辨識細微的語音差異。

## 從鄉村到都會——社會語言學的興起

西方語言學家從十九世紀就開始對歐洲語言與地區方言的分布產生興趣，這種研究稱為「方言學」（dialectology）。當時方言學家拜訪各個鄉鎮村落，試著找到一輩子都住在同個地方的男性作為這個區域的代表，並記下他們語言上的特徵，包括用詞，口音，語法等。之所以選擇年紀較大的男性，是因為當時的方言學家認為，女性比較容易因為婚姻而遷移流動，而年長者更能代表當地「純粹的」、「未被其他地方影響」的說話方式。

國際音標：是一套跨語言的記音工具。共含有一百零七個字母符號，三十一個標在字母上下方或側邊的附加符號，二十三個聲調標示及超音段標示。

但是這樣純粹以「地區」為目標的研究方式，到了遷移人口多、背景五花八門又龍蛇雜處的都會區，就產生了一些困難。這讓傳統的方言學家往往對都會區的語言狀況無法有太多著墨。這也是為什麼之前我們會說《窈窕淑女》的希金斯教授自稱「能以城市街區為單位的細微分辨」可能誇大了些。

　　從實際的語言學發展來看，一直要到了一九六〇、七〇年代，針對都會人口語言分布狀況，語言學家才開始找到較具系統性的研究方式。此時社會學量化研究蓬勃發展，「社會階層」（與收入、社經地位等相關）為社會學研究裡的一個重要變項。語言學家也借用了這個概念，想探索同一個都會區內，社會階層的高低與否也對語言產生了影響。而這也成為「社會語言學」（sociolinguistics）的濫觴之一。其中最有名的早期研究，是人稱「社會語言學之父」的威廉・拉博夫（William Labov）在紐約市所做的一系列研究。

## 捲舌不捲舌，哪一個比較優雅？

　　在談拉博夫著名的「紐約百貨公司研究」之前，我們必須先對美式英文的歷史有一些了解。若今天問大家，美式英文跟英式英文有什麼不同？相信許多人都會回答，美式英文會把字尾的「r」捲舌發出，英式英文則無。也就是說，同樣是「floor」這個字，美式英文與英式英文的字尾發音就會有所不同。這當然是個正確答案，但要注意的是，這原則僅適用於標準的美式英文和標準的英式英文（何謂「標準」，容我們之後再談）。實際上，並非所有的美式英文和英式英文都是如此。

想想看，如果光是在臺灣內部都有各地口音的差異了，比臺灣大七倍左右的英國，以及比臺灣大上百倍的美國，想必也是如此。

以美國來說，即便是到了今日，還是有些東岸城市，例如波士頓、紐約，當地土生土長的居民說話時，「r」的發音是沒有捲舌的，聽起來會有一點類似大家熟知的英式英文。早期這種有點像英式英文的「無r口音」，在美國被認為是優雅從容的象徵，這類「無r口音」在一九二〇、三〇年代的美國廣播中也很常聽到。例如，美國第三十二屆總統小羅斯福（Franklin D Roosevelt），他生於紐約上流社會家庭，若仔細聆聽他留存下來的影音，將會發現他的「r」發音就是沒有捲舌的。有趣的是，在第二次世界大戰後，這個趨勢逐漸反轉，捲舌的「r」音逐漸成為美式發音的主流，而紐約、波士頓這些城市的無r發音，逐漸成為「地方性發音」，漸漸地被認為是「在地的」、「不正式的」，不登大雅之堂的發音方式。

## 紐約百貨公司四樓的祕密

一九六〇、七〇年代的拉博夫觀察到「一般認為有r發音比較標準、高級，而無r發音較不正式或較低階」的趨勢，從而做了一系列「紐約百貨公司」研究。這項研究比較了三家價格定位高低不同的紐約百貨公司，其服務人員說話中捲舌發出「r」音的比例是否有差異？這個研究假設服務人員的說話方式會盡量趨向消費客群的說話方式。這三家百貨公司，至今還有兩家仍在營運，分別是：高階精品百貨薩克斯第五大

道精品百貨（Saks Fifth Avenue），與中階大眾型百貨梅西百貨（Macy's），另一家現已停業的克林百貨（S. Klein）以低價吸引客群，類似量販型大賣場。

這項研究是怎麼進行的呢？拉博夫非常有創意。他希望讓服務人員在不知道有人在研究他們發音的情況下，自然地說出「fourth floor」（四樓）這個詞。這個詞裡有兩個「r」，第一個「r」在「fourth」這個字的中間，後面還接了一個「th」（/θ/）子音，兩個子音相連，發音難度比較高；第二個「r」在「floor」的最後，發音相對容易。一個短短的詞就可以觀察到兩個「r」，十分經濟實惠。

問題是，要怎麼樣讓服務人員自發性地說出「fourth floor」呢？假設四樓販售男鞋，拉博夫會先到其他樓層，佯裝為逛街迷路的顧客，詢問工作人員男鞋部門在哪裡。服務人員就會回答「fourth floor」這個詞。然後，拉博夫會假裝沒聽清楚，工作人員就會再說一次。接下來，他會跑到工作人員看不到的角落，拿出筆記本，記錄剛才聽到的那兩次「fourth floor」當中共計四個「r」，發音是否捲舌。這個行為跟《窈窕淑女》中鬼鬼祟祟的希金斯教授是不是很像呢？

抽樣結果顯示，把四個「r」都完整捲舌發音的員工比例，在薩克斯第五大道精品百貨有百分之四十四，梅西百貨有百分之十六，克林百貨為百分之五。如果以「全部或部分的r有捲舌發出」來看，薩克斯第五大道精品百貨有百分之九十一的員工至少發出了部分的「r」，梅西百貨有百分之四十一，克林百貨則有百分之三十。

簡言之，這份數據證實了拉博夫的觀察和假設：愈高階

的百貨公司，紐約人用美式標準發音的「r」就用得愈多。反之，在愈平價的百貨賣場，員工採用紐約在地的無「r」發音的比例就愈高。這代表了，「r」的發音，確實跟社經地位息息相關。

除了紐約百貨公司研究，拉博夫還做了許多探討發音與社會階層關聯的紐約研究。這些在現在被稱為是第一波的「社會語言變異」（sociolinguistic variation）研究，開創了語言學研究的新局。過去方言學家無法以「地區差異」處理的都會區語言狀況，現在可以透過社會階層的差異來理解。

回到《窈窕淑女》這部堪稱「淑女養成記」的電影，平民伊萊莎和希金斯教授這些上流社會人士的口音和說話方式是如此不同，但真正的原因不是他們出生、成長於哪裡，而是社會階級的鴻溝。社會階級導致人們接觸、使用的語言都有極大的差異。按照希金斯教授的想法，伊萊莎的低階層語言讓她只能當個「俗女」，永遠待在社會階層的下緣而無法翻身，學習上流社會的語言，才有機會成為「淑女」，未來擁有更多可能。其實，語言本身並無優劣之分，只是社會價值會賦予某些語言、方言、口音不同的價值，有關於此我們之後討論語言態度時再議（詳見第二章）。

話說回來，伊萊莎和希金斯教授兩人的英語口音，有什麼具體的差別？

## 俗女如何華麗變身？倫敦地方腔與標準英式口音

希金斯教授的口音稱為「標準英音」（Received Pronunica-

**變異**：指的就是上述同個字有不同發音方式的現象，或是同個意思有不同表達方式的現象。

**社會語言變異**：泛指說話者因為受某些社會因素影響而在語言上呈現出細微的差異或變化。

tion）。伊萊莎的口音是「考克尼腔」（Cockney English），是倫敦東區及勞動階級的方言。考克尼腔有兩個明顯的語音特徵：一為「h」不發音。伊萊莎原來的口音是沒有「h」這個音的。

在電影中，她因為受不了希金斯教授的魔鬼訓練，於是唱了一首歌〈你等著瞧吧〉（Just you wait），想像希金斯教授遭到各種厄運報應。裡面重複出現的歌詞「Just you want, Henry Higgins」當中的「h」都是沒有發音的，這讓「Henry Higgins」聽起來類似「enry iggins」。希金斯教授為了讓伊萊莎能發出 /h/ 的音，做了多種訓練。包括讓她對著燭火說「哈，哈，哈」，體驗燭火因為發出 /h/ 這個音的氣流而忽明忽滅，接著又要她繼續練習「In Hertford, Hereford and Hampshire hurricanes hardly ever happen」（在哈特福，哈樂福，和漢普夏，幾乎從未有過颶風）這句有超多「h」的繞口令。

**音標標記**：在語言學的慣例上，/ / 記錄大致的發音（例如字典的音標屬於此類），[ ] 則記錄細節的發音（具體說出時的詳細發音）。

考克尼腔另一個語音特徵，是標準發音裡發 /eɪ/ 的音，在考克尼口音裡通常發成 [aɪ]。因此伊萊莎在片中的另一個練習重點，就是「The rain in Spain stays mainly in the plain.」（西班牙的雨水多半降在平原上）這句話，這一句練習的目標便是要將考克尼腔母音發音糾正為英式標準的發音。一直無法掌握正確母音發音的伊萊莎和希金斯教授，因此有了以下這段逗趣的對話：

希金斯教授：Now, try it again.（來，再試試看。）

伊萊莎：The rine in spine sties minely in the pline.

希金斯教授：The rain in Spain stays mainly in the plain.（西班牙的雨水多半降在平原上。）

伊萊莎：Didn't I sy that?（我不是這樣「縮」的嗎？）

希金斯教授：No, Eliza, you didn't "sy" that, you didn't even "say" that.（不，伊萊莎，你不是這樣「縮」的。你甚至不是這樣「說」的。）

我們將兩人發音的母音畫線強調，讀者可以念念看，以便比較兩人的發音差異。

## 社會階層以外的其他因素

社會語言學變異研究，既然有拉博夫為代表的第一波變異研究，就還有第二波跟第三波。第一波變異研究提供了我們較為宏觀的視野，以拉博夫為例，讀者得以了解紐約市「r」的發音與社會階層、社會結構之間的關係。而對於這些變異的認識，也可能有助於預測未來語言變化的方向。

約莫在一九八〇年代開始的第二波變異研究則更重視對所研究族群的長期觀察，以及研究參與對象自己如何理解各式的社會關係。例如英國語言學家蕾絲莉・米爾洛伊（Lesley Milroy）在北愛爾蘭貝爾法司特做的研究，並非像第一波研究一樣以社會階層為條件，由研究者將參與者做分類，而是觀察研究參與者的社會網絡，跟在地社群有多少互動與連結，將他們社會網絡的狀態連結到他們語言變異的狀況。米爾洛伊發現，同樣屬於勞動階級，其語言特徵也可能很不一樣。常常與在地社群互動的人，使用當地語言特徵的情況會更明顯；反之，與在地社群連結較少的人，使用在地特徵的狀況就會較

少，因此有可能標準發音會用得較多。這些研究發現，一個人的語言表現與其所屬社會階層並不一定有明顯關聯。

　　近期的第三波變異研究，則更加重視每個變異背後所代表的社會意義。以臺灣本土例子來說，二〇二一年五月十六日，在中央疫情指揮中心的記者會上，衛福部常務次長石崇良與部長陳時中，在提到「企業」這個詞時，「企」用了第三聲的發音（似「起業」），因而在社群媒體上引發爭議。爭議的焦點主要在於，許多人認為「起業」的發音是對岸普通話的進口發音（但實際上臺灣內部較早期應該也有這樣的用法）。僅只是一個字，三聲或四聲的發音，就足以引起討論，足見許多語音的變異是會引起某些聯想，並承載一些社會意義的。我們在第八章將提到的波德司瓦的語言與性相關研究也是第三波變異研究的例子。

## 臺灣的特殊環境

　　至於以臺灣的社會階層為主軸的語言變異研究，倒是比較少見。有學者認為，可能因為臺灣社會的群體認同的方式不太著重在社會階層上，省籍族群、政治傾向、教育程度相對受到較多的關注。美國社會語言學家布萊恩‧布魯貝克（Brian Lee Brubaker）在他的博士論文中，少見地把「社會階層」納為變因，進行臺灣語言變異的研究。他提出了這個問題：在現今的臺灣，大眾眼裡的「標準發音」和「不標準發音」到底為何？跟華語教科書裡的標準發音是不是有所差距？研究結果發現，現今臺灣民眾心中的標準發音，其實已經跟華語教科書裡面的

標準發音不大一樣了。

　　以「捲舌音」來說，臺灣大眾現在不常使用北京腔超捲的捲舌音，反而覺得這樣的發音過於正式、不自然。在許多正式場合裡，大家比較常發出介於捲舌和不捲舌的微捲舌音。大家可以觀察看看，現在臺灣的新聞主播捲舌音發得很捲的人已經很少了。不論世界各地，通常新聞主播都是當地認定的標準發音的指標人物。這個處在中間的微捲舌音，在實質上已經成為臺灣的標準發音。

　　布魯貝克的研究同時納入了「社會階層」這個變因，他以「職業類型」、「教育程度」和「收入」三者結合，綜合區分出社會階層的五大類別。結果並不令人意外：社會階層較高者，發出大眾認為的標準發音（例如上述的微捲舌音）的比例也高。社會階層較低者，發出大眾認為的不標準發音的比例也比較高，例如不捲舌，或者一些唇音相關的發音，例如「國」發「go」（[ko]）音，而非標準的「guo」（[kwo]）音，或「發」發「hwa」（[hwa]）音，而非標準的「fa」（[fa]）音。

　　本章談了語言的地域性差異、社會階層的差異、紐約英文，英式的標準發音和考克尼方言，以及社會語言學變異研究的發展脈絡。下一章，我們要來談一談標準語言的概念，和大眾對於語言的正負面態度，究竟從何而來？

## 💡 想一想！ 生活中的語言學

1. 在美國，「soda」和「pop」都可以用來指「汽水」，在某些地區，甚至把「coke」（可口可樂）當作所有汽水的通稱。這些詞彙使用是有地區性的，還有人根據調查結果畫出「汽水地圖」來。在臺灣（或其他你熟悉的地區）是否也有類似的地區性詞彙或發音？請身邊的朋友看圖說說看某一個詞（例如，拿著「番茄」的圖片，問朋友這個的閩南語是什麼？）猜猜看，他可能從哪裡來？

2. 拉博夫的百貨公司研究，讓店員在回答顧客問題的自然狀態下說出研究者想要聽的「fourth floor」，這是個很有創意的資料收集法。設定一個你想要收集的詞彙（例如，「芝山」可觀察捲舌與否，「景安」可觀察ㄣㄥ發音），想想看如何設計出一個讓人自然說出設定詞彙的情境。

## 延伸閱讀與參考書目

- 《窈窕淑女》（1964）。
- 葉韋辰（2021年5月16日）。〈陳時中、石崇良企業狂念「起業」 網友崩潰：〈一ㄟ業啦〉。TVBS新聞網。取自 https://news.tvbs.com.tw/life/1510541
- International Phonetic Alphabet（IPA）的介紹網站，網頁中附有聲檔的語音符號表，以及把中文詞彙轉成IPA的翻譯器。請見如下連結：https://www.internationalphoneticalphabet.org/
- *Do You Speak American?*（2005），威廉・克蘭（導演）。取自 https://www.youtube.com/watch?v=q10jcE60Jr0&ab_channel=EnglishTV。這部美國紀錄片講述記者羅伯特・麥克尼爾對美國各地人群說話方式的調查。拉博夫在片中受訪，談及無r發音。
- Brubaker, B. L. (2012). *The Normative Standard of Mandarin in Taiwan: An Analysis of Variation in Metapragmatic Discourse.* Doctoral dissertation, University of Pittsburgh, Pittsburgh, Pennsylvania.
- Eckert, P. (2018). *Meaning and Linguistic Variation: The Third Wave in Sociolinguistics*. Cambridge: Cambridge University Press.
- Edwards, J. (2013). *Sociolinguistics: A Very Short Introduction*. USA: OUP.
- Holmes, J., Wilson, N. (2022). *An Introduction to Sociolinguistics*. New York: Routledge.
- Labov, W. (1997). The Social Stratification of (r) in New York City Department Stores. In: Coupland, N., Jaworski, A. (Eds.), *Sociolinguistics*. Modern Linguistics Series. Palgrave, London. https://doi.org/10.1007/978-1-349-25582-5_14
- Milroy, L. (1987). *Language and Social Networks*. (2nd ed.). Oxford: Blackwell.
- Su, H., Wan, T., & Lee, W. (2022). *"The minister just said qǐyè": How*

*a non-standard tone becomes indexical of the national other.* The 2022 East Asian Anthropological Association annual meeting. October 15-17. National Chengchi University, Taipei, Taiwan.

- War Archives（2011年8月26日）。〈President Franklin D. Roosevelt Declares War on Japan (Full Speech) | War Archives〉。取自 https://www.youtube.com/watch?v=lK8gYGg0dkE&t=104s&ab_channel=WarArchives
- 〈Soda vs Pop vs. Coke: Who Says What, And Where?〉。*HuffPost*。取自 https://www.huffpost.com/entry/soda-vs-pop_n_2103764

第二章

# 英文好「高級」，台語好「親切」？
# 從《俗女養成記》、《救救菜英文》
# 看隨處可見的語言態度

這個社會不只以貌取人，還會「以聲取人」？
對語言的主觀評價足以影響對人的第一印象

◆ 對語言的態度

◆ 法語和英語，誰比較高級？

◆ 台語、華語，孰高孰低？

◆ 語言態度與性別、政治傾向的關聯

◆「以聲取人」的現實世界

◆ 全球瘋英語？

◆ 當你在臺灣「撂英文」時⋯⋯

─── 本章關鍵字 ───

#語言態度　#變語配對實驗　#主觀評價
#國語運動　#語言意識形態　#社會語言學
#社會心理學

# 對語言的態度

還記得《窈窕淑女》的男主角，有著驚人的辨音能力、說話直白又嗆辣的語音學家希金斯教授嗎？在賣花女伊萊莎與希金斯教授第一次相遇的場景裡，希金斯毫不掩飾地表現出他對伊萊莎的各種發音和語言習慣的嫌惡。此時的希金斯唱了一首歌（正確地說，是念了一首歌），歌名是〈為什麼英國人不能好好學說話？〉（*Why can't the English learn to speak?*）在這首歌中，他先是宣稱伊萊莎的每個音節都有錯誤，簡直就是對英文的冷血謀殺。接著，他痛貶了各種方言口音（包含考克尼腔、蘇格蘭腔、愛爾蘭腔、約克夏腔、康瓦爾腔），甚至連美式英文都被譏諷為不是英文。他告訴同為語言學家的友人皮克林上校，讓伊萊莎陷於貧困無法翻身的是她的語言，而非她臉上的污垢和身上破爛的衣服。如果皮克林上校像伊萊莎這般說話，他也當不成上校，只能去街頭賣花。

希金斯的這首歌指出了一個社會現實：語言表現的確是進入某些職業或階級的門檻。但是，歌詞裡也充斥著對各種語言腔調的主觀評價。正統英文被尊為是「莎士比亞、米爾頓和聖經神聖的語言」，但是地方口音被譏為「比走音的合唱還難聽，像穀倉裡面的雞叫」。希金斯的這些言論，透露出他對於各種語言及口音的正負評價，也就是社會語言學經常關注的「語言態度」（language attitude）。

**語言態度**：對自身或他人所說的語言在情感、認知和行為方面的評價和反應。

## 法語和英語，誰比較高級？

　　像希金斯這麼露骨地表達主觀評價的人可能不多，但是我們每個人都有一些或者明顯、或者內斂，甚至是不自覺的語言態度。對於語言態度的系統性研究可以追溯到一九六〇年代，心理學家華勒斯・蘭伯特（Wallace Lambert）與研究團隊在加拿大法語區所做的實驗。雖然英語和法語都是加拿大的官方語言，但英語的勢力還是大於法語。在英語區內，法語較為弱勢是可以預期的。若是在多數人母語是法語的法語區，情況會翻轉嗎？為此，蘭伯特的團隊設計了一場「變語配對實驗」（matched guise experiment）。他們找來了英法雙語都流利的人，請他用英語和法語各念一遍類似的內容，錄音下來之後，他們將錄音檔播放給受試者聽，而受試者並不知道兩段錄音來自同一個人。受試者在聽完錄音之後，要填寫對這個人的印象量表。問卷內容包含：這個人聽起來有多聰明？有領導力嗎？善良嗎？親切嗎？有幽默感嗎？等。這些問題約略可以分成兩大類：一類跟地位／位階有關（聰明與否、職業能力高低等）；另一類與好親近／令人喜愛的程度有關。兩段錄音既是由同一個人錄的，我們大多會假設聽了錄音的受試者，對兩段錄音的印象應該是一樣的。但是研究結果卻指出，受試者對兩段錄音的反應有明顯的不同。英語版普遍得到較高的評價。即便是在法語區、本身也是以法語為母語的人，還是會認為英語版裡的這個人聽起來比法語版的聰明、有地位。數十年之後，社會語言學家露絲・科秋爾（Ruth Kircher）在二〇一四年做了類似的研究，結果也發現加拿大魁北克的法語被認為是比較

**變語配對實驗**：進行配對實驗時，為確保受試者不會發現錄音來自同一人，會在中間穿插不相關錄音，以達「混淆視聽」的效果。

親切、令人喜愛的，但是在地位這一部分的得分還是比英語低。

　　這個結果是不是有點令人驚訝呢？英語母語者覺得英語版聽起來比較聰明有地位也就算了，居然連法語母語者都覺得法語版本不若講英文的人聰明。這也許是因為，長期處在弱勢地位的人，在不知不覺間內化了強勢族群的價值觀念。雖然「英語比較高級」的形象已經內化了，但法語母語者還是肯定自己的母語是有親和力、令人喜愛的。這個強勢語言（或標準口音）在地位上得到高分，但弱勢語言（或地方口音）在親和力上得到高分的現象，在後來不少研究上都再度獲得印證。

## 台語、國語，孰高孰低？

「華語」與「國語」：
本書一般在臺灣的語境下，會採用「國語」。「華語」主要是用在跟臺灣之外地區的華語相較時，才會用「臺灣華語」「新加坡華語」等。

　　連弱勢族群都認為強勢語言「比較高級」的現象，在臺灣推行國語運動期間也可以觀察得到。近年播出的台劇《俗女養成記》第一季第六集，描寫了一九八〇年代在臺南讀小學，母語是台語的小嘉玲，某一天在學校為同學打抱不平而脫口說出一句台語，也就受到了責罰；之後，她受邀到這位家境優渥的同學家裡，看到同學媽媽說著一口標準國語、優雅品嘗下午茶的模樣，也就產生了「講國語比較高級」的想法。回家之後，小嘉玲開始在家中力行「講台語要罰錢」運動，把爸爸媽媽、阿公阿嬤搞得七葷八素。戲劇裡的溫馨結局，是小嘉玲意識到自己家庭的可愛與可貴，而回到了和家人和樂融融說母語的日常。但是現實生活裡，說本土語言而在學校受到處罰或羞辱，恐怕也把「國語比較高級」這樣的評價深深烙印在不少人的心

裡。

　　第一個把以上所說的國語／本土語言相關的語言態度，以實證研究的方式呈現的，是德國漢學家費佛樂（Karl-Eugen Feifel）一九九四年發表的論文。費佛樂同樣用變語配對實驗的方式，各請了男性和女性以「國語」、「閩南語」、「臺灣國語」錄製了六種錄音，並邀請超過六百名各年齡層的臺北居民填寫對錄音的印象量表。費佛樂的研究把受試者分為好幾個類別，這裡僅以大學生舉例。當時的大學生的作答結果顯示，在「地位／位階」這個面向，不論錄音中的聲音是男是女，國語得分最高，閩南語次之，臺灣國語最低。比較有趣的是，女生講臺灣國語的地位分數特別低。而以「親和力」這個面向來說，男聲錄音的得分分布剛好完全反過來：臺灣國語親和力最高，閩南語次之，國語最低。但是女聲錄音的部分就不一樣了，親和力最高的是閩南語，國語次之，臺灣國語最低。也就是說，男生說臺灣國語，可能讓人覺得地位不高，但是親和力很好。女生說臺灣國語，卻是地位不高，也不令人親近喜歡！

## 語言態度與性別、政治傾向的關聯

　　從費佛樂的研究看來，語言態度顯然也和性別有一定的關聯。在我二〇〇八年的研究裡，也發現「氣質」這個詞常用來評價女性，而「氣質」的定義也經常與語言有關係。類似「有的女生不說話時很漂亮，一開口是臺灣國語，氣質馬上不見」這樣的評語，在日常生活中並不少見，也顯示出說者不一定有所自覺的語言態度。

費佛樂的研究距今已經接近三十年，這三十年來社會變化不少，語言態度會不會也產生了改變呢？

張佑宗和呂杰兩位政治學者，在二○一四年也用配對實驗的方式檢視了大學生對國語跟台語的態度。結果顯示，國語仍舊被聯想到較高的教育程度和社經地位，在政治傾向上較可能支持國民黨。

語言會跟政治有所連結，這個結果並不令人意外。不過，這個研究也顯示出，儘管過去二、三十年社會變化快速，整體的社會氛圍對國語和台語的語言態度並沒有明顯的改變。然而，在現今社會環境中，我們時常混用語言，國台語交替的說話方式也很常見。如果是把單一語言跟混用的語言做比較，會有語言態度上的差別嗎？大家會喜歡還是排斥國台語混用呢？國立成功大學臺灣文學系的語言學教授陳麗君在二○一六年的研究，給出了她的答案。這個研究以國語（華語）、台語、國台語混用、臺灣國語四種錄音做比較，發現在「地位／位階」這個面向：國語＞台語＞國台語混用＞臺灣國語。可見單一的語言，還是比混用的語言更能給人有身分地位的感覺。但是就「幽默、具親切感」這點來看，結果就大大不同了：臺灣國語＞台語＞國台語混用＞國語。在這個面向裡，混合式的口音或用法，有其吸引力。

近二、三十年來，隨著兩岸關係的發展，臺灣社會接觸到中國大陸口音的機會也愈來愈多。國立臺灣師範大學臺灣語文學系教授許慧如在她二○一九年的研究中，以臺灣華語（就是我們一般說的「國語」）、臺灣的外省第二代國語、臺灣國語、中國北方華語以及中國南方華語這五種口音進行測試。結

果顯示，在社會聲望地位這個面向，外省第二代國語最高，臺灣國語最低，其他三種介於中間。在社交吸引力這個面向，又細分為「親切」跟「喜歡」。親切度最高的是臺灣國語，其次是臺灣華語和中國北方華語，最後是中國南方華語和外省第二代國語。但是喜愛度最高的，卻是外省第二代國語和臺灣華語，其他三種差異不大。外省第二代華語，可能最接近我們過去在老三台上聽到的那種老式「標準國語」，除了親切度之外，在各項目都名列前茅。而「臺灣國語」除了親切度居冠之外，其他則敬陪末座，甚至低於中國大陸的口音。綜合以上幾個語言態度研究，就如同上面所言，過去數十年來，整體社會對於語言或口音的態度並沒有明顯變化。

上述研究都是在實驗情境下進行的，但在真實世界裡，語言態度又會造成什麼影響呢？

## 「以聲取人」的現實世界

美國語言學家湯瑪斯·普耐爾（Thomas Purnell）、威廉·伊得沙地（William Idsadi）、和約翰·鮑（John Baugh）一九九九年美國加州做了一場社會實驗。他們分別用主流美式英語、非裔美國人腔（俗稱的「黑人英語」），跟拉丁美洲西班牙腔英語打電話給在報紙上刊登徵房客廣告的房東。他們發現，使用主流美式英語有百分之七十左右的成功率可以看房，但另外兩個腔調，則只有百分之三十的成功率。也就是說，腔調竟左右了你能不能看房！

「以聲取人」的現況實在不太符合公平正義的原則。不

過，人們對腔調的評價也會改變。被《窈窕淑女》的希金斯教授嫌到不行的蘇格蘭腔，在社會語言學家尼可拉斯・庫普藍（Nikolas Coupland）和修維・畢夏（Hywel Bishop）二〇〇七年針對英國民眾對三十四個英國腔調的觀感調查裡，蘇格蘭腔在地位／位階層面排名第五，在親和力／喜愛度層面更高，排名第四，比給人雍容華貴印象的女王英語（Queen's English）還前面！這個例子說明了「以聲取人」還是有時代潮流的區別。

## 全球瘋英語？

印度寶萊塢賣座電影《救救菜英文》的主角莎希，是個盡心盡力的家庭主婦。她廚藝了得、也有生意頭腦，在社區裡做甜點小生意。但她的種種努力和能力卻不受家人的重視。她因為不懂英文，常遭丈夫和女兒的嘲笑。女兒甚至因為媽媽到學校去時聽不懂英文，試圖用印度語和學校溝通，而覺得丟臉，並對莎希大發脾氣。

說到這裡，您覺不覺得這樣的語言態度，跟前面所提到的加拿大人認為英語比法語「高級」，以及《俗女養成記》裡的小嘉玲認為國語比台語「高級」……等案例很類似呢？

英語多年來都是在臺灣最為強勢的外國語言，不僅是學校教育裡主要的科目，坊間也可見各種英語教學補習班林立，從學齡前兒童到成人都有各式各樣的學習機構任君選擇。近來，由於政府推出的「二〇三〇雙語國家政策發展藍圖」，英語的角色和地位再度成為熱烈的討論話題。

在這樣「全民瘋英語」的氛圍之下，我們可以預測，英語很容易跟「聰明」、「教育程度高」、「有專業能力」等地位／位階面向的特質劃上等號。的確，在靜宜大學英國語文學系碩士劉駿弘的論文《臺灣大學生對於英文、中文和閩南語的語言態度之研究》中，他以臺灣的大學生為對象做配對實驗。而研究結果顯示，受試者對英語的整體評價最高，國語次之，台語最低。

## 當你在臺灣「摺英文」時……

這樣的研究結果並不令人感到意外。但這是否表示，在臺灣，大家就樂見英語出現在日常生活呢？

臺灣人對英語愛恨交織、幽微複雜的態度，我自己對此很感興趣，於是在二○二○年展開了一項研究：以「摺英文」（又做「烙英文」、「落英文」）這個詞為出發，探討臺灣民眾對英語的態度。我在文中分析幾位網路名人對「摺英文」的相關貼文，包含了漫畫家彎彎的一篇漫畫網誌「烙英文」、近期才以公視戲劇《村裡來了個暴走女外科》原著身分大獲矚目的小劉醫師劉宗瑀的貼文「摺英文的下場」，以及嗆辣 PPT 名人拎北骨科一篇對於健保遭濫用的新聞之回應貼文。彎彎的漫畫貼文描寫職場上某些愛烙英文的人，當這些人真正遇到說英語的外國人，卻成了縮頭烏龜，一句話也說不出來；小劉醫生則敘述了主治醫師要求開刀房裡的醫療團隊都得和國際接軌、講英文，反而造成溝通不良的尷尬趣事。彎彎和小劉醫生的貼文都走輕鬆詼諧風，但也都隱含對於某些在臺灣的中文環境下

硬要用英文的戲謔嘲諷。拎北骨科則是毫不掩飾地對某些喜愛「撂英文」看病的僑胞大加諷刺。這些對於英語出現在生活中的反感態度，與大眾及教育界對英語課程的趨之若鶩相較之下，是很有趣的對比。

除了網路名人貼文透露出的語言態度之外，我們也可以在某些跟英語相關的爭議事件中，看到大眾對於英語出現在日常生活中的態度。二〇一四年八月，在一輛桃園客運的公車上，因司機過站沒停，一位台裔美籍的乘客用英語怒罵司機，並要求司機道歉。過程被同車乘客錄影並放上 YouTube，而在網路上引發熱議。許多網友認為，此乘客全程用英語與司機爭論，但影片中的司機似乎沒有英語對話的能力，該名乘客此舉十分不妥。我和國立中央大學英美語文學系助理教授李婉歆歸納了此起事件中網友的回應，這些回應凸顯出幾個與英語使用時機相關的語言態度，又可稱為「語言意識形態」（language ideology）：

1. 在臺灣就應該講中文。
2. 不應該在會講中文的情況下講英文。（經網友起底，發現這位乘客其實會說中文）
3. 不應該在對方不會講英文的情況下講英文。
4. 不應該講滿口成髒的英文。

該名乘客在事件延燒幾日後，帶著濃重外國腔調的中文出面對司機及大眾道歉。雖然事件落幕了，但是這也讓我們窺知民眾對於英語使用時機和方式的看法。綜合以上看來，我們尚

**語言意識形態：**語言意識形態和語言態度都牽涉到對語言的評價和信念。但「語言態度」一詞多用在受心理學影響的實驗方法所做的研究，而「語言意識形態」多用在受人類學影響的質性分析研究。

未接受英語隨時出現在生活中。

　　這一章提到了兩種研究語言態度的方法，變語配對實驗的量化分析，和對網路貼文及爭議事件網友回應的質性分析。不過，這些並不是研究語言態度唯一的方法。美國語言學家丹尼斯・普瑞司頓（Dennis Preston）和他的研究團隊，想出了一個有趣的方式來研究美國人對各地方言的語言態度。他把僅印有各州州界的美國地圖發給參與研究的人，請他們憑印象在地圖上畫出各個區域的語言特徵。有些作答中規中矩、有些幽默爆笑，有些則語帶歧視。最後彙整出來的結果，就是大眾對於各區域的方言的態度和評價。這樣的研究，被稱為「大眾語言學」（folk linguistics）或者「感知方言學」（perceptual dialectology）。大眾對語言的看法跟真實的語言情況多半有所差異，但卻能窺探人們對於語言／方言／腔調的主觀評價。總之，語言態度無所不在，觀察它的方法也可以創意十足！

**大眾語言學、感知方言學**：以不具語言學專業的一般人士為對象，探究其對各地語言特徵的看法的研究類型。主要目的在於探索大眾對於語言及方言的主觀評價，及其背後的語言態度。

## 想一想！ 生活中的語言學

1. 試試看把空白的臺灣地圖給周遭的親朋好友，請他們憑印象在圖上註記出哪些區域有什麼特別的語言特徵。觀察看看，大家的回答是否有一致性？回答中透露出了什麼樣的語言態度？

2. 文中提到人們對腔調的態度是會改變的。過去被認為是地方腔調的蘇格蘭腔，在二〇〇七年的研究卻在地位／位階和親和力／喜愛度兩個大方向上都名列前茅。思考看看，哪些原因可能會導致語言態度的改變？

##  延伸閱讀與參考書目

- 《俗女養成記》（2019）。
- 《救救菜英文》（2012）。
- 《村裡來了個暴走女外科》（2022）。
- 王宏恩（2017年5月12日）。〈透過實驗法找證據：國／台語本身，就是「政治話」〉。關鍵評論網。取自 https://www.thenewslens.com/article/66307
- 拎北骨科 ptt 貼文。取自 https://www.ptt.cc/bbs/joke/M.1391653435.A.60E.html
- 許慧如（2019）。〈後國語運動的語言態度——臺灣年輕人對五種華語口音的態度調查〉，《臺灣語文研究》，14(2), 217-254。
- 陳麗君（2016）。〈臺灣文學／語文系所學生與其他系所學生語言意識和態度的比較〉，《臺灣語文研究》，11(2), 199-232。
- 語言學午餐（2016年7月18日）。〈你想知道別人怎麼看你的家鄉話嗎？——變語配對實驗｜語言學午餐〉。取自 https://kknews.cc/zh-tw/education/a2pgyg.html
- 劉宗瑀（小劉醫師，2015年05月13日）。〈摺英文的下場〉手術到一半，護士突然把手指插進醫師的●●……整個開刀房都驚呆了〉。良醫健康。取自 https://health.businessweekly.com.tw/AArticle.aspx?ID=ARTL000024113&p=1
- 劉駿弘（2018）。〈臺灣大學生對於英文、中文和閩南語的語言態度之研究〉（碩士論文）。取自 https://hdl.handle.net/11296/f5hv6r
- 彎彎（2009年3月2日）。〈烙英文～〉。彎彎的塗鴉日誌。取自 https://cwwany.pixnet.net/blog/post/32584159-%E7%83%99%E8%8B%B1%E6%96%87~
- Chang, Y. T., & Lu, J. (2014). Language Stereotypes in Contemporary Taiwan: Evidence from an Experimental Study. *Journal of East Asian*

*Studies, 14*(2), 211–248. doi:10.1017/S1598240800008912

- Coupland, N., & Bishop, H. (2007). Ideologised values for British accents. *Journal of Sociolinguistics, 11*, 74-93.

- Feifel, K. (1994). *Language Attitudes in Taiwan: A social evaluation of language in social change.* Taipei: The Crane Publishing Company.

- Kircher, R. (2014). Thirty Years After Bill 101: A Contemporary Perspective on Attitudes Towards English and French in Montreal. *Canadian Journal of Applied Linguistics, 17*(1), 20–50. Retrieved from https://journals.lib.unb.ca/index.php/CJAL/article/view/21582

- Lambert, W. E., Hodgson, R. C., Gardner, R. C., & Fillenbaum, S. (1960). Evaluational reactions to spoken languages. *The Journal of Abnormal and Social Psychology, 60*(1), 44–51. https://doi.org/10.1037/h0044430

- Lee, W. & Su, H. (2019). 'You are in Taiwan, speak Chinese': Identity, language ideology, and sociolinguistic scales in online interaction. *Discourse, Context, & Media*, 32, 100339.

- Purnell, T., Idsardi, W. & Baugh, J. (1999). Perceptual and Phonetic Experiments on American English Dialect Identification. *Journal of Language and Social Psychology*, 18(1), 10-30.

- Su, H. & Lee, W. (2022). Metadiscourse of impoliteness, language ideology, and identity: Offense-taking as social action. *Journal of Politeness Research: Language, Behaviour, Culture.*

- Su, H. (2008). What does it mean to be a girl with qizhi（氣質）?: Refinement, gender, and language ideologies in contemporary Taiwan. *Journal of Sociolinguistics*, 12(3), 334-358.

第三章

# 校園萬人迷是怎麼說話的？
# 從《辣妹過招》和《我的少女時代》一窺校園裡的社會語言學

校園裡不同的社交小圈圈分別用風格各異的談話方式互動

◆ 校園裡的社交生態

◆ 語言學家如何研究高中社交圈

◆ 我的語言就是我的風格

◆ 書呆子女孩：被迫當邊緣人，還是主動當邊緣人？

◆ 從美國到英國的校園研究

◆ 臺灣的校園語言

本章關鍵字

#青少年　#社會語言學　#變異　#社交小圈圈
#校園　#母音推移　#臺灣華語

## 校園裡的社交生態

　　一般人第一天上學通常是兒童時期，《辣妹過招》這部電影的主角凱蒂，卻是十六歲才第一次正式進入校園。在此之前，凱蒂跟著在非洲研究動物生態的爸爸媽媽自學。一直到凱蒂十六歲時，爸媽返回美國工作，她才第一次進入美國的北岸高中就讀。雖然課業完全難不倒她，校園裡的各種生存法則和人際關係卻遠遠超乎她過往的經驗。

　　第一天午餐時間，凱蒂端著自己的午餐，看著學生餐廳裡滿滿的學生，完全不知道該到哪一桌坐下用餐。幸好不久之後，她就交到了兩個朋友：珍妮絲和達米安。在學校的社交圈裡，凱蒂和她的朋友們都屬於「邊緣人」。藉著一張手繪的午餐餐桌「地圖」，她們為凱蒂介紹午餐時各個小圈圈的座位分布，讓凱蒂迅速認識這所高中的生態系，也就等於整所高中社交網絡的「中樞神經系統」。電影從手繪地圖的影像轉移到午餐餐廳的群體分布，讓觀眾得以看到「校隊風雲人物」（varsity jocks）、「亞裔書呆子」（Asian nerds）、行事和打扮比較潮的「酷亞裔」（cool Asians）、頹廢度日對學校沒有興趣的學生（burnouts），還有珍妮絲和達米安口中最糟糕的「塑膠幫」（Plastics），也就是一票以校園女王蕾吉娜為首，有錢、美貌又受歡迎的校園貴族。

　　從這部電影呈現的校園「社交生態」，我們可以認識無論哪一個年代校園裡都有結成社交小圈圈的不變人性，許多社會語言學家也對高中校園社交圈產生濃厚興趣，從中找到許多新奇發現。

## 語言學家如何研究高中社交圈

為什麼高中校園會被語言學家視為「研究寶庫」？不僅由於學校環境是社會的縮影，更因青少年也正處在一段變動不安的人生階段。在這時期的青少年個個亟欲脫離成人掌控、追求獨立形象，但又備受同儕壓力的影響。這種種原因，促使這些高中生用各種方式表達自我（包括衣著打扮、語言等），也就成了適合研究、觀察的對象。

社會語言學家潘妮洛普·艾克特（Penelope Eckert）就是一名研究高中生語言行為的知名學者。在一九八〇年代美國底特律的一所高中內，她實地觀察了兩年，並趁著下課、午餐等課餘時間和學生互動。根據她的考察，這所學校如同《辣妹過招》裡的北岸高中一樣，有各種社交網絡，其中兩個最明顯的社交圈，一是「風雲人物」（jocks），另一個則是「對學校沒興趣、來混日子的學生」（burnouts）。

## 我的語言就是我的風格

風雲人物的原文「jock」，原意是運動員。美國高中的校隊運動員常常是校園風雲人物，受到許多關注。不過在艾克特觀察的這所高中裡，「jock」不僅指校隊運動員，而可以泛指活躍於學校各種活動的學生（例如學生會長、社團幹部等）。「風雲人物」類型的人通常對學校事務較感興趣，放學後也可能因為各種社團活動留在學校。相較於熱中校園活動的風雲人物，來混日子的學生的校園表現就完全相反。他們對學校興趣

缺缺、不時蹺課，往往下課鐘聲一響就離開學校，外面的世界才是讓他們感到自在的地方。有些來混日子的學生很有運動神經，但是不喜歡學校，也不願意加入校隊。根據艾克特的研究，若從社會階層來看，多數風雲人物來自中產階級家庭，而來混日子的學生則多來自勞工階級家庭。儘管這個關係並非絕對，但在分布上有這樣的明顯傾向。

　　風雲人物和來混日子的學生兩個族群一眼望去有著明顯的差異。就像《辣妹過招》裡的午餐座位的社交圈配置一樣，這所高中的風雲人物和來混日子的學生也分別坐在不同的地方用餐：風雲人物在學校餐廳裡吃飯，來混日子的學生則喜歡把食物拿到中庭去吃。愈核心的風雲人物坐得愈靠近餐廳內部，愈核心的混日子的學生則愈遠離餐廳，坐在中庭。這兩類型的學生在穿戴打扮上也有著顯著的區分：風雲人物衣著色彩比較柔和，來混日子的學生比較喜歡穿著黑色或深色；風雲人物喜歡穿當時正流行的褲管收窄的牛仔褲，來混日子的學生則是喜歡上一季流行的喇叭褲，宣示他們叛逆、不同於主流的風格。艾克特曾在一天當中目測並記錄了午餐時間從餐廳到中庭的學生褲子寬度。結果發現，離中庭愈近，褲腳愈寬；離中庭愈遠，褲腳愈窄。也就是說，午餐座位愈接近餐廳內的學生，服裝的選擇也愈傾向一九八〇年代最流行的窄管褲，反之，午餐座位愈遠離餐廳內的學生，時尚風格的選擇也愈傾向非當季流行的大喇叭褲。

　　除了這些行為和裝扮的明顯不同，在語言上，風雲人物和來混日子的學生也有許多不同。以發音為例，來混日子的學生比較可能把「bet」（/bɛt/）發得像「but」（[bʌt]），把

「but」發得像「bought」（[bɔt]）（也就是一連串的母音位置向後推）。在語法上來說，當要表達「我什麼都不知道」這個意思的時候，風雲人物比較傾向用標準語法「I don't know anything.」，來混日子的學生比較傾向用非標準語法「I don't know nothing.」不過這些傾向，並不總是恆常不變的。根據艾克特的研究，學生們在談論學校社交話題時，跟談論無關學校的其餘話題時，這些發音跟語法的使用頻率也會出現變化。

從上述觀察，我們可以說，無論是發音、句子的語法、衣著風格和喜好的顏色，甚至午餐選擇跟誰一起吃、坐在哪裡吃，都是青少年展現自我認同的方式。由此可知，語言可以說是在每個人的整體風格上扮演了重要角色。

有趣的是，個人風格的展現，看似是個人的選擇，卻也不完全跟群體社會脫鉤。舉例來說，上面提到較常發生在來混日子的學生發音裡的「bet」到「but」、再到「bought」這個母音位置連環後推的現象，艾克特的研究發現，這並不是校園裡的來混日子的學生獨有的搞怪發音，而是在美國北方大湖區周邊城市近幾十年來常見的母音推移現象（Northern Cities Vowel Shift）的一部分。多數來混日子的學生高中畢業後準備就業，並不打算離開家鄉，許多風雲人物則是計畫離家上大學。可能是生涯選擇的傾向反映在發音特徵上，來混日子的學生發音貼近底特律當地正在發生的母音推移現象，但風雲人物較不受這個本地語音變化的影響。這個對比顯示了細微的母音變化不僅跟個人風格有關，甚至跟小群體、生涯選擇、地方認同等都有密切的關聯。也就是說，僅僅數千人的小小校園裡不同群體展現的不同語言特徵，可能精準反映了這個校園所在的數十萬人

**北方城市母音推移現象**：是在美國北方大湖區周邊城市（包含克里夫蘭，底特律，芝加哥，明尼亞波里斯等）常見的母音移位現象。

口的地區特色。

## 書呆子女孩：被迫當邊緣人，還是主動當邊緣人？

上述的風雲人物和來混日子的學生，雖然各項特質都互為對比，但這兩類型都還是屬於能見度高的校園主流族群。雖然兩者「酷」的方向不太一樣，卻也都是大家眼裡比較「酷」的學生。相較之下，校園裡還是有較為邊緣、非主流的小群體。美國加州大學聖塔芭芭拉分校的語言學教授瑪麗・芭寇茲（Mary Bucholtz）就研究了美國加州某高中裡一個較不起眼的群體：「書呆子女孩」。一般人可能以為，書呆子不就是一群酷不起來的學生？但芭寇茲研究的這個小群體，卻是很有意識地表現自己的「書呆子」特色。有別於風雲人物和來混日子的學生多半追求同儕認可的打扮、語言和行為，這群女孩強調的是她們每個人的獨特性。她們成立了一個社團，紀念她們的友誼，但這個社團沒有一定的宗旨，沒有一定要進行的活動，每個成員的愛好都是這個社團特色的一部分。這個社團的目的在於凸顯「隨機性」、「獨特性」，而非主流群體追求的「一致性」，以及同儕眼中的「酷」。在語言上，這群女孩也避開了當時（一九九〇年代）加州青少年流行的發音方式，例如，把「uw」（/u:/）跟「ow」（/oʊ/）這兩個後母音發得比較前一點，避免使用青少年流行語，且盡量使用標準發音和標準語法。她們使用正式的詞彙，也特別關注語言的結構（如雙關語、諷刺模仿、詞彙組成的方式等）。在衣著方面，風雲人物喜歡柔和的顏色，來混日子的學生喜歡黑色等深色，書呆子女

孩則與兩者都不同，而是穿著紅黃藍等鮮豔原色的衣服。簡言之，這群女孩所追求的，幾乎是完全相反的青少年主流文化價值。

芭寇茲認為，這群書呆子女孩的語言、穿著和各式行為，可說是對主流價值的抵抗。她們反抗的對象有二：一是對「酷」的一致性追求，二是主流文化認可提倡的理想女性特質（理想女性跟聰明、能力強兩種形象時有衝突）。她們並非想酷卻酷不起來的書呆子，而是抵抗主流、大方擁抱「書呆子」的身分。

## 從美國到英國的校園研究

前兩個高中校園研究，帶我們回到一九八〇和一九九〇年代的美國高中校園。下一個要介紹的研究，觀察的是二〇〇〇年代英格蘭某中學八到十年級的女孩。英國雪菲爾大學社會語言學教授艾瑪·摩爾（Emma Moore）和美國史丹佛大學語言學副教授羅伯特·波德斯瓦（Robert Podesva）的研究，焦點放在四個不同的社交小圈圈裡的女孩如何使用附加問句。小圈圈一號稱為「校園紅人」（Populars），這群校園能見度高的女孩站在稍微對抗學校的立場，喜歡穿女性化和運動風的服飾，做一些有點叛逆的事（例如喝酒和抽菸），或是跟同齡男孩交往。小圈圈二號是「鎮上女孩」（Townies），她們從原來的校園紅人分裂出來，自成一群。她們比校園紅人更叛逆，和年紀較大的男性交往，吸毒和性愛都嘗試，穿著更為街頭風、常化濃妝。相對於這兩群，第三類社交小圈圈「學術怪咖」

**附加問句**：是加在陳述句後面的短問句。例如，中文的「這個蛋糕真好吃，對吧？」最後的「對吧」。或者，英文裡「She is coming, isn't she?」裡面「isn't she」的部分。

（Geeks）對學校持較正面的態度，參與學校的學術或體育活動，不太化妝，和同齡男孩維持柏拉圖式關係。最後一種社交小圈圈「伊甸女孩」（Eden Village girls）則是對學校持最正面態度的一群，她們打扮流行、穿著粉嫩柔和的顏色、戴閃亮的飾品。她們喜歡跳舞、購物，到彼此家中過夜，女孩兒間維持緊密友誼，幾乎不和男孩子打交道。

這四群女孩群體使用附加問句時有一些共通點：她們常在一句話即將結束、準備讓下一個人接話時，使用附加問句。此外，當對方拋出附加問句時，她們往往傾向於附和、同意對方的論點，較少表達反對或者不給回應。這代表了附加問句在對話上的功能：暗示說話者即將說完某句話，讓對話有秩序地延伸下去，同時也創造出意見一致的氛圍。例如，和朋友出遊時，朋友說：「這裡風景真好，是吧？」一般人大概都會同意。若要答「我不覺得」或是「醜死了」還真要有點勇氣呢。

雖然這四群女孩使用附加問句的方式有上述共通點，透過她們使用附加問句的時間點，則可看出每個小群體的不同。校園紅人附加問句用得最多，且最常用來評價他人、討論人際關係話題。例如「Ellie and Annabel don't really get along, do they?」（艾麗和安娜貝爾處得不好，對吧？）等等議論人際關係、給予評價、顯示立場的語言行為，似乎也跟這群在校園裡頗受注目的女孩們本身的地位有些關係。鎮上女孩則常用非標準語法的附加問句，例如，「I was proper fucked up for some strange reason at her house, weren't I?」（在她家時因為某些奇怪的原因，我搞砸了，是咩？）這裡用「weren't」其實並不符合標準語法，但更有叛逆、展現個人風格的味道。學術怪咖的附

加問句用得最少，也很少用在談論個人關係，比較常用於一些通論性質的討論，或是顯示自己知道的訊息。伊甸女孩是個友誼緊密的小圈圈，所以她們常常熱烈附和彼此的附加問句，有時甚至在對方還沒完全說完就開始熱烈回應，造成了較多重疊說話的狀態。

僅僅是附加問句，在不同社交小圈圈的女孩裡就有這麼多的差異！

## 臺灣的校園語言

臺灣的中學校園，和英美地區稍有不同，大部分活動以班級為單位，因此班級的屬性不同，也會造成許多語言與行為的差異。

近年熱映的《我的少女時代》，刻畫的是一九九〇年代高中校園的愛情故事。電影內的虛構學校「一高」有分「升學班」和「放牛班」。主角平凡女孩林真心，以及配角高人氣校花陶敏敏和校草歐陽非凡，都是升學班的學生；男主角徐太宇則是放牛班的老大。就像前文提到的美國高中風雲人物跟來混日子的學生穿著打扮不同，「一高」裡的學生雖然穿著制服，但是升學班和放牛班學生穿制服的方式便有所差別。可能是襯衫整齊地紮進褲子、配上領帶，或者隨性散在褲頭外，露出裡面的背心，也可能是髮型的差別。徐太宇在國中時是資優生，髮型是清爽的五分頭短髮。因同學意外離世而自責，從此性情大變成為混混老大的高中生徐太宇，則是留起較長微捲的髮型，講話也要嗆辣、有氣勢。

這是應劇情需要的戲劇呈現，那麼，在實際的臺灣校園裡，不同升學管道、不同生涯目標的學生，是否也在語言使用上有不同之處？

美國杜克大學英語系副教授多明妮卡・貝倫（Dominika Baran）在二〇〇〇年代的新北市某綜合高中做了類似以上的校園社會語言學研究。這所高中區分成以升大學為目標的一般高中部；以及高職部，包含文書處理科、電子科等。學生普遍認為，學校把重心放在一般高中部上，高職部是文書處理科受到較多重視，電子科則有點類似《我的少女時代》的「放牛班」，裡頭的學生比較叛逆、不受控，進了校門就把制服領帶脫掉、上課睡覺說話，老師也管不太動。貝倫訪談了上述「一般高中班」、「文書處理科」、和「電子科」三個班的學生，除了聽他們講述學校生活，也特別注意他們的兩個發音：一是捲舌音「ㄕ」（/ʂ/）的發音，是接近標準的「ㄕ」、還是沒有捲舌的「ㄙ」（/s/）；二是「ㄨㄛ」（/wo/）這個組合中，「ㄨ」（/w/）這個介音是否發出（也就是類似「我」跟「偶」的差別）。結果發現，以班級來分類的話，一般高中班和文書處理科在捲舌和介音這兩個項目上，都明顯比電子科標準許多。其中，文書處理科甚至比一般高中班的學生還要更標準一點，這或許和他們將來可能從事辦公室文書類工作有關，有些文書處理科學生秉持著「我們是高職部的好學生，不比一般高中班的學生差」的態度，也許反映在語言的使用上，可能傾向更講求標準。

若以畢業後生涯選擇分類，分成「不升學」、「升技術學院」、「升大學」三類。升大學這個類別的學生，在捲舌音和

**介音**：介音是漢語語音學的術語。指介於聲母與主要母音（又稱「元音」）之間的過渡音。

介音上都是最標準的,打算升學技術學院的學生次之,不打算升學的學生則在兩項中都用比較多的非標準音。若以性別來看,捲舌音的差異不大,但是介音發音就有明顯的性別差異,女孩較傾向發出介音,男孩的發音則不若女孩標準。由此可見,發音和所屬班級、畢業後的生涯規畫、性別,看起來都有一定程度的關聯。

　　校園裡的語言社會現象,往往特別活潑有趣。如果你現在就身處校園中,或是有機會拜訪學校,不妨打開你的眼睛和耳朵,仔細看、仔細聽學校裡的各種溝通交流吧!

## 想一想! 生活中的語言學

1. 在你的求學經驗裡，學校裡有不同的小團體嗎？小團體有哪些不同的語言、打扮、行為上的特色？

2. 貝倫的研究特別關注捲舌音「ㄕ」和介音「ㄨ（ㄛ）」這兩個發音。這是臺灣華語裡常見的語音變異。嘗試錄一段與身邊好友或家人的對話（但記得要先取得他們的同意！），或者擷取一段影音（綜藝節目、談話節目等），看看這兩個發音，有多少比例是標準發音，多少是非標準的發音？

3. 芭寇茲的研究看的是書呆子女孩。在臺灣（或其他你熟悉的地方）的學校情境下，也有類似「書呆子」這樣的類別嗎？什麼樣的特質會被認為是「書呆子」？他們是被迫貼上這個標籤，還是主動擁抱這個標籤？

**延伸閱讀與參考書目**

- 《辣妹過招》（2004）。
- 《我的少女時代》（2015）。
- 馬修・高登（Matthew Gordon）。〈母音推移〉（Northern Cities Vowel Shift）。取自 https://www.pbs.org/speak/ahead/change/changin/
- Eckert, P. (2000). *Linguistic Variation as Social Practice*. Oxford: Blackwell.
- Bucholtz, M. (1999). "Why be normal?": Language and identity practices in a community of nerd girls. *Language in Society,* 28(2), 203-223.
- Moore, E. & Podesva, R. (2009). Style, indexicality, and the social meanings of tag questions. *Language in Society,* 38(4), 447-485.
- Baran, D. (2014). Linguistic practice and identity work: Variation in Taiwan Mandarin in a Taipei County high school. *Journal of Sociolinguistics,* 18(1), 32-59.

第二部

# 語言與人際關係

人與人互動交流的語言，
不但蘊藏著說話者對關係的定位，
也在說和沒說出口的對話中潛藏社會意涵，
還包含了個人社會角色及性別的展演。

第四章

# 用「你」還是「您」好苦惱
# 從《機智醫生生活》、《月薪嬌妻》、《星際效應》談「稱呼」大不易

區分親疏尊卑的稱呼不僅攸關說者如何定位關係，
更是乘載了人際關係的情感重量

◆ 對他人稱呼的意涵
◆「你」、「您」選擇大不易
◆ 稱呼背後的心理變化
◆ 抹去差異，一視同仁是否可能？
◆「你／您」功用大不同

---
**本章關鍵字**
---

#稱呼　　#第二人稱代名詞　#敬稱
#權力位階　#親近平等　　　#語用學
#社會語言學

## 對他人稱呼的意涵

二〇二〇年的熱門韓劇《機智醫生生活》，以醫院為背景，描繪醫生、病患和生死拔河的日常，以及醫師、護理師相互扶持的情誼。劇情看似瑣碎，卻也充滿溫暖正能量。

在第一季的第十集中有這麼一個橋段：在神經外科教授蔡頌和與手下的住院醫生聚餐的場合上，準備離開醫院的總醫師龍碩民，半開玩笑地對另一位住院醫師許善彬說：「我們（uri）善彬，我不在你就沒人可以刁難了，一定會很無聊吧？」此舉馬上引起蔡頌和教授的注意，詢問龍碩民：「我們（uri）？你都這樣稱呼善彬的嗎？」貌似懷疑起兩人有著超乎同事情誼的關係。蔡頌和的疑問引得龍碩民不得不大動作澄清，把「uri」（我們）這個詞，加到在場所有人的名字前，甚至連義大利麵都成了「uri pasta」（我們義大利麵）。不過是個稱呼，卻使得龍碩民對許善彬若有似無的情愫呼之欲出，可見稱呼絕不是件小事！

不知道讀者您是否曾經為「如何稱呼別人」這件事情感到苦惱？不管是要選擇使用代名詞「你」、還是「您」；或是以名字稱呼（例如我的全名「蘇席瑤」，或名字「席瑤」）；又或者以姓氏加上頭銜或職業名稱稱呼（例如「蘇小姐」、「蘇女士」、「蘇老師」、「蘇博士」、「蘇教授」等）。如何稱呼別人，一直都不是一件簡單的事。之所以不容易，是因為選擇稱呼的同時，說者也在定義自身如何看待與聽者之間的關係。

# 「你」、「您」選擇大不易

　　早在一九六〇年，語言學家羅傑・布朗（Roger Brown）和亞伯特・基爾曼（Albert Gilman）針對法文中的人稱代名詞進行了詳細的討論。法文的第二人稱單數代名詞「tu」（近似於中文的「你」），和「vous」（近似於中文的「您」），這兩個人稱代名詞背後有著複雜的歷史發展和社會意義：「tu」一般用在比較親近的關係，「vous」則是較有禮貌的稱呼方式。其他許多歐洲語言也有類似的分類，諸如拉丁文的「tu」和「vos」，俄文的「ty」與「vy」，意大利文的「tu」及「Lei」，德文的「du」跟「Sie」，瑞典文的「du」和「ni」，和希臘文的「esi」與「esis」。英文也曾經有過「thou」和「you」的分別。布朗和基爾曼把這類詞彙統稱為「親疏尊卑人稱代名詞」（T/V），以下我們就泛稱為「T」和「V」。

　　即便中文也有「你／您」的區別，但是法文的「tu/vous」的用法，跟中文的「你／您」仍有些差異。法文的「vous」，同時又是第二人稱複數代名詞（也就是中文的「你們」）。至於為什麼法文裡尊稱「您」跟表示多數的「你們」是同一個詞？這其實是有歷史淵源的。

　　故事可追溯到羅馬帝國時期的拉丁文。羅馬帝國在第四世紀分裂後，雖然東西兩個帝國各有政權和皇帝，不過當時的羅馬人並不覺得兩個帝國彼此獨立，而會認為是單一政體之下的兩個統治單位。因此，百姓在稱呼其中一位皇帝時，都會以複數的「vos」稱呼，因為這實際上代表的是東西帝國的兩位皇帝。

**親疏尊卑人稱代名詞**：布朗和基爾曼的討論雖然是以法文的「tu」跟「vous」為出發點，但許多語言都有類似分法。布朗和基爾曼以及後來研究相關現象的學者，於是以「T」泛指各語言裡較親近或較不帶敬意的第二人稱代名詞，以「V」泛指較疏遠或較帶敬意的第二人稱代名詞。

而這個以「vos」複數形稱呼皇帝的用法，逐漸演變為一種尊稱。到了中世紀，歐洲上層階級常以「V」互稱，表示尊敬和禮貌。下層階級則延續原來的用法，以「T」互稱。上層階級用「T」稱呼下層階級，但下層階級以「V」敬稱上層階級，因此，「T/V」的用法，除了原來親近之於禮貌的差異，也成為權力位階差異的象徵。布朗和基爾曼由此歸結出「T/V」使用的兩大原則：權力位階（power）以及親近平等（solidarity）。若關係重點放在權力位階的上下之分，則用「V」；若關係重點放在親近平等上，則用「T」。

我們也可進一步參考社會語言學家黛柏拉‧泰南（Deborah Tannen）一九九三年針對權力位階和親疏遠近的研究。她提到，這權力位階跟親近度這兩個面向，並不是整合、一致的。若將這樣的架構套用到親疏尊卑人稱代名詞的使用上，我們可以便可以更加具體地認識「T/V」的使用對應到權力位階與親疏遠近兩個軸線上的差異，如下方圖1。

**權力位階**：可以指任何上下關係，包含地位，年齡，職位，等等。

**親近平等**：因地位處境相似而產生的歸屬感和親近感。

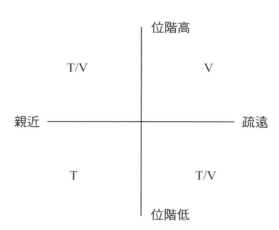

圖1　親疏尊卑人稱代名詞（T/V）使用的四個象限

若我得稱呼一名比我位階高，關係又疏遠的人，例如不熟的長輩，或是關係並不親近的長官，用「V」（中文的「您」）是個不會錯的選擇。這個例子就屬於圖1的第一象限。若我得稱呼一個位階低於我，關係又親密的人，例如自己的弟弟妹妹，或者關係很好的下屬，用「T」（中文的「你」）也是個不會錯的選擇，此例則為圖1的第三象限。

　　但是，稱呼選擇的問題常常出現在第二跟第四象限。如果是位階高、但很親近的人呢？譬如熟識的上司、很親近的長輩，到底是要用「V」展現尊敬，還是「T」表達親近？如果是位階較低，但關係很疏遠的人，譬如沒太多互動的同學或同事，是要用「V」表達禮貌，還是「T」表示友善呢？選錯了，會不會變成表錯情，拿自己的熱臉貼別人的冷屁股？或者讓別人誤會自己很冷淡，其實只是想要有禮貌？

　　小小的一個「T/V」的選擇，其實藏著大大的不易啊！

## 稱呼背後的心理變化

　　中文裡還有一個能夠規避使用「你」或是「您」的方式，就是直接用對方的稱謂、頭銜，或名字代替「你／您」。舉例來說，若是不確定用「你／您覺得這樣做好嗎？」可以替換為「校長／總經理／老師／舅舅／小明覺得這樣做好嗎？」雖然這樣看似解決了使用「你」、「您」的兩難，不過實際上在選擇對他人的稱呼時，仍可能要跨過一些心理上的門檻。在臺灣尊師重道的氛圍下長大的我，在大學時和教授互動總是恭恭敬敬。因此，研究所赴美讀書時，對於同學們直呼幾

位作風親民的教授姓名（例如「Lisa」、「Keith」、「Richard」等），一開始頗不習慣。即便覺得自己這樣好像顯得很拘謹、老派，還是習慣必恭必敬地用「Dr. Green」、「Dr. Walters」這樣頭銜加姓氏的方式才說得出口。足足過了一、兩年以後，跟教授都慢慢熟悉了，我才開始有辦法用名字直呼一位我很喜歡且尊敬的年輕女教授，後來也慢慢可以用名字稱呼其他關係比較親近的老師。不過是一個稱謂上的選擇，「Lisa」這個名字，在語言上只是兩個音節的長度，但卻花了我一、兩年的時間才能順利發出。因為稱呼承載的是，在權力位階以及親近平等兩相考量下，折衷出來的心理上和互動上的距離。

近年熱播的日劇《月薪嬌妻》第二集裡，認識不久就決定契約結婚的津崎平匡和森山美栗（又譯為「森山實栗」），在介紹彼此家人見面時，被美栗的小阿姨發現他們以姓氏（津崎和森山）相稱。為了不讓家人對他們的關係產生懷疑，兩人緊急開始練習以名字（平匡和美栗）相稱，但是這個突然的轉換讓兩人都感到無比尷尬，最後決定在名字後還是加上「san」（先生／小姐）這個敬語，才比較說得出口。這正是另一個稱呼承載著關係重量的例子。

再以賣座科幻電影《星際效應》為例，片中有一幕短暫卻關鍵的場面：前往外太空為人類尋找新棲地的永恆號太空人之一，生物學博士愛蜜利亞‧布蘭特，向太空船駕駛庫柏說明，太空總署之前派出太空人進行探索任務，已有三位太空人回傳可能適合人類居住的星球的訊息。此時，庫柏察覺到，布蘭特對其中一位先遣太空人沃夫‧愛德蒙斯（Wolf Edmunds）帶有特別的感情。究竟庫柏如何在這個短暫的對話裡察覺出這

件事？這在網路上引起了不少粉絲討論。其中的說法是：在太空總署裡，大家多半以姓氏互稱以示專業，但當庫柏問道「Tell me about Edmunds.」（告訴我關於愛德蒙斯的事），布蘭特的回答是「Wolf is a particle physicist.」（沃夫是個材料物理學家）。在多半使用姓氏相稱的工作氛圍下，布蘭特卻用名字「Wolf」（沃夫）稱呼了這位太空人，也許正是因為這樣才引起庫柏的懷疑吧。

## 抹去差異，一視同仁是否可能？

若說選擇稱呼，總是難以避免一些權力位階的考量，那有沒有可能革新語言，創造出一個抹去差異、一視同仁的世界？一九七〇年代左右的中國共產黨，就做了這樣一場社會實驗。因為其政治主張為消弭階級差異，而倡議在語言上使用「同志」一詞，代替各種帶有位階差異色彩的頭銜及敬稱（「老闆」、「先生」等）。但社會語言學家卡蘿·邁爾斯－斯高登（Carol Myers-Scotton）和祝畹瑾（Zhu Wanjin）的調查發現，在「同志」一詞的基礎上，人們還是會增加一些細微的變化，以區分位階和親疏。例如「老王同志」、「主任同志」、「小同志」、「王同志」、「維國同志」、「王維國同志」等各種與同志相關的變形使用。由此可見，表達親疏遠近是人際溝通的基本需求之一，難以透過統一的稱謂消除為關係定位的需要。

# 「你／您」功用大不同

回到中文的第二人稱代名詞「你」，這看似簡單的一個詞，其實在人際互動上有好幾個不同的功能。國立臺灣師範大學英語學系退休教授畢永峨將口語對話中所觀察到的「你」分成四類：第一類是最常見的，稱呼正在互動的對方的「你」（propositional *ni*）。例如，「我好像在哪裡見過**你**」。這個「你」就是現在正在對話的對象。

第二類是沒有特定指誰的「你」（impersonal *ni*）。譬如，一個人可能跟朋友抱怨有一群孩子很吵，而說出了「那些小孩子鬧得**你**不能專心做事。」這個「你」並不是現在正在對話的對象，而是可以泛指任何人。

第三類是當說話者在敘說一件事情時，已經跳脫現在，並進到敘述故事裡的「你」（dramatic *ni*）。譬如以下這個例子在談論一般人發現自己無意中說的話被錄音時可能的反應：「人家一聽到自己被錄音，會有點怕，好像是，啊，我不是不可以洗澡被**你們**看，但是**你**沒有先跟我講。」這個「你」是在一個假想狀況裡的說話對象，並不是現在正在面前對話的人。

第四類是試圖獲取注意的「你」（metalinguistic *ni*）。這種類型的「你」用來強調語氣，跟眼前對話中的「你」毫無關係。比如以下這個例子談教育發展：「**你**整個學校也多了，上小學上中學的人都多了……」光一個「你」就可以有多種功能，真的不簡單！

國立清華大學外語系退休教授郭賽華則進一步探討了「你」跟「您」在政治辯論上的運用。一九九八年的臺北市長

選舉，在當時被視為是二〇〇〇年總統大選的前哨戰。時任臺北市長的陳水扁，是首任非國民黨籍的臺北市長，並在當次選舉試圖尋求連任。他的對手是國民黨的馬英九和新黨的王建煊。郭賽華詳細比較了其中兩場市長候選人電視政見辯論會裡，三位候選人使用「你」和「您」的頻率、對象和時機，發現了一些有趣的現象，包括：

1. 「你」的用法相當多元。有時候有具體的對象，包含提問者、觀眾或對手。有時候沒有特定指誰。沒有特定指稱對象的「你」有個有趣的用途，似乎能讓話語感覺更具普遍性，更像是無需懷疑的道理。

2. 在第一場辯論時，多數有具體指稱對象的「你」，指的是觀眾。也就是說，候選人的主要目的在與觀眾對話、建立關係。在第二場辯論時，已經是選前倒數四天。候選人在辯論會上使用的「你」多半是用來指對手，攻擊競選對手的言論或行為。

3. 「你」的使用頻率比「您」高了許多。唯一使用到「您」的候選人是馬英九。

4. 馬英九使用「您」的時機，也是值得關注的點。在其中一個連續使用「您」來指陳水扁的段落，馬英九間接批評陳水扁言語不夠禮貌，應該要注意自己對於年輕孩子的影響力。

總而言之，這裡的「你」，尤其是在選前倒數四日的第二場辯論會上，已經不是用來表示親近，而是作劃定目標攻擊之

用了。這個研究告訴了我們「你／您」在政治攻防上是如何被運用。

若是在以客為尊的服務業，狀況可能又不太一樣。德國語言學家朱莉安娜‧豪斯（Juliane House）和匈牙利語言學家丹尼爾‧卡達（Daniel Kádár）在二○二○年做了一個很有趣的研究：他們收集了七個不同的國家／地區的宜家家居（IKEA）的型錄，跟宜家瑞典母公司的基本英文版做對照，看看使用到第二人稱（T/V，你／您）的部分，是否有翻譯上的差異和考量。

宜家家居這個企業，承襲了北歐注重平等的文化，在第二人稱「T/V」的使用上，一直以使用「T」的公司文化著稱。但是，一旦宜家家居成為跨國企業，拓展版圖到各個不同的語言文化區域營運時，是否還繼續保有原來的公司文化，還是得調整成當地原本的文化和習慣？這個研究收集了七個區域的型錄，包含了香港（繁體中文）、比利時（比利時荷語和比利時法語）、中國大陸（簡體中文）、日本、荷蘭、德國、匈牙利。其中，比利時荷語、荷蘭、德國和匈牙利遵照宜家家居母公司的文化，第二人稱全數用「T」。香港和比利時法語版，則全數用「V」（意即香港版全數用「您」）。中國大陸和日本版則是「T/V」皆用（也就是中國大陸版「你」、「您」皆用）。

這裡有幾個有意思的現象：比利時的荷語版和法語版，一個使用「T」、一個使用「V」。使用「V」的法語版，可能是受到法語文化「T/V」使用習慣的影響，而選擇了和母公司偏好不同的「V」。

香港的繁體中文版和中國大陸的簡體中文版，雖然都是中文，但香港版全數用「您」，中國大陸版則兩者都有。中國大陸版的「你」和「您」在型錄上的分布也有明顯的規則：型錄內容可分為一般性產品介紹和服務說明的部分。一般性產品介紹的部分，通常較為抽象。服務說明則是很直接地在跟顧客對話。中國大陸版在服務說明的部分用「您」，可能是因為顧客服務用「您」還是顯得比較禮貌。一般性產品介紹的部分，「你」可以是讀這個目錄的人，也可以是任何人。因此，用母公司偏好的「T」（也就是「你」）似乎可以同時符合公司原則，也不至於讓顧客覺得不舒服。

比如以下這段宜家家居中國大陸簡體中文版一般性產品介紹：

你是否有过那样的瞬间？急切地想要将这个纷乱的世界甩在身后，关掉对外的开关，深呼吸，哪怕只是一会儿？大概每个人都有吧！想实现却不太容易，也不尽然。

以及，如下這段宜家家居中國大陸簡體中文版送貨說明：

送货服务
在宜家，运费从未被加进您购买家具的售价中，只要您需要，我们就会提供有偿服务。与宜家合作的第三方服务商为您送货上门，只收取合理费用。

不過中國大陸版的編譯人員，可能還是覺得用「你」有點

太直白，所以能省則省，從寫法上去迴避使用第二人稱代名詞。以下的段落是中國版和香港版型錄的同一段落。香港版用了「您」，中國大陸版則是規避了「你」或「您」的使用，如以下兩句。

(1)
有了落地窗帘，享受私密还是拥抱世界，随心掌握。

(2)
裝上落地窗簾，由您決定何時讓光線照進屋內。

總而言之，看似不起眼的代名詞或稱呼，其實無可避免地包含了權力位階和親近程度的界定，而在政治、服務業等領域，也各有其習慣和考量。也因此，代名詞或稱呼呈現出多種樣貌。選擇了某個代名詞和稱呼，似乎也等同於宣示了不同的權利義務關係。從這個角度來看，語言並不只是用來表達情感、描繪世界的溝通工具。語言本身就是一種行動，具有定義和改變現狀的能力。

1. 你曾經因為不確定該怎麼稱呼別人而苦惱過嗎？或者，對於別人對你的稱呼，感到尷尬或不舒服嗎？回想一下，是什麼情境造成這樣的苦惱或尷尬，是否能用「權力位階」跟「親近平等」兩個概念來理解，或者還有其他可能的元素？

2. 華人文化裡，常會用親屬稱謂（例如「爺爺」、「阿姨」、「伯伯」、「姊姊」等）來稱呼沒有親屬關係的人。花一個禮拜的時間，觀察並記錄自己怎麼稱呼別人。你用親屬稱謂稱呼非親屬的頻率有多高？有哪些親屬稱謂比較常使用？對方的哪些特質，讓你選擇用「爺爺」、「阿姨」、「伯伯」、「姊姊」等稱謂來稱呼？用親屬稱謂稱呼對方，相較於其他的稱呼方式，有什麼有利（或不利）的因素？

 **延伸閱讀與參考書目**

- 《機智醫生生活》（2020）。
- 《月薪嬌妻》（2016）。
- 《星際效應》（2014）。
- Biq, Y. (1991). The multiple uses of the second person singular pronoun ni in conversational mandarin. *Journal of Pragmatics*, 16(4), 307-321. https://doi.org/10.1016/0378-2166(91)90084-b
- Braun, F. (n.d.). *Terms of Address*. Handbook of Pragmatics Online. https://benjamins.com/online/hop/articles/ter1
- Brown, R. & Gilman, A. (1968). The Pronouns Of Power And Solidarity. In J. Fishman (Ed.), *Readings in the Sociology of Language* (pp. 252-275). Berlin, Boston: De Gruyter Mouton. https://doi.org/10.1515/9783110805376.252
- House, J. & Kádár, D. (2020). T/V pronouns in global communication practices: The case of IKEA catalogues across linguacultures. *Journal of Pragmatics, 161*, 1-15.
- Kuo, S. (2002). From solidarity to antagonism: The uses of the second-person singular pronoun in Chinese political discourse. *Text & Talk*, 22(1), 29-55. https://doi.org/10.1515/text.2002.004
- Scotton, C. M., & Zhu W. (1983). Tóngzhì in China: Language Change and Its Conversational Consequences. *Language in Society*, *12*(4), 477–494. http://www.jstor.org/stable/4167461
- Tannen, D. (2009). The Relativity of Linguistic Strategies: Rethinking Power and Solidarity in Gender and Dominance. In *The New Sociolinguistics Reader* (pp. 168–186). UK: Red Globe Press. 10.1007/978-1-349-92299-4_12.
- Wikipedia contributors. "T–V distinction." *Wikipedia, The Free Encyclopedia, 25 Nov. 2023*. Available from https://en.wikipedia.org/wiki/T%E2%80%93V_distinction

# 第五章

# 你聽懂弦外之音了嗎？
# 從《非常律師禹英禑》和《宅男行不行》談語用詮釋

語言不只有字面上的意義，還有隱含的意思——
在說與沒說之間暗藏的人際互動祕密

◆ 人際關係中的語用學

◆ 沒說出來的字裡行間

◆ 隱形的「合作原則」

◆ 語用學常探討的「隱含意義」

◆ 反諷怎麼玩？

◆ 為什麼「反串要註明」？

◆ 為了禮貌，原則可以放一邊

◆ 禮貌理論

◆ 禹英禑其實想說的是……

◆ 那些沒說出來的話

── **本章關鍵字** ──

#語用學　　　#合作原則　#禮貌理論
#自閉症類群障礙　#隱含意義

# 人際關係中的語用學

**自閉症類群障礙**：包含了過去幾種有著相同核心自閉特質，但臨床表現略有不同的幾個診斷，像是自閉症、亞斯伯格症、非典型自閉症等。核心特質包含不擅互動與溝通，容易執著於重複和一致性。

韓劇《非常律師禹英禑》描述患有自閉症類群障礙（Autism spectrum disorder）的新進律師禹英禑，不諳人際關係的「眉角」（鋩角 mê-kak），但是智商超群、記憶力驚人，與同事協力完成一件件委託案；最終正式成為大型律師事務所律師，找到自己的定位與方向。此劇播出後引起廣大觀眾的關注及討論，而「禹英禑」這個得到眾多觀眾喜愛的角色，以語言學研究的角度看，也有許多趣味之處。

先來認識一下「自閉症類群障礙」吧。自閉症類群障礙是個光譜，其中包含缺乏口語能力，而無法與外界溝通的「重度自閉症」（例如第三集裡被誤會殺了哥哥的金廷勳）；也包含了語言結構和認知功能都沒有障礙，但是對於人際互動及溝通的細微之處有理解困難的「輕度自閉症」（例如俗稱的「亞斯伯格症」或「高功能自閉症」），而禹英禑就屬於這一類型。雖然語言能力沒有問題，作為律師的禹英禑還可以滔滔不絕地引用法條、說出許多困難的字句，但是關於何時適合（或不適合）說什麼卻缺乏靈敏度，對於別人的話語傾向做字面上的解釋，也難以理解話中的「弦外之音」。以語言學的觀點來說，禹英禑在字彙和語法等語言結構的理解上毫無障礙，甚至比一般人還要好，但是在生活中，語言該怎麼用、該怎麼詮釋的能力卻明顯偏弱。

**語言結構**：語言的結構面可包含構詞、語法、語意、語音、聲韻等面向。

**認知功能**：根據教育百科的說明：「張春興（1989）在《張氏心理學辭典》中指出，認知（cognition）為個體經由意識活動對事物認識與理解的心理歷程。認知的涵義廣泛，舉凡知覺、記憶、想像、辨認、思考、推理、判斷、創造等複雜的心理活動均屬之。」

這一章我們就來談談人際互動中的語用學吧。你可能會發現，原來我們的語言和溝通裡有這麼多我們默默遵行、卻沒有意識到的潛規則！

## 沒說出來的字裡行間

英國知名語言哲學家格萊斯（Herbert Paul Grice），一九六七年在哈佛大學的演講上，提出他對人際互動中未言明之處的觀察。舉例來說，假設以下對話中的A和B住在同個區域：

A：現在幾點了啊？
B：垃圾車剛走。

這個對話，若純粹從字面上來看，B的回答完全牛頭不對馬嘴。A問的是說話當下的時間，B理應回答「幾點幾分」，但卻以「垃圾車剛走」取而代之。不過，若是A知道垃圾車每天都在差不多的時間來、差不多的時間走，那這個回答就有意義了。簡單來說，B的回應可以解釋為「我不知道現在確切是幾點幾分，不過垃圾車每天大約在六點離開，所以現在的時間應該是比六點再稍晚一些」的簡要版。

我們每天與人的互動，都充滿了這種表面上看似毫無邏輯關聯的回應。但是大多時候，這樣的人際溝通還是能保有某種程度的順暢，為什麼明明不太合邏輯卻又能無礙於溝通？

## 隱形的「合作原則」

格萊斯認為，人際互動的背後其實存在著大家默默遵守，並且假定彼此都會遵循的「隱形規範」。與人交際並不是想說什麼就說什麼，而是必須符合一定的規範，才能夠讓整個

對話的流程維持下去。格萊斯將這個「隱形規範」（也可說是默契）稱為「合作原則」（co-operative principle）。合作原則可再細分出四個規範：「質的原則」（maxim of quality）、「量的原則」（maxim of quantity）、「關聯原則」（maxim of relevance），以及「方式原則」（maxim of manner）。

我們首先從「量的原則」開始解釋。量的原則，簡單來說，就是依照目前互動的狀態，給出對話中所需要的最大資訊量，但僅止於此，不要超量。

舉例來說，如果 A 總共養了五隻貓，當 B 問他「你養了幾隻貓」，按照「量的原則」這個隱形規範，A 會回答「五隻」。如果 A 的回答是「三隻」，雖然理論上 A 也確實有三隻貓，所以這個答案嚴格來說不能算錯；但 B 如果發現 A 實際上總共有五隻貓，就會覺得 A 在說謊，或是想要刻意隱瞞某些事情。為什麼 A 答「三隻」會讓 B 這樣想呢？這正是因為人際溝通上有著「給出所需要的最大資訊量」的隱形規範。

當有人問 A：「你養了幾隻貓？」而 A 回答：「我有五隻貓，也養了三隻狗，還有六隻天竺鼠。我妹妹也養了三隻貓，我鄰居也養了兩隻哈士奇。我媽媽也喜歡動物，她今年四月一號滿六十五歲，決定退休，把阿嬤傳給她的餐廳收起來了⋯⋯」這個回覆可能讓人傻眼，因為 A 給出的資訊遠遠超過提問者所需的量。

這個「給出所需最大資訊量、但不過量」的原則，看似簡單，但其實相當仰賴互動雙方對當下情境的理解。在《非常律師禹英禑》裡，禹英禑每次向初次見面的對象自我介紹時，總是忍不住脫口而出：「我叫禹英禑，正著念倒著念都一樣，黑

吃黑、多倫多、石榴石、文言文、鹽酸鹽、禹英禑。」因為給出了超量的資訊，違反了一般人認定的「量的原則」，所以經常引來疑惑不解的眼光。此外，禹英禑因為熱愛鯨魚和海豚，當她談起相關話題，也常給出過量的資訊。除了喋喋不休地和朋友分享鯨豚知識外，連在法庭上，提出一把印有海豚的雨傘為證物時，都會不自覺地說出「那個海豚圖案應該是印太瓶鼻海豚，不是寬吻海豚」，而遭到法官打斷（見第八集）。此舉也是違反量的原則，提供了超量資訊，使得人際互動的流暢度遭到阻斷。

除了量的原則之外，格萊斯還提出「質的原則」。質的原則是指在互動過程中，談話雙方給予真實的訊息，不給出明知錯誤或缺乏證據的消息。這項規範倒不是說，每個人都會誠實不欺地遵守這個原則，只是一般而言，我們自己會照做，通常也會假設其他人也同樣遵循這個原則。因此，多數人會重視自身話語的真實性（至少避免給出錯誤訊息）。除非已經知曉談話的另一方有說謊的習慣，我們一般不會總是疑神疑鬼地質疑他人說話的可信度。

下一個要介紹的原則是「關聯原則」，這個規範指的是，我們會預設對話時的回應要跟之前的話題有關聯性。回到前面提到的「現在幾點」的例子，B的回答「垃圾車剛走」，要能夠被理解為「垃圾車每天六點左右離開，所以現在應該是稍晚於六點」，前提在於，我們假設B的回答跟A的問題有關聯。再舉一例：

A：小華最近有沒有新的交往對象啊？

B：他最近幾乎每天都去健身房。

　　基於關聯原則，我們可能會把B的回應解讀為：「小華最近常常去健身房，應該是在那裡有交往對象。」如果B後來說「我只是隨便接一句不相干的話，我根本不知道小華有沒有對象。」這樣的回答應該會讓人大翻白眼吧。

　　最後一個規則是「方式原則」，指的是說話的方式要簡潔清楚、有組織、有條理，避免模稜兩可而造成誤會。以下面這個例子來說：

　　A：你現在有重要的事情要做嗎？
　　B：還好，沒什麼事。
　　A：有件事我想跟你說。這對我來說很難開口，但我還是決定問問看。我上週末頭痛到睡不著……可以幫我把桌上那包面紙遞過來嗎？

　　一開始，我們應該都覺得A應該是準備要說一些難以啟齒的大事，也許是很私人或重要的請求。但是如果A只是需要人幫他拿面紙，這串對話就顯得不夠簡潔且條理不清，令人懷疑A真的只是想要別人幫他拿面紙嗎？背後是否有其他的意圖？這樣的對話反而更令人疑惑了！

　　綜合來說，格萊斯提出的人際關係裡的「合作原則」中，四種原則呈現出人際對話之間預設的「隱形規範」，我們會依照上述這些原則，決定話要說多少、怎麼說，並且以這些原則為基礎，解讀別人話語的意義。因為這些溝通中的潛規則，人

際互動才得以保有一定程度的順暢。

## 語用學常探討的「隱含意義」

聰明的大家應該都可以發現，格萊斯的「合作原則」只是個隱形的默契，不是一條萬萬不可違反的法律，很多時候人們在對話中還是會違反這些原則。最常見的，莫過於各國政界都找得到政治人物刻意含糊其詞、違反方式原則的發言案例。日常生活對話中違背其他合作原則的狀況也不在少數。然而，有趣的是，當對話的其中一方不遵守合作原則時，大部分的人通常還是會依循合作原則的框架思考。這是為什麼呢？

當我們察覺到對方違反合作原則時，我們大多會如此解讀：他這句話這樣說有點怪怪的（內心已經察覺對方違背了合作原則），所以他照理說應該是要表達某種不是字面意義的意思。這個「隱含的意義」（implicature），就是語言學中「語用學」探索的重要主題之一。

舉例來說，「反諷」這種修辭就是典型的建立在違反「質的原則」所產生的隱含意義上。在《非常律師禹英禑》的第二集裡，禹英禑有天和同事去拜訪一位婚紗在婚禮上脫落的富家千金，這件事氣得她父親要對飯店求償。當這兩位律師發現，這位新娘其實對婚禮、婚姻和自己的生活其實幾乎沒有什麼掌控權，同事不可思議地跟禹英禑說：「看來法律規定有錢人不能太懂事。」禹英禑當下的回應是：「不是的，沒有那種法規。」同事愣了一下，禹英禑這才恍然大悟地說道：「我懂了，原來你是在開玩笑。」

「看來法律規定有錢人不能太懂事」這句話並非事實，明顯違反了一般人對話中預設的「質的原則」。一般人聽到一句一聽就知道絕非事實的話，第一秒可能會愣住，接下來應該會理解說話的人所要傳達的其實並不是字句表面的意思，應該是反話，或有言外之意。禹英禑同事那句話隱含的意義是嘲諷有錢人的不成熟，而禹英禑因為解讀字裡行間的隱含意義的能力偏弱，所以一開始還認真回答了「沒有那種法規」，後來才理解，原來要解讀這句話，需要著重的不是字面上的意思。

## 反諷怎麼玩？

美國情境喜劇《宅男行不行》的主角之一薛爾登，同樣有自閉症類群障礙的特質，也經常無法理解反諷背後要表達的意思。在第一季第二集裡，薛爾登發現新鄰居潘妮家裡很亂，有潔癖的他難以忍受，於是趁潘妮半夜熟睡，跑到她家把東西排列整齊，薛爾登的室友李奧納德也被迫跟著一起打掃。第二天早上，李奧納德睡眠不足、神情疲憊，薛爾登卻精神十足地說自己雖然睡得不長，但睡得很熟。此時李奧納德說了一句：「我一點都不訝異，治療失眠非常有效的傳統療法，就是溜到鄰居家打掃。」

這句話顯然不是真話（違反質的原則）而是個反諷。但薛爾登並不十分確定，還跟李奧納德確認了一下。之後李奧納德陸續回答的幾句反話，都被完全不解其意的薛爾登用字面意義來解釋。李奧納德終於不可置信地說：「天啊，薛爾登，我每次開口，都得高舉寫著『諷刺』的牌子嗎？」沒想到薛爾登還

真的相信了，並問他「你有寫著『諷刺』的牌子？」李奧納德只好無奈地說：「不，我沒有寫著『諷刺』的牌子。」

這也是一個違反質的原則的例子。李奧納德實際上當然沒有寫著「諷刺」的牌子，這個反諷卻被薛爾登直接以字面意義理解，而沒發現背後隱含的意義。後來，潘妮發現家裡半夜被打掃過，怒氣沖沖地跑來質問兩人做了什麼。李奧納德還真的趕快手寫了一張上頭寫著「諷刺」的提示，試圖從旁警告薛爾登，潘妮說的話是在諷刺他的自以為是。

## 為什麼「反串要註明」？

戲劇裡的反諷可能相對容易理解，但是在日常生活裡，反諷倒不見得總是那麼容易分辨，尤其是在我們和對方不熟，難以分辨說話者的想法和意圖的時候。以網路論壇上常出現的「反串文」來說，留言也不時會出現「這是反串文嗎？」或者「反串要註明」的評論。可見我們雖然通常都有合作原則的默契，對於什麼情況下算是違反了合作原則、是否有隱含的意義，在某些公眾對話情境下，還是有各自的解讀空間。

當人與人之間理解對話方式有落差時，一旦其中一方對話違反合作原則，也會促使對話雙方重新理解當下狀況。在《非常律師禹英禑》的第二集中，禹英禑的上司在帶領手下三位年輕律師討論案件時，問大家：「各位，損害可區分為哪些類型？」

一般人對這情境的解讀，應該會是：上司是位經驗豐富的律師，一定知道答案，但之所以未符合預設的量的原則，沒有

直接給出答案，他的目的顯然是想要讓新進律師有思考及回應的機會。然而，傾向以字面解讀意義的禹英禑，卻以為這是一句「真正的」疑問句。於是反問上司：「你當了那麼久的律師，卻不知道損害分為哪些類型嗎？」上司只好重新說明自己這番提問的意圖：「我提問不是因為我不懂，而是為了指導大家。」

語用詮釋和字面意義的落差，造成了許多喜劇效果。但是對於自閉症類群障礙的患者，溝通上的落差，其實就像禹英禑的工作日常一樣，是他們時常面對的挑戰。

## 為了禮貌，原則可以放一邊

從上述討論可以看出，格萊斯提出的人際互動合作原則，其主調建立在人們對有效率、有條理溝通的期望上。不過，在我們日常交流裡，效率、清楚以及條理不見得是所有互動者唯一的考量。以上面提過的例子來說：

A：你現在有重要的事情要做嗎？
B：還好，沒什麼事。
A：有件事我想跟你說。這對我來說很難開口，但我還是決定問問看……

這段話後面，如果接了「可以把那包面紙遞給我嗎？」就顯得莫名奇妙，因為如果只是要人隨手幫個小忙，直接說就行了啊！但是如果接「我最近手頭有點緊，但女兒學校得繳學

費，可以借我五萬元讓我應急一下嗎？我保證兩週後資金進來一定還你！」那麼前面冗長的鋪陳就有道理了。雖然看似繞了一大圈，看似沒效率、不太清楚也不是很有條理，但總比劈頭就說「借我五萬」有禮貌，成功機會也大多了。

## 禮貌理論

這就是語言學家羅蘋・雷克夫（Robin Lakoff）的主張，他認為，除了效率、清楚以及條理這些溝通考量之外，人際互動往往還會希望顧及「禮貌」這個面向。有時候基於禮貌的需要，而違反了有效率的合作原則（尤其是預期簡潔有條理的「方式原則」）。對於人際關係的禮貌相關現象最經典的理論，就屬美國語言學家潘妮洛普・布朗（Penelope Brown）和史蒂芬・李文森（Stephen C. Levinson）在一九八七年提出的「禮貌理論」（Politeness theory）了。

在布朗和李文森的禮貌理論裡，「禮貌」指的不完全是說話要夾帶「請」、「謝謝」、「對不起」，或是打招呼、餐桌禮儀之類的。「禮貌」在這裡指的是，維持人際和諧、減少互動摩擦的語言策略。在布朗和李文森的禮貌理論中，「面子」（face）這個概念是很重要的一環。中文裡原來就有「面子」這個詞，布朗和李文森的「面子」跟中文的「面子」有點類似，但不完全一樣。布朗和李文森認為，人際互動中有兩種不同的「面子」，分別是：「積極面子」（positive face），指的是我們都樂見自己的特質和行為被其他人喜歡；以及「消極面子」（negative face），意指我們都不希望被別人干涉、侵犯自

己的自由，而是想保有自主權。簡單來說，積極面子跟別人喜不喜歡我有關，消極面子則和不想被別人干涉有關。

在人際互動的過程中，有一些語言行為會危及彼此的面子。譬如，當別人不同意我們的言論或行為、打斷我們說話，或者表現得疏遠冷淡時，就可能危及我們的積極面子。而當有人跟我們借錢、對我們做出各種要求、或是明明不太熟卻和我們往來太過熱絡等行為，都可能讓我們覺得自由受到限制而感覺不適，也就威脅到我們的消極面子。根據布朗和李文森的禮貌理論，上述這些行為統稱「危及面子的行為」（face-threatening act）。

在日常交際裡，這些危及面子的行為是無可避免的。就算我們再小心翼翼，總是有需要對別人請求某些事情，需要對某些人給出評論意見，也時常會有跟他人意見不同的情況發生。當需要做出危及面子的行為，例如向對方提出請求時，我們一般會視情況的嚴重性（是要對方幫小忙、還是大忙），還有跟對方的關係（包含是否有上下地位的關係，和親近的程度），採取降低危害感的策略。若要降低對積極面子的危害，我們可能會嘗試讚美對方，表現出對他的好感和興趣，強調彼此的共同之處，用小名稱呼對方，或開玩笑拉近距離。這些做法可稱為「積極禮貌策略」（positive politeness strategies）。若要降低對消極面子的損害，我們可能會對打擾到對方表示抱歉，說話避免太直接，以及使用尊稱跟委婉語（如「可能」、「大概」、「一點」、「一下下」這類用語），或者用問句代替直述句（例如，以「可以請你幫忙把垃圾拿出去嗎？」取代「麻煩把垃圾拿出去。」）這些常用的應對方式可稱作「消極禮貌策略」

（negative politeness strategies）。

## 禹英禑其實想說的是……

拿捏人際關係和禮貌策略也是語用能力的一部分。不過，
這些衡量看似簡單，實際的斟酌過程卻非常複雜，不僅需要考
量彼此的關係、危害的程度大小、危及的面子的種類，也要評
估在談話情境下使用哪套語言策略能有比較好的結果。再回到
《非常律師禹英禑》和《宅男行不行》裡的禹英禑或薛爾登，
對具有自閉症類群障礙特質的兩位角色來說，語用能力的思考
過程常常無法掌握得宜，而給人留下怪怪的印象。

例如，在《非常律師禹英禑》的第三集裡，禹英禑不知道
如何跟一位自閉症客戶相處，而向爸爸尋求協助。此時禹英
禑的爸爸正在餐館裡備菜，問了她一句：「那在我回答你的時
候，你要不要跟我一起處理菠菜？」禹英禑很快答道：「不，
我不要。」接著就停下來等爸爸回答她的問題，完全沒有意識
到這麼直接的拒絕，大大危及了爸爸的積極面子，讓爸爸覺得
自己好像不受喜愛。爸爸頓了一下，自討沒趣，只好悠悠地
說：「跟自閉症人士一起生活果然非常……孤獨。」

除了在言語上危害別人的積極面子而不自知，禹英禑也常
危及他人的消極面子而無從察覺。第四集交代了禹英禑跟好友
董格拉米在中學時成為朋友的過程，起因於某位不懷好意的
同學，傳了一張紙條給禹英禑，叫她問老師一個問題：「請問
實習老師，在哪裡做雙眼皮手術的？好像還開了眼頭。」禹英
禑照做了，但此話一出嚴重侵犯到年輕女老師的消極面子，讓

老師感覺受冒犯，她氣得打了禹英禑一巴掌後奔出教室。看不慣同學利用禹英禑欺負人的嘴臉，董格拉米仗義直言、挺身而出，學校裡的兩個邊緣人也就從此結為好友。

再以第十四集裡禹英禑與上司的互動為例。禹英禑發現，得了胃癌的上司一直心心念念多年前在濟州島蜜月旅行時吃到的美味拉麵。出於好意，禹英禑脫口而出：「我們去拜託幸福湯麵的老闆幫忙如何？請他為罹患胃癌第三期可能活不了多久的律師煮碗豬肉湯麵。」這番話雖然出自一番好心，卻因當著當事人和眾人的面前說出，於是形同危及上司的消極面子，引得大家面露尷尬。好在上司是個大器的人，也深知禹英禑的個性，才沒有演變成太尷尬的「不禮貌」場面。

## 那些沒說出來的話

經過了這一章以後，大家是否發現，原來除了字面上的意思，字裡行間的隱含意義還有這麼多的學問！一般社會互動能力沒有大問題的人，可能不認為察覺隱含意義有什麼困難。但是透過具有先天特質、人際互動能力不佳的電視劇角色，我們得以看到「合作原則」和「禮貌理論」如何在人際互動中運作，以及當運作不良時會導致什麼情況發生。語言，絕對不只有表面的字句意義而已。那些沒說出來的部分，也就是語用的詮釋，正是人際溝通之所以有趣又複雜的重要環節。

## 想一想！生活中的語言學

1. 用一週的時間，觀察周遭的語言互動，大家是否都遵守格萊斯說的四種合作原則？在什麼情況下，合作原則被打破了？是否有隱含意義因而產生？

2. 觀察人們怎麼拒絕邀約（可能是某個活動邀請、晚餐邀約等）。首先想想，拒絕邀約危及哪一種面子？接著觀察，人們常用哪些策略拒絕？明確拒絕，還是模糊以對？拒絕時提供理由嗎？什麼樣的理由是充分的理由？什麼理由會（或者不會）傷人？這些考量，跟你要拒絕對象的角色、地位、年紀有關嗎？

## 📖 延伸閱讀與參考書目

- 《非常律師禹英禑》（2022）。
- 《宅男行不行》（2007）。
- 大家的語言學（2018年5月6日）。〈語言學家也很重視「面子」!? 初談柯P的語言風格與禮貌理論〉。取自 https://yeslingua.blogspot. com/2018/05/p.html
- 許逸如（2019年12月20日）。〈【語言 S03E06】不要再當句點王！合作原則四個概念教你如何接話〉。鏡週刊。取自 https://today.line.me/ tw/v2/article/7g1eRn
- Brown, P., & Levinson, S. C. (1987). *Politeness: Some universals in language usage.* Cambridge: Cambridge University Press.
- Lakoff, R. (1973). The logic of politeness: or, minding your p's and q's. *Chicago Linguistic Society*, 9, 292-305.
- Watts, R. J. (2003). *Politeness*. Cambridge: Cambridge University Press.

# 第六章

# 千年傳統，全新感受

# 從 linguistics 的觀點來談《海角七號》裡 amazing 的語碼 switching

語碼轉換的晶晶體不只是讓大眾褒貶不一的講話方式，背後也可蘊藏著社會意涵及說話者的目的

◆ 多語的國境之南

◆ 一閃一閃亮晶晶，到處都是晶晶體

◆ 句裡句外不一樣

◆ 轉換語言不是找不到詞而已

◆ 請你跟我這樣說

◆ 多語社會的語言轉換

**本章關鍵字**

#多語社會　#語言接觸　#語碼轉換

#晶晶體　　#社會文化　#會話分析

## 多語的國境之南

　　《海角七號》問世十數年，至今仍是臺灣國片史上最賣座的電影。片中主角阿嘉（范逸臣飾）是個在音樂界打滾多年卻一事無成的臺北樂團主唱。一氣之下砸壞吉他，回到故鄉屏東恆春，替受了傷的當地老郵差代班。因緣際會之下，阿嘉發現了一個從日本寄來要送到「海角七號」的郵包，其中包含了七封日文信。《海角七號》的劇情就是圍繞在阿嘉身處的現代，與信中所屬的臺灣日治時期這兩條故事線發展開來。

　　這部電影上映後獲得莫大的成功。不僅讓導演魏德聖受到極大的鼓舞，進而繼續拍出了史詩大作《賽德克·巴萊》，也讓當時萎靡已久的臺灣國片士氣大振，接連推出許多叫好又叫座的本土作品。這些電影以臺灣的歷史文化為基底，反映出臺灣人的集體記憶與生命經驗。以我們語言學家的角度來看，最重要的莫過於呈現出臺灣語言使用的特色：不同語言與文化不斷互相接觸、碰撞、彼此影響。華語、台語、客語、原住民語、英語、日語等不同的聲音，都在這片土地上交替迴盪（第十章會討論到臺灣的多語環境是如何形成的）。

　　像臺灣這樣的多語社會，可以常常看到後續在第十二章將提到的眾多現象，從書寫系統的借用與創新，到不同形式方法的借詞（loanword，或 borrowing），甚至是不同層次的語音系統，這些都是語言接觸時會發生的現象。

　　而在魏德聖導演與編劇的作品，像是《海角七號》、《賽德克·巴萊》與《KANO》當中，便可以聽到一般臺灣人的對話中常常夾雜著許多不同的語言。這個現象在語言學界有人稱

**借詞**：又稱「外來語／詞」、「借用詞」，是指一個語言中來自其他語言的詞彙，通常會借入那個詞彙的意義及發音／字型，並依據借入語言的特性在發音、拼寫或意義上做出調整。例如中文中的「披薩」或英文裡的「pizza」都是來自義大利文的借詞。

呼為「語碼轉換」（code-switching），所謂的「晶晶體」正是其中一個有名的例子。

## 一閃一閃亮晶晶，到處都是晶晶體

如果你不知道什麼是晶晶體，這大略可以解釋成「中英交雜」的講話方式。這裡的「體」指的是語體風格，而「晶晶」則是指二〇一六年受《Vogue》雜誌專訪的首都客運千金名媛李晶晶。

在這個專訪影片裡面，雖然李晶晶主要使用的語言是華語，但夾雜了許多英文單字片語，例如「開始在 fashion industry 的時候」、「真的很 amazing」、「開發新的 idea for Lady Dior」、「現在的女生都很 active」等。形成令人印象深刻的風格，從此許多人就會用「晶晶體」來戲稱中英夾雜的說話方式。

事實上，這種多語混用的講話方式並非新發明或發現。大概自從兩個以上的語言或方言相互接觸開始，這現象就一直存在於這個世界，有許多語言學家將這樣的現象稱作是「語言切換」（language alternation）、「語碼轉換」或是「語碼混合」（code-mixing）。值得注意的是，之所以會用「語碼」（code）這種像程式語言的詞彙，而不是用更白話的「語言」，是因為語言學家往往將不同的方言或腔調視為一套獨立的「符碼系統」。用了這個詞，就可以把不同語言、方言、腔調之間的轉換，統統歸到語碼的概念下討論。

說到「語碼轉換」，很多人可能會抱持著比較負面的想

**語言切換**：比較近期的研究，常用「跨語言實踐」（translanguaging）來取代「語碼轉換」的概念。簡單來說，語言轉換是把不同語言想成有明確界線，可以切換的兩個系統，但跨語言實踐是將「language」這個字當動詞，強調靈活利用不同資源來傳達意義、達成功能的動態過程，語言之間的分野就比較模糊、有彈性。

法。以中英夾雜的「晶晶體」為例，有些人可能會覺得「賣弄什麼英文啊？」或是「會說英文了不起？」另一些人可能會認為「這個人中文也太破碎了吧」、「是不是沒辦法好好講完一整句英文」、「中文差，英文也差」。

但對語言學家來說，「語碼轉換」卻是一個充滿各式有趣現象的寶庫。可以透過語碼轉換一窺許多語言結構、社會互動、心理歷程等方面的機制與奧祕。

## 句裡句外不一樣

從語言結構來看，有語言學家將語碼轉換大致分成兩種。一種是「句間」或稱「句外轉換」（inter-sentential switching），指的是在一段話裡，一個句子用某個語言，在另一個句子則用另一套語言。比如下面這段周杰倫〈爸你回來了〉的副歌歌詞，前三句是台語，最後一句則轉換到華語。

莫閣按呢拍我媽媽（別再這樣打我媽媽）
我講的話你敢會聽（我說的話你會聽嗎）
莫閣按呢拍我媽媽（別再這樣打我媽媽）
難道你手不會痛嗎？

《海角七號》的女主角友子（田中千繪飾）是日本藝人公關。她在劇中時常在華語和日語之間進行句間轉換。在電影當中，阿嘉等人組成的臨時樂團要負責在日本歌手演出前開場。然而，這支雜牌軍不僅狀況不佳，身為主唱與作詞者的阿嘉練

習也總是遲到，負責接洽的友子因此感到相當焦慮。在發現阿嘉不練團、不寫詞，卻跑去海邊游泳後，她氣憤地對阿嘉說：

　　你每天遲到，我都以為你是在作詞才沒有說你，原來你跑到海邊玩水。ちょっと，あなたたち，いい加減にしなさいよね！（喂，你們，不要太過分了！）我不幹了！

　　友子在一長串中文獨白後，講了一句「ちょっと，あなたたち，いい加減にしなさいよね！」（喂，你們，不要太過分了），整個句子有主詞、動詞，也表達了完整的語意，然後再轉回中文「我不幹了！」這就是很標準的句間轉換。

　　有句間轉換，當然就有「句中」或「句內轉換」（intra-sentential switching），也有些學者稱之為「語碼混用」（code-mixing）。「句內轉換」指的是同一個句子中的某些成分（通常是動詞、名詞或形容詞這樣的實詞或片語），轉換成不同的語言，前面提到的晶晶體（例如說話不時在句中穿插「fashion industry」、「amazing」等）正屬於這類的例子。

　　這種句內轉換的現象在歌詞中也很常出現，比如下面這段蔡依林〈玫瑰少年〉的歌詞，就有許多句內轉換：

　　試著想像 you switched to his body（你轉換到他的身體）
　　Sexuality（性向）當心什麼會傷你
　　多少次的重傷多少次的冷語
　　Drowning（溺水）誰會拉你
　　Dreaming（作夢）誰會陪你

實詞：指的是有實際意義內容的詞語，通常表達像是物品、動作或特質等涵義。相反的，比較沒有具體語意內容的詞語，像是助詞、介詞、連結詞等，則稱作「虛詞」或「功能詞」。

類似於晶晶體的例子，這段中文歌詞用了很多英文單字，包含「sexuality」、「drowning」和「dreaming」，也有使用較長子句「you switched to his body」。這個英文子句雖長，但因為前面加了「試著想像」這兩個動詞，中英文加在一起構成主要子句，表達出一個完整的語義，所以也算是一種句內轉換。

「句內轉換」和我們將在第十二章詳細說明的「借詞」有一定的相似性，特定的句內轉換用多了就可能會變成借詞。但是，相較於句內轉換，借詞被同化的程度通常比較高。有些日文的詞是以字音的方式借進中文（如「黑輪」），換個角度來看，這意味著已經透過中文的字音、字義或字型為這些借來的詞做了一些「加工」。相比之下，「句內轉換」則保留了較多原本的語言特色。

很多人愛用的「趴趴走」這個詞，就處在一個借詞和句內轉換的狀態中間。這個詞源於台語的「拋拋走」（pha-pha-tsáu），但絕大多數的臺灣新聞媒體，幾乎都是用華語諧音「趴趴走」來書寫這個詞，而被戲稱為「台語火星文」。由於這樣的漢字使用，有些人也會用華語的發音來說這個詞。在這個情況下，「趴趴走」就會比較接近借詞，因為書寫和發音都融入了華語的特色。但大多臺灣人遇到這個詞，可能都會轉換成台語的發音，再加上意義沒有太大的改變，所以也可視作「句內轉換」。

當然在臺灣這樣一個多語的環境下，「句間轉換」、「句內轉換」和「借詞」三者有可能會交替出現在同一段對話裡。在《海角七號》中，有一段是民意代表跟女主角在討論樂手人選時起了爭執，他就對友子說：

火星文：火星文一詞流行於西元二〇〇〇年左右，指的是在網路上利用不正式的書寫方式，如注音、數字、同音字、表情符號等，進行表達的文字。這裡提到的「台語火星文」是指用非正式台文用字，以華語發音接近的字形表達台語詞彙的作法，例如「毋通」寫成「母湯」，「創空」寫成「衝康」等。通常「台語火星文」帶有貶損台語火星文使用者的意味。

哭枵！彈（tuânn）貝斯佮吹口琴啊毋攏全款 do re mi，會吹那個就會彈那個啦。你以為我不懂音樂喔？你是來亂的是毋是啦！

在這一大段話當中，「貝斯」（bass）是最標準的英文借詞，有對應的漢字，也有轉化成華語或台語的語音。觀眾應該都了解「do re mi」在這裡指的是演奏音樂，但因為還沒有對應的漢字，所以還算是在借詞與句內轉換之間的狀態。因為「彈貝斯佮吹口琴啊毋攏全款 do re mi」這句話主要是用台語講述，其中用華語發音的「吹口琴」便可視作是句內轉換。接著他說了兩句華語又轉回台語的「你是來亂的是毋是啦！」也就做了句間的語碼轉換。

從上述的幾個例子可以發現，不管是日常對話或是文學作品，多於一個語言的成分交替出現是很自然也常見的現象。這些語碼的混用，並不是因為說話者語言能力不足，相反地，許多語言學家認為，語碼轉換其實有著社會互動上的功能與意義。

## 轉換語言不是找不到詞而已

在三十八年前，當我在大學讀書的時候，while I was the freshman of the college（當我還是大一新生的時候），我晚上上班，就是在 American Club（美國商會）。白天是 student（學生），晚上是 American Club security guard（美國商會保全），

所以你們一進來第一個，就看到我。I just sit there. I check the card.（我就是坐在那邊，檢查證件）然後看一下你是不是member（成員）。If you're not a member, please just go away.（如果你不是成員，請你離開）（韓國瑜，二〇一九年於臺灣美國商會演講）

晶晶體再次爆紅，大概是在二〇二〇年總統大選正打得如火如荼的時候。時任高雄市長兼國民黨總統參選人韓國瑜，在二〇一九年八月二十一日受邀至美國商會演講。由於韓國瑜年輕時曾在美國商會工作，所以在演講的開頭特別提及這項經歷。

這段演講錄影曝光後，在網路上引起了相當多的討論。有人糾正這段話裡英語的用詞及文法，也有人評論韓國瑜中英夾雜的企圖。不論如何，無庸置疑的是，在這段演講裡看到的語碼轉換絕非只是單純「中文不好」或是「找不到詞」而已。

至少大多社會語言學家都是這麼認為。

早在一九七〇、八〇年代，美國語言學家約翰·甘柏茲（John Gumperz）和他的同事，就將語碼轉換分成「情境型轉換」（situational switching）和「隱喻型轉換」（metaphorical switching）。「情境型轉換」指的是因為對話者、情境或主題的改變而進行的語碼轉換。在《海角七號》裡，就常出現隨對話者或話題的改變而在華語、台語、日語等語言間轉換的現象。又比如，跟祖父母都說台語，講到比較科技的議題可能會說一些英文。通常情境型轉換感覺會比較直覺，也比較符合所謂的「社會常理」（norm）。

相對來說，「隱喻型轉換」通常不是伴隨著真正的情境改變，而是說話者在同一段對話中轉換了語碼，有可能是想藉由某個語言在社會文化中帶有的意涵或給人的觀感，達到一些社會、心理或情緒上的目的。比如，本來都在講華語，但為了要拉近和說話者的距離，就轉成台語，這是因為台語給人親切的印象。又或是父母本來用台語叫小孩去吃飯，但小孩不理，他們突然轉成華語叫他，因為華語帶有比較正式、嚴肅的意涵（強調一下這不是語言本身的特質，而是在特定歷史、社會脈絡下形成的語言態度）。

　　以韓國瑜演講的內容來說，一部分可以詮釋成情境型轉換，因為他的聽眾是臺灣美國商會的成員，談的內容也是他以前在美國商會工作的經驗。但另一方面，像這樣應該會有隨行翻譯的演講場合，而來賓大多也聽得懂中文的情境，韓國瑜的語碼轉換也可以被詮釋成隱喻型的轉換，因為英語具有專業、國際化的意象，也和美國商會很有關聯性，他便能藉此強調自己和美商的淵源，以拉近與美商成員的距離。

　　美國語言學家卡蘿・邁爾斯－斯高登（Carol Myers-Scotton）等學者則提出另外一套社會語言學的理論。他們認為，在一個多語社會裡，每種語言都帶有一或多個約定俗成的社會意涵，其背後隱含著一套的權利義務（Rights and Obligations，簡稱RO）。例如，講台語或客語可能強調對於在地社群的認同，所以講的時候，就會隱含著彼此間有一種如同家人親友的權利義務。像英語系的老師同學或是外商公司的同事跟彼此講話轉換到英語，常常則是暗示「英語系」或「外商公司」這些專業社群的權利義務。

在每一個情境中，使用不同的語言以及語碼混用，都有一個顯著或標記（markedness）的程度。例如，在外商公司開會時中英夾雜，或是跟父母聊天時混用台語和華語，這些時候的語碼混用都可以視為理所當然，非顯著或無標記（unmarked）的狀態。但如果情境倒過來，在外商公司開會使用台語，或是跟父母講英語，就可能是比較顯著或標記（marked）的情況。

邁爾斯－斯高登等人認為，擁有一個以上語言能力的人會理性評估不同情境語言使用的標記程度，並選擇特定的語言或語碼轉換來表示、協商或探索當下對話參與者的權利與義務。

舉例來說，很多讀者在跟父母或同鄉朋友互動時，可能會台語、客語或原住民語夾雜華語進行對話。這個狀況下的語碼轉換並無標記，語碼轉換的運用代表著自己接受這一套語言使用隱含的權利義務，例如身為這個家庭或社群一分子的權利義務。

當你上大學或是出社會，與背景各異的同學、同事相遇，使用不同的語碼在這個情境下所代表的責任義務就會變得模糊。所以，如果在某些時候，你在談話過程中進行了語碼轉換，可能就會有探索的功能，讓你可以摸索在這個脈絡下語言使用隱含的權利義務。

假設你在外商公司工作了一陣子以後，可能發現同事雖然很常中英夾雜，卻很少人會講台語。如果你此時選擇在華語和台語間轉換，這可能就暗示著你想要協商出一組新的權利義務，也許是對在地的認同或對於外國文化的抗拒。

回到《海角七號》中友子斥責阿嘉的例子，在那個情境下，因為在場有另外兩個不懂日文的人，所以友子轉換到日文

顯然是一個比較有標記的狀態。但我們可以看到，在說完那句日文之後，友子接著用中文說自己不幹了，並甩頭走人。從一連串的言行看來，我們也許可以說，友子藉由從「工作時使用的中文」轉換到「私人使用的日文」，這似乎試著要在她所處的困境中，協商出新的一套責任與義務，有可能是「我不要管我工作上的責任了，我要享有我作為一個個人的權利，你們自己看著辦」之類的涵義。

聽起來感覺像研究者想太多？嗯，的確有另外一派人是這麼認為。

像德國的語言學家與會話分析學者彼得・奧爾（Peter Auer）等人指出，這樣的理論充滿太多主觀的詮釋，而且會話中發生的語碼變換，也不見得都是跟國家、族群、社會這些大脈絡有關。相反地，語碼變換大多慢慢浮現在實際對話互動、一次次的你來我往之間。

奧爾發現，如果前一個人是用某一個語言講話，我們就會傾向用同一個語言。這現象在學理上叫作「語言順應」（speech accommodation）。在這時候如果轉換語碼，說話者就可以用這個轉變製造差異，為的可能是要突顯某段話的功能與前面不同、要協商一個共同語言，或者要強調某個身分認同，又或是管理會話的進展等多項功能。

講到這裡，讓我們回到上面提過的，《海角七號》中那位民意代表與友子在爭執樂手人選的場景。因為友子只會說華語，所以通常民代都會以華語回應，像是下面這一段：

友子：不能因為只有一個人會打鼓，就叫他打。

語言順應：語言順應理論（Speech Accommodation Theory）又稱「溝通順應理論」（Communication Accommodation Theory），是社會心理學家霍華德・賈爾斯（Howard Gile）提出的理論，主要的概念是人會依據講話、通常也認同的對象說話的方式，來調整自己說話的方式，以取得對方的認同、增進溝通效率或是維持正面的形象。

民代：他打得不好是不是？

友子：表演不是好不好的問題，而是舞台魅力。可是，他長得跟昆蟲一樣。

民代：啥物昆蟲？都還沒開始咧，水雞看作螢蜍（蟾蜍）喔？

在上面這段對話裡，民代先以華語回應友子，後來友子開始提出批評。民代也改以台語「啥物昆蟲？」質疑友子的評語，又轉回華語反駁事情都還沒開始，接著再轉回台語說出類似俚語般的評論。

吹口琴的例子也有類似的現象。友子先質疑吹口琴的人怎麼會彈貝斯，民代就以台語的發語詞回應，同時綜合友子講的華語「吹口琴」，以台語說出了「彈貝斯佮吹口琴啊毋攏仝款 do re mi」進行反駁；然後轉回華語，用了友子的句型說「會吹那個就會彈那個啦」的肯定句；最後再切為台語，質問友子是不是來搗亂的，同時搭配拍桌和起立，顯示討論的破局。

從前面兩段的例子可以看到，每一次語碼的轉換通常都帶著互動功能或言語行為（speech act）的改變。由於友子的日本人身分，台語和華語的宏觀社會意涵在這段對話裡，似乎就顯得沒那麼重要或強烈。相反地，每一次語碼的選取與轉換，都是在互動當下的每一刻協商調整出來的結果。會話分析學者相信，語碼轉換的功能和意義，通常都是在這樣一來一往之間所建構而成。

**言語行為**：是英國哲學家約翰・奧斯丁（John Austin）提出的概念。這個概念把語言使用視為行動，每一句話都有其意圖與造成的行為，例如命令、詢問、感嘆等。

## 請你跟我這樣說

看到這裡，你可能會覺得好像還是有點抽象，沒關係，下面來舉個例子。一起來看看用相關研究實驗方法來探討語碼轉換的研究。

荷蘭的心理語言學家如蓋瑞特・詹・庫次卓（Gerrit Jan Kootstra）等人曾經做了一系列的實驗，探討什麼樣的因素比較容易會讓人轉換語碼。他們用了一個很有趣的心理實驗方法，叫「同謀者腳本技巧」（confederate-scripting technique）。

在這項實驗裡，每次都會有兩名受試者面對面坐在同一個房間裡。之所以叫「同謀者」是因為，其中有一個受試者是研究者事先串通好的同夥，換言之，同謀者是先拿到劇本的暗樁演員。真假受試者面前各有一台螢幕上顯示著圖片的筆記型電腦，受試者要玩的對話遊戲，就是要輪流描述眼前的圖片給對方聽。

只不過，真的受試者會在現場即興形容眼前的圖片，而暗樁演員手上則有早就寫好的文字敘述。這些敘述一半有語碼轉換、另一半則無。研究者就用這套實驗設計去觀察：什麼樣的因素會觸發受試者的語碼轉換。

第一個最大的因素是，前一位說話者（即同謀者），有沒有在敘述圖片的時候轉換語碼。如果有，真的受試者明顯較容易轉換語碼。研究者稱這個現象為「互動校準」（interactive alignment）。也就是說，當人講話的時候，不只是用嘴巴傳遞出訊息而已，而是要講得讓對方也能達到共識，所以會傾向使用和對方類似的說話方式。

第二個顯著的影響來自同源詞（cognate），此處的「同源詞」指不同語言裡的同一個原始語言詞源，同源詞的發音通常很接近、也有類似的詞義。例如，法語裡的牛奶「lait」和西班牙語的牛奶「leche」就是同源詞；狐狸的英語是「fox」和狐狸的荷蘭語「vos」，這兩個也是同源詞。研究發現，如果同謀者語碼轉換的陳述裡有同源詞，真的受試者也較容易在實驗中進行語碼轉換。

值得注意的是，庫次卓等人指出，只有在同謀者也有語碼轉換的時候，才看得到同源詞的影響。換言之，同源詞只有提高語碼轉換的可能性，而非直接觸發這樣的行為。

除了詞彙以外，句法或是「語序」（word order）也會在引起語碼轉換上發揮作用。庫次卓等人找了一群英、荷雙語人士參與實驗，在荷蘭語當中，有「主詞－動詞－受詞」（SVO）、「主詞－受詞－動詞」（SOV）和「動詞－主詞－受詞」（VSO）這三種語序，但英語裡只有「主詞－動詞－受詞」（SVO）這一種。研究者發現，如果同謀者語碼轉換的地方是在「主詞－動詞－受詞」這樣兩個語言都有的語序句子，那受試者就也會出現比較頻繁的語碼轉換的傾向。

更有趣的是，研究者同時也發現，受試者傾向使用同謀者在前一輪使用過的相同語序以及語碼轉換的方式，而且即使同謀者是用英語所沒有的語序裡進行語碼轉換，真正的受試者有時也還是會被引發出語碼轉換的行為。

從上面這些實驗結果中可以發現，語碼轉換其實受到很多層次因素的影響。有時候是詞彙，有時候是語序句型，更多時候是在社會互動中想要和別人達到一致性的直覺。

## 多語社會的語言轉換

在很多人（甚至某些語言學家）的想像中，一個具有完整語言能力的人，在同一個情境下應該能、也應該會是以同一個語言表達與溝通。但在臺灣這個多語社會，或任何有多個語言接觸的地方（幾乎是世界各地皆然），同一句話裡夾雜不同的語言，並不是那麼少見的事。每一次語言的轉換，可能都有說話者背後的因素和希望達到的功能。

1. 你在生活中會轉換語碼嗎？你通常都是為什麼轉換語碼呢？如果不會的話，為什麼不會呢？

2. 當你聽到別人語碼轉換的時候，會有什麼感受嗎？轉換的語言會有差別嗎？主題或情境會有影響嗎？

## 延伸閱讀與參考書目

- 《海角七號》（2008）。
- 《賽德克‧巴萊》（2011）。
- 《KANO》（2014）。
- J. L. 奧斯汀（2023）。《如何以言語行事》。臺北市：暖暖書屋。
- 紀蔚然（2022）。《我們的語言》。新北市：印刻。

- Auer, P. (1995). The pragmatics of code-switching: A sequential approach. In L. Milroy & P. Muysken (Eds.), *One speaker, two languages: Cross-disciplinary perspectives on code-switching* (pp. 115–135). Cambridge: Cambridge University Press.

- Giles, H. (1973). Accent mobility: A model and some data. *Anthropological Linguistics, 15*, 87-105.

- Gumperz, J. J., & Blom, J. P. (1972). Social meaning in linguistic structures: Code switching in Northern Norway. In J. J. Gumperz & D. Hymes (Eds.), *Directions in sociolinguistics* (pp. 407–434). New York: Holt, Rinehart, and Winston.

- Kootstra, G. J. (2015). A psycholinguistic perspective on code-switching: Lexical, structural, and socio-interactive processes. In G. Stell & K. Yakpo (Eds.), *Code-switching between structural and sociolinguistic perspectives* (pp. 39–64). Berlin, München, Bostoni De Gruyter.

- Myers-Scotton, C. (1993). *Social Motivations for Codeswitching: Evidence from Africa*. Oxford: Oxford University Press.

- Myers-Scotton, C., & Bolonyai, A. (2001). Calculating speakers: Codeswitching in a rational choice model. *Language in society, 30*(1), 1-28.

第七章

# 性別差異，還是性別展演？
# 從《你的名字》、《慾望城市》、《我可能不會愛你》談性別與語言研究

不同性別的人都說著各自不同的語言？談語言中的性別差異是確有其實？還是刻板印象？

◆ 交換靈魂要改變講話方式？

◆ 什麼是女性語言？

◆ 男人來自火星，女人來自金星？

◆ 當差異其實不再明顯……

◆ 語言其實只是一種表演？

─── 本章關鍵字 ───

#性別與語言　　#社會語言學　#女性語言

#第一人稱代名詞　#差異理論　　#展演理論

## 交換靈魂要改變講話方式？

如果有一天，你從睡夢中醒來，發現自己的靈魂進到一個和自己同年紀、不同性別的身體。為了不要被當成瘋子、不要破壞對方的生活和人際關係，你必須盡量以另一個人原來的人設生活。那麼，每次開口說話、與人互動的時候，你需要注意什麼呢？

日本動畫電影《你的名字》，講述的就是這樣一個靈魂互換、時空交錯的奇幻愛情故事。住在東京的少年立花瀧，和住在深山小鎮糸守町的少女宮水三葉，在陰錯陽差之下，開始不定期透過睡夢交換靈魂，直到下次的夢境返回自己的身體和世界。起初他們都對這情況感到十分困惑。隨著狀況逐漸明朗，兩人試著用彼此的手機記錄在靈魂交換期間做了什麼，方便銜接回原來的生活。

兩人交換靈魂碰上的第一個挑戰，是盡量不要表現得和原本的個性差太多。第一次變成少年阿瀧的少女三葉，上學大遲到，好不容易在中午到達學校時，碰到阿瀧的好友阿司和高木。當她要跟兩位朋友解釋遲到的原因時，並講到「我」這個第一人稱代名詞，先是沒反應過來就用了「watashi」（私）。這是女性常用，而男性在非常正式的場合才用的自稱詞。此舉令阿司與高木大為震驚。此時發現自己用錯詞的三葉，慌亂之下改稱「atashi」（私）。這個詞雖然比較沒那麼正式，但通常是女性用來自稱，阿司與高木再度大驚。三葉趕緊再換成「boku」（僕）。這是男性自稱詞，不過用在親近的朋友之間還是顯得太過拘束。三葉最終換成了「ore」（俺），阿司與高木

這才恢復正常的表情，三葉也終於放下心來。

光一個「我」的自稱，在日文裡就有性別和正式程度的各種選擇。日本人要交換靈魂真的不容易啊！在現代中文裡，第一人稱代名詞僅有「我」這個選擇，相較之下簡單許多。不過，上面提到的從「watashi」、「atashi」、「boku」到「ore」的橋段，中文字幕在翻譯時也試圖呈現各種選擇的差異：從「人家」、「小女子」，到「小弟」，最後到「我」。如此翻譯，也是頗有巧思。

三葉和阿瀧在經歷初期的混亂後，發展出用手機寫下提醒事項的交換模式。觀眾可以在畫面上看到，兩人手機裡的交換期間注意事項。阿瀧的手機上寫著「女言葉禁止！！」這一條，提醒三葉不要用女性語言說話。

那麼，「女性語言」到底是什麼呢？是專屬於女性的語言和用詞嗎？還是女性相較於男性常用的語彙，久而久之，就成了女人味的象徵？如果有女性語言，那有男性語言嗎？

## 什麼是女性語言？

美國語言人類學家艾莉諾・歐克斯（Elinor Ochs），對於性別跟語言之間的關係，提出有趣的看法。她認為，在大部分的語言裡，只有很少數的詞彙直接關聯於性別。上述談到日文第一人稱詞「atashi」、「ore」等，僅女性或男性使用，便可以算作一例。中文沒有這樣的代名詞，但是有「女人」、「男人」「兄弟姊妹」、「丈夫」、「妻子」、「小姐」等詞彙，這些也是直接點出性別的詞語。除此之外，我們語言中絕大部分的發

音、語彙或語法，都是所有性別共用的。但為什麼我們還是會覺得某些說話方式很「女性」，某些很「man」？

　　歐克斯認為，在考慮語言和性別之間的關係時，要先了解語言被用來採取什麼行動、從事什麼活動，或是表達什麼樣的立場、語氣。她舉的例子是日文的句尾語氣詞「wa」與「ze」。她表示，這兩個語氣詞的主要功能是，表達溫和的語氣或情感（wa），以及比較粗野狂放、加重話語力道的語氣（ze）。由於女性的理想形象是溫和、細緻的，而男性理想的形象是粗獷有力的，所以這兩個語氣詞逐漸被認為是「女性」和「男性」的語氣詞。儘管這並不意味著，只有女性能講「wa」，只有男性能講「ze」。當男性想要表現柔和、細膩、有感情的一面，或女性想要表現得大大咧咧，也是有可能交換使用（只是這樣的應用可能不符常規，而容易引人側目）。語言和性別，並不是單純而直接的連結，而是有一個夾在中間的層面：語言用來採取的行動、從事的活動，和表達的立場。再舉一例，當某種活動的參與者多半是特定性別，例如，育兒工作者以女性為多，育兒常用的語彙及說話方式，也可能被認為是女性化的語言。

　　歐克斯這個認為語言和性別存在著間接、而非直接關係的觀點，呼應了語言與性別研究先驅之一，羅蘋・雷克夫（Robin Lakoff）對「女性語言」的討論。雷克夫在一九七五年出版了《語言與女性地位》（*Language and Woman's Place*）這本書。根據她對當時美國女性的觀察，指出了「女性語言」（women's language）的存在。此詞彙泛指女性特有的說話方式，有時也用以指稱關於女性如何說話的刻板印象。雷克夫所

稱的「女性語言」有以下例子：

1. 精細的色彩用字：如「灰棕色」（beige）、「水綠色」
   （acquamarine）、「薰衣草紫」（lavender）等。

2. 表達感受（讚許或仰慕）的「空泛」形容詞（"empty"
   adjectives）：近似於「太棒了」、「太可愛了」之意的
   形容詞，除了表達讚許，通常缺乏具體的意義，如
   「divine」、「adorable」、「charming」等。

3. 語尾語調上揚：在陳述句語尾語調上揚，聽覺效果類似
   問句。

4. 附加問句：在陳述句後加上附加問句，例如「下週一是
   國定假日，對吧？」這個「對吧」就是附加問句。雷克
   夫認為，語尾語調上揚和附加問句皆有減低陳述句確定
   性的效果。

5. 特別禮貌的言語：不使用粗字，或者用「去世」
   （passed away）代替「死」（died）。

6. 閃避語（hedges）的使用：閃避語的功能為降低語氣的
   確定性。例如，「有點」（sort of、kind of）、「你知道」
   （you know）及「well」等。

7. 加強語氣詞（intensifier）的使用：如「太」（so）、
   「很」（very）的大量使用。

8. 語調較誇張。

9. 大量使用標準文法。

雷克夫認為，「女性語言」為女性經過社會化的產物，其

陳述句：陳述事實或
說話者看法的句子。

特性在於，造成語氣的不確定性、削弱話語的力道及過度的禮貌。這也使女性陷入困境：若不使用社會期待的女性語言，則將被認為沒有女人味；若使用女性語言，則顯得說話沒有分量及缺乏自信。雷克夫指出，上述「女性語言」的特徵，在地位較低的男性身上也可以觀察到，並非女性獨有。換言之，「女性語言」實為「弱者語言」。

雷克夫的這本書引發許多討論，促使性別與語言研究蓬勃發展。但是，她的論點也遭受不少質疑，包括她描寫的「女性語言」比較接近美國中產階級白人女性的語言，使得研究的普遍性遭到質疑；這些觀察是否有實際研究的驗證，還是只是個人印象式的書寫；這到底是「女性語言」還是「對女性語言的刻板印象」；以及她點出的女性語言特徵是否真的削弱話語力道，還是有別的功能（例如，類似「對吧」、「是不是」等附加問句有邀請別人加入談話的功能，並不一定是示弱的表現）。暫且擺開這些質疑，我們可以用歐克斯關於語言與性別的間接關係的觀點，來理解雷克夫的論點：「女性語言」的核心功能，是讓話語力道弱一點、溫和一點。但因為理想女性形象是溫和柔軟的，所以這些溫柔的語言，就逐漸等同於「女性語言」了。

經由這樣的觀點，我們可以進一步推論，所謂「女性語言」或「男性語言」並非亙古不變。當女性和男性經常參與的活動、採取的行動，和表達立場的方式隨著社會變遷而改變時，語言跟性別的連結，也可能隨著這些中介層面出現變化。

事實上，我們若仔細觀察日語中第一人稱「我」的運用，也可以印證這點。日語教科書裡的男性或女性專用第一人稱，

例如，男性的「boku」跟「ore」，在實際情況裡，也不一定全是男性專用。日本語言學家宮崎（Ayumi Miyazaki）觀察了日本某個中學班級裡語言使用的狀況，發現最叛逆的一群女孩自稱時用的是「ore」或「boku」，而非傳統的女性用詞。和老師關係較好，在校內比較順從的女孩，則用傳統上女性會用的「atashi」和當時新興的「uchi」。叛逆女孩們並非認為自己是男孩，而是藉著使用「ore」和「boku」表達自己衝撞體制的態度。

## 男人來自火星，女人來自金星？

**《男人來自火星，女人來自金星》**是心理學背景的作家約翰・葛瑞在一九九二年出版的暢銷書名。這個書名把男人跟女人類比成分別來自不同星球的人，以凸顯性別差異。但是其實更早在一九九〇年，美國社會語言學家黛博拉・泰南就出版了名為《聽懂另一半：破解男女溝通邏輯，語言學家教你解讀弦外之音》的暢銷書，也是持著「男女來自不同文化，兩性對話類似於跨文化對話」的觀點。

在認識這本書之前，我們先談談「語言」的功能。我們透過語言互相溝通，向他人告知我們接下來要做的事、已經做過的事，或是協調怎麼一起生活、工作，這是語言的工具性功能，也對於我們在社會裡生存至關重要。但是，人同時也是感性動物，所以語言也可以用來「建立情感連結」。當說者分享完一則悲慘的故事，而聽眾也許回應了「真慘」、「拍拍」、「可憐」，這些回應裡的工具性訊息可能很少。也就是說，聽

**《男人來自火星，女人來自金星》**：火星的英文「Mars」，是羅馬神話裡的戰神。金星「Venus」，是羅馬神話裡的愛神與美神。葛瑞的書名以此強調兩性差異。

眾回的這些話有說、沒說，對於整個故事敘述並沒有增加任何具體的資訊。但是這類回饋傳遞的是一種「我懂你」、「我理解你的感覺」的情感連結。

泰南的論點是，男性傾向用「訊息傳遞與交換」（report-talk）的角度看待語言，而女性則更加重視語言「建立情感連結」的功能（rapport-talk）。我們可能覺得，像在《慾望城市》影集裡，四個女性密友聚在一起聊天談感情事，這是個常見現象，但是大概不會有影集把拍攝四個直男好友聚在一起喝咖啡、聊是非當故事主軸？泰南認為，兩性從小在不同的文化圈長大，女孩的友情較注重合作和關係連結，男孩的友情則較注重競爭（玩笑性的互虧互貶，在男孩之間的互動中很常見）。所以，兩性在親密關係裡，就容易出現一些對語言的理解不同而造成溝通上的摩擦。舉例來說，女性向她的伴侶訴說在工作或人際上遇到的問題，尋求的可能是「情感連結」，簡單來說就是討拍。但是，男性伴侶可能誤以為，這是一個諮詢如何解決問題的狀況，於是指出對方哪裡做錯了才造成這個局面。期待被理解的女方，將會因為感受到指責而不開心。提出解法的男方，則覺得自己好心沒好報。兩人到頭來可能因為期待不同，最終不歡而散。

臺灣偶像劇《我可能不會愛你》裡就有這樣一個情節。女主角程又青周旋在復合的舊情人丁立威和多年好友李大仁之間，不知道該選誰。當程又青告訴丁立威工作上發生的不如意，丁立威是用「問題解決」的角度處理這件事。他告訴程又青：「妳的工作反正不上不下的，辭職回家我養妳。」並打算幫她找一份輕鬆的工作。但此時，程又青心裡想的是，如果已

經遠赴新加坡的李大仁還在身邊，他一定會跟她說：「妳有妳的理想抱負，我支持妳。」顯然，程又青更渴望的是在此時獲得情感支持。所以，雖然丁立威霸氣尋求解法，但是忽略了程又青希望在對話中獲得的「情感連結」。以這段劇情為例，或許就能稍微看出男女雙方在語言溝通上的差異。

## 當差異其實不再明顯……

但是，在現代性別差異已日漸降低的多元社會裡，不同性別之間真的仍然那麼壁壘分明嗎？

再回到《聽懂另一半》作者泰南的觀點。她將兩性視為兩個互相缺乏理解的文化圈，這種性別觀點被稱為「差異理論」。社會語言學家黛博拉・卡麥容（Debora Cameron）抱持跟泰南不同的觀點。她在二〇〇七年出版的《火星與金星的迷思：男人和女人真的說不同的語言嗎？》（*The Myth of Mars and Venus: Do Men and Women Really Speak Different Languages?*）一書中，反駁泰南對兩性文化差異的說法。卡麥容在一九九七年曾寫過一篇有趣的文章，裡面提到一個小故事：一九九〇年時，卡麥容在大學開了一門語言與性別的課，一位男學生丹尼（化名）交來一篇名為〈酒，女人，與運動〉的期末報告。丹尼的期末報告取材於他和四位男性朋友一邊看球賽一邊閒聊的對話，他錄下對話，試圖分析男性友人的對話是否展現出泰南所言的「男性對話模式」，諸如競爭性高、不談私人的話題、談話主要目的在交換訊息等。丹尼的結論認為的確如此，對話裡出現的「酒、女人、運動」這些元素，都是

**差異理論**：是一種對性別的觀點。此觀點將兩性差異類比為文化差異。因為身處不同文化圈（性別圈），而對語言和溝通有不同的理解和期待。

男性常見、也不太觸及私人感受的話題。

　　然而，當卡麥容細看這五個男大生都在聊什麼的時候，卻發現有一些丹尼沒有注意到的主題。他們的閒聊中有一部分在談一位他們覺得不夠「man」的男同學八卦，除了把這位同學稱為「gay」之外，還鉅細靡遺地把他的穿著打扮，甚至穿什麼材質的褲子、愛露腿毛如何不好看，全都取笑了一番。這部分的對話，從語言的層面上看來，正具備所有「女性密友對話」的元素：談論身邊的人的各種外貌細節，互相合作、接話、發展話題。但是，為什麼丹尼只注意到了「酒、女人、和運動」這些刻板印象的男人話題，而沒注意到朋友在講八卦？

　　卡麥容認為，丹尼之所以無意間忽略了這個部分，這是因為我們會不自覺地過濾掉跟我們想看到的不一樣的東西。因為我們的社會流傳著「女性密友間碎嘴八卦」、「男性哥兒們談女人跟運動賽事」的<u>性別刻板印象</u>，以致於我們只看到符合主流性別刻板印象的細節，反之，與刻板印象不符的地方，就下意識地忽略了。卡麥容認為，女人跟男人說話的方式實際上相似之處遠大於差異之處。卻因性別刻板印象，讓我們只看見部分事實，並且再以這些部分事實，支持、強化性別刻板印象的合理性。

　　那麼，在這個研究裡的五個男大學生，為什麼要這樣評論這位同學呢？卡麥容指出，這段合作取笑不夠「man」的同學的對話，用意在於建立「我們跟他不一樣，我們是有男子氣概的直男」形象。在一般情況下，若是男性將大部分注意力和討論放在其他男性的穿著打扮行為上，有可能讓人聯想到同性戀的傾向。但是在「取笑一個不夠man的男人」的情境下，建構

**性別刻板印象**：人們對於性別角色（女性、男性等）和特質（陽剛特質，陰柔特質等）等固有僵化的看法。

出自己直男的形象，讓這些八卦行為不會被認為有過於「女性化」的危險。

## 語言其實只是一種表演？

總結來說，卡麥容表示，男性和女性並不是在兩個互不理解的文化裡長大。我們其實都熟知社會上流傳的性別刻板印象，並且在需要的時候「表演」我們的男性特質或女性特質。這樣的看法又稱為「展演理論」。

回到《你的名字》裡的少年阿瀧與少女三葉，在互換身體時需要努力演出符合身邊的人和社會期待的「女性」或「男性」言行。但是日子久了，這種符合社會期待的「表演」也愈來愈駕輕就熟。那麼回到自己身體以後呢？有多少是先天本質的展現，又有多少是我們從小表演的累積？

展演理論：是一種對性別的觀點。認為性別是一種展現和表演。將焦點放在「成為女性」或「成為男性」的過程，而非先天的狀態。

1. 哪些詞彙或者說話方式讓你覺得很「man」或很女性化？如果你是女性，用很「man」的措辭時，旁人可能有哪些反應？如果你是男性，在用很女性化的措辭時，旁人可能有哪些反應？

2. 回想一下，你曾經在某些狀況下，刻意表現得陽剛、陰柔或者中性嗎？是在什麼情況下？語言也是這個表現的一部分嗎？你用了哪些語言的層面（語調、用詞、說話的方式等），去達到效果？

3. 泰南認為，男性習慣在談話裡互相競爭，即使是朋友間的對話也可觀察到競爭的成分，而女性習於在談話裡合作和建立連結。但卡麥容認為，競爭和合作可以是一體之兩面。例如，我可以很熱切地附和朋友的話（合作），但是其實目的是想要得到發言權（競爭）。觀察幾組全男性友人的對話，和幾組全女性友人的對話（有時可能得商請朋友幫忙錄音，讓你事後觀察），就你的觀察，你覺得泰南有道理？還是卡麥容有道理？

延伸閱讀與參考書目

- 《你的名字》（2016）。
- 《慾望城市》（1998）。
- 《我可能不會愛你》（2011）。
- Cameron, D. (1997). Performing gender identity: Young men's talk and the construction of heterosexual masculinity. In S. Johnson and U. H. Meinhof (Eds.), *Language and Masculinity* (pp. 47-64). Oxford: Blackwell.
- Cameron, D. (2007). *The myth of Mars and Venus: Do Men and Women Really Speak Different Languages?* Oxford: Oxford University Press.
- Lakoff, R. (1975). *Language and Woman's Place.* New York: Harper and Row.
- Miyazaki, A. (2004). Japanese junior high school girls' and boys' first-person pronoun use and their social world. In Okamoto, Shigeko, & Shibamoto-Smith, Janet S. (Eds.), *Japanese language, gender and ideology: Cultural models and real people* (pp. 256–274). Oxford: Oxford University Press.
- Ochs, E. (1992). Indexing gender. In Duranti, Alessandro, & Goodwin, Charles (Eds.), *Rethinking context: Language as an interactive phenomenon* (pp. 335–358). Cambridge: Cambridge University Press.
- Tannen, D. (1992). *You just don't understand.* UK: Virago Press.
- Tannen, D. (n. d.). "Can't We Talk?" (condensed from: You Just Don't Understand). Available from https://aggslanguage.wordpress.com/you-just-don%e2%80%99t-understand-by-deborah-tannen/
- Cameron, D. (2007). What language barrier?. *The Guardian*. Available from https://www.theguardian.com/world/2007/oct/01/gender.books

第八章

# 我是女生，我愛男生？
# 從《藍色大門》、《刻在你心底的名字》談語言與性相關研究

性／別是與生俱來，還是後天的演出？
從「同志」來看語言與性／別的關聯

◆ 女生愛男生？男生愛女生？

◆ 語言與性／性傾向

◆ 有一種語言叫「同志語言」嗎？

◆ 性與性別是天生，還是展演？

◆「同志」的前世今生

◆ 華人世界第一本同志雜誌：《G&L 熱愛雜誌》

◆ 很酷的「酷兒」

◆ 影視作品裡的性少數，是酷還是醜化？

┌─ **本章關鍵字** ─────────────────┐

#性　　#性別　　#性傾向　#語意轉變

#假聲　#酷兒　　#同志　　#性別展演

#動漫　#功夫電影

└────────────────────────────┘

## 女生愛男生？男生愛女生？

　　二〇〇二年的臺灣電影《藍色大門》，是桂綸鎂和陳柏霖這兩位日後成為影后影帝級演員的初試啼聲之作。桂綸鎂飾演的十七歲高中生孟克柔，拗不過好友林月珍的請求，代為向月珍暗戀的同校游泳健將張士豪表白。張士豪誤以為孟克柔找藉口想接近自己，士豪在兩人逐漸認識後開始對克柔有了好感，對她展開了追求。克柔夾在好友月珍的情誼和士豪的追求之間左右為難，看似熟悉的三角戀故事，女主角克柔的為難，卻還有另一層難言之隱。她總是帶著點鬱鬱寡歡，在體育館的牆上寫些什麼。電影最後，我們才知道孟克柔寫的是：「我是女生，我愛男生。」原來，她的為難是因為她喜歡月珍，卻覺得自己不應該喜歡女生，所以不斷寫著這句話，告誡自己「作為女生就該喜歡男生」。

　　在克柔的心裡，「性別」跟「性傾向」這組概念有一對一的既定關係，所以她既然是女生（性別），就該愛男生（異性戀性傾向）。可是這個理所當然的「應該」，在她身上顯然沒有發生。她主動問老師、問士豪是否想吻她，這些看似驚世駭俗的舉動，其實不過是因為她想搞懂自己的性傾向。

　　時間往後十八年，來到二〇二〇年，臺灣又有了一部同志電影《刻在你心底的名字》。電影一開頭，主角張家漢穿著高中制服，一身狼狽卻一臉倔強，額頭上還流著血。在學校任教的神父問他「幹嘛為了愛情打架」，又問「哪一班女生？」張家漢是為了愛情打架沒有錯，但神父不知道的是，張家漢心裡的那個人，是男生。相較於《藍色大門》僅有五百萬的票房

（但已是當時臺灣電影的好成績），《刻在你心底的名字》則是臺灣影史票房首度破億的同志題材電影。

## 語言與性／性傾向

在這兩部電影中，「男生愛女生、女生愛男生」的基本假設，可說是異性戀本位（heteronormativity）的具體例子。所謂的「異性戀本位」，是指以異性戀為中心的觀念，將異性戀視為理所當然的傾向。隨之而來的是將非異性戀視為「異常」或甚至「錯誤」。也許是因為異性戀本位的觀念相當普遍，「語言與性」（language & sexuality）相關的研究，相較於其姊妹領域「語言與性別」的研究（詳見第七章），發展仍然較為緩慢。

早期語言與性相關研究較常著重在男同志社群的特殊用詞。最早的研究傾向以描述疾病症狀的觀點，來看待同志社群的非典型詞彙。到了一九五〇、一九六〇年代，逐漸出現一些關注這些詞語的社會互動功能研究。這些同志社群裡產生的新詞（或舊詞新用法），有可能是用來取代對同志的負面用詞，或是用於拉近圈內人的距離，抵抗主流社會對同志的歧視等功能。最明顯的例子是「gay」這個字的意義翻轉。「Gay」本來在英文裡就有「愉快、歡樂」的意思，在十九世紀開始有了尋歡放蕩的負面意涵。而後「gay」逐漸跟同性傾向產生關聯。到了二十世紀初期及中期，同志社群逐漸把「gay」當作正面詞彙，取代了「homosexual」（同性戀）這個視此性傾向為醫學病理症狀的詞彙。久而久之，「gay」也就成為大眾通用的

**語言與性**：這個領域關注的是「語言和與性相關的事」（包含了性傾向）。「Sexuality」這個字的中譯有相當多的版本，也有不少爭論，這裡斟酌以「性」統稱之。

字詞。

## 有一種語言叫「同志語言」嗎？

　　除了對詞彙翻新的關注之外，另一個後來逐漸受到注目的研究主題是：到底有沒有「同志語言」（gayspeak）的存在？如果有的話，同志語言有哪些語音上的特徵？在北美洲，對於同志如何說話，有幾個刻板印象。其中之一是音頻比較高，另一個被稱為「咬舌音」（gay lisp），指的是在發 /s/ 和 /z/ 這兩個子音時，舌頭位置往前頂到牙齒，甚至接近「th」（/θ/ 和 /ð/）的發音位置。有不少語言學實證研究試圖驗證，同志和非同志族群在音頻高低和咬舌音兩個語音面向上是否確實像刻板印象認定的那樣有差異。綜合多個研究結果，在音頻這個面向上，同志跟非同志其實沒有顯著區別（即便一般大眾普遍有「同志音頻偏高」的刻板印象）。但在咬舌音這個特徵上，有比較一致的結果：女性比男性常見，同志比非同志常見，直女則比女同志常見。不過，這也僅僅是相對之下「比較常見」與「比較少見」的差異。並非所有的同志都是絕對如此，也不是所有的異性戀都不會這樣發音。也就是說，以語音特徵來說，根據語言學研究，實際上並沒有專屬同志的語音，也沒有專屬非同志的語音。

## 性與性別是天生，還是展演？

　　除了從語音特徵界定同志語言，透過美國知名女性主義

研究者朱迪斯・巴特勒（Judith Butler）提出的「性別展演」（performance/performativity），我們或許還能對同志語言有另一個角度的深入理解。

傳統上，一般人可能認為，性別是天生如此，男性生而為男，女性生而為女。兩性的不同之處，是生理特徵造成的差異。但巴特勒認為，性別更像是一種展示、表演。如果把世界想成是我們的舞台，周遭的人便是觀眾，每日生活就是一個劇場，我們在其中行動、表演自己的性別。每天早上起床，我們選擇穿上什麼樣的衣服（女裝？男裝？中性服裝？）呈現出什麼樣的髮型？我們如何走路？怎麼說話？這些都是展演的一部分。

但是我們每個人都有多重身分。除了性別之外，還有年齡、職業、族裔、性傾向，甚至電影迷、啦啦隊員、中學生、女兒、父親、配偶等各式各樣的身分。在不同的時刻，我們展示出的主要身分也會有所不同。因此，希望找到「同志」跟「非同志」在語言上的不同，這在某種程度上忽略了無論是「同志」或「非同志」其實都只是一個人多種身分裡的一種。

史丹佛大學語言學系副教授羅伯特・波德斯瓦（Robert Podesva），曾在二〇〇七年的一篇研究論文中，提出了一個很好的例證。這個研究只觀察一位名為「希斯」的出櫃男同志。希斯除了有男同志的身分，同時也是一名醫學院學生。而波德斯瓦的研究，特別關注希斯在三個情境之下，說話的時候是如何運用「假聲」（Falsetto）。這三個情境分別是：和醫學院同窗好友烤肉時、和爸爸講電話時、在診所和病人談話時。

首先，情境一，和同窗好友私下相處時，希斯有著「天

假聲：發聲時，聲帶併攏並拉長，在快速振動下，發出較高頻的聲音。一般成年男性聲音的基本頻率約在 100Hz 左右，但假聲可以高到 240 到 634Hz。

后」的形象：打扮入時，誰都不准弄亂他的頭髮，講話也有一股「我說的就是對的」的霸氣。情境二，希斯在和爸爸講電話時，雖然爸爸知道他的性傾向，但談話內容不大涉及他的同志身分，而多是閒話家常。情境三，在和診所病人互動的時候，他就是一位展現專業的醫療人員。若比較這三個情境下假聲使用次數的多寡，可以發現：在情境一，希斯和朋友相處時假聲用得最多；情境二跟三相差不大，但在診所和病人談話時用得最少。由這個例子可見，語言表現和當下情境裡一個人所「展演」的形象與身分有很大的關聯。固定的同志語言特徵之所以難尋，是因為人有多元的身分，本來就會因為情境不同，而展演出自己不同的面向。

我們可以再透過美國科羅拉多大學波德分校語言學教授綺拉·霍爾（Kira Hall）的研究來進一步了解性別展演的概念。綺拉·霍爾以一九九〇年代美國舊金山灣區的情色電話接線生為研究對象。這項情色電話的主要服務對象是異性戀男性，因為情色電話服務僅有聲音、沒有影像，於是所有情色的想像都建立在語言上。這些接線生實際上有的是女同志，也有的是生理男性，但無論真實身分是什麼，都必須竭盡所能地展現出異性戀女性的形象，重要的是透過語言及聲音建構出如假包換、合乎市場愛好的女性形象。他們大量使用羅蘋·雷克夫所謂的「女性語言」特徵（例如精細的色彩用字「薰衣草紫」、「焦糖棕」、「湖水藍」，以及句尾語調上揚等），也善用黛博拉·泰南曾說的「情感連結」功能（詳見第七章），藉此營造出個性溫順、善於傾聽，並充滿性遐想的女性形象。在這個情色電話的情境裡，性和性別都是迎合主流市場的表演，而語言和聲音

正是強大有力的展演工具。

那麼，如果語言也是「展演」的一部分，「同志語言」也就是從說話者自我認同延伸出的形象之一了。

性別展演（或更廣泛的身分展演）在變裝皇后的表演裡尤其清晰可見。美國語言學家瑞司提・貝瑞（Rusty Barrett）研究了一九九〇年代非裔美國變裝皇后的表演。這些變裝皇后是非裔生理男性，在進行變裝表演時，則會打扮得極度女性化。語言上也常常運用雷克夫所言的「女性語言」，呈現中產階級白人女性的語言特徵，以展演出有禮貌、細緻的女性形象。一旦觀眾覺得他們真的很「女性」時，他們又在下一秒顛覆這個形象，比如說話嗓音突然變粗、突然改用非裔社群常用的俚語或髒話。這些變裝皇后來回展演「中產階級白人女性」和「非裔男性」兩種對比強烈的形象，前者細緻保守，後者粗獷嗆辣，藉由並置兩個風格迴異的語言型態，從而引發顛覆、反轉的效果。也讓人更能清楚意識到，不管性別或是種族，都有表演的成分在其中。

種族也是展演嗎？美國實境節目《魯保羅變裝皇后秀》第十季出現了一個很有趣的例子。一位華裔參賽者名字叫「濱崎裕華」（Yuhua Hamasaki）。另一位變裝皇后聽到他的名字時，有了以下這段對話：

（A為另一位變裝皇后，H為濱崎裕華）

A：我以為你是日本人。（I thought you were Japanese.）

H：不是，我是華人。（No, I am Chinese, girl.）

A：但你姓濱崎？（Hamasaki?）

H：你也不是女生啊。（You are not a woman either.）

（A大笑）

這個例子明確凸顯出族裔和性別的虛虛實實，界線並不總是可以清楚劃分。也再次點出，身份展演無所不在，族裔跟性別也不完全是與生俱來的，而同樣有一定的表演成分存在。

## 「同志」的前世今生

到目前為止，本文已經多次使用「同志」這個詞來指稱同性戀者。這樣的用法，如今在中文的語境裡已十分常見。事實上，這個詞可以溯及孫中山先生的遺囑。

美國社會語言學家王迪偉（Andrew D. Wong）和張青（Qing Zhang）曾在研究中追溯「同志」這個詞的語意變化。「同志」在中文裡並非存在已久的固有詞彙，早期最廣為人知的使用出自一九二五年孫中山遺囑裡的這句話：「革命尚未成功，同志仍須努力。」此處的「同志」原來指的是「追隨者」。中國國民黨和中國共產黨對孫中山都十分尊崇，兩黨內部也都會使用「同志」一詞。但在國共內戰期間，對於剛崛起、勢力仍不及國民黨的共產黨黨員來說，互稱「同志」更代表著同儕之間休戚與共，以小抗大的革命情感。

在中華人民共和國建國以後，中國政府曾極力推行「同志」這個詞的使用，希望能夠取代「小姐」、「先生」、「老爺」等具有階級差異意味的稱呼。由此，「同志」一詞原有的抗爭意涵漸漸被稀釋，變成一個普通的稱呼語。一九八〇年代以

後，隨著中國大陸的社會經濟發展，「同志」逐漸顯得老派而退流行，取而代之的是「小姐」、「先生」的崛起（詳見第四章）。

「同志」這樣一個詞，後來是怎麼變成同性戀者的代稱呢？

一九八九年「香港第一屆同志電影節」可能是這個新用法的起點。舉辦這個電影節的林邁克和林奕華，決定以「同志」一詞作為對應「gay and lesbian」的中文。在此之前，華人圈裡比較活躍於社會運動的同性戀者，多用英文的「gay」、「lesbian」指稱自己或他人，但似乎沒有一個能夠相應的、較正面的中文詞彙。這個電影節採用「同志」是一大創舉，也帶有理念相同的性少數社群共同對抗壓迫的抗爭意涵。

## 華人世界第一本同志雜誌：《G&L 熱愛雜誌》

老詞新用的「同志」，後來傳播到香港以外的華人世界。一九九六年在臺灣創刊的《G&L 熱愛雜誌》，是全世界第一本中文同志雜誌，「同志」這個詞也在雜誌裡廣泛使用。王迪偉和張青仔細觀察了這本雜誌最初的風格：這本雜誌雖然就像《Vogue》、《GQ》、《柯夢波丹》等時尚雜誌一樣，有許多亮面照片、介紹各種流行時尚；卻也有團結同志社群、改善同志邊緣處境的目的，讓身在中文世界各個角落的同志們，形成「想像的共同體」。雜誌中的相關論述，有許多來自西方的理論和運動思潮，但仍然有不少中文世界的在地元素。例如「同志」這個詞，就比「gay」和「lesbian」，多了革命夥伴、禍福與共

**想像的共同體**：為美國知名政治歷史學者班納迪克‧安德森於一九八三年出版的書籍。此書探討了人類歷史進入現代之際，民族主義也隨之興起。而「民族」這個「想像的共同體」最初是透過文字閱讀（小說、報紙等）來想像的。

的味道。例如，《G&L熱愛雜誌》中曾出現以下標題，都有共
赴戰場的意涵和隱喻：

同志絕地大反攻：破除同性戀恐懼症十大武器
戰鬥！愛可以理直氣壯，G&L與你並肩作戰

另外，使用「親屬稱謂」也是建構想像家庭關係的語言策
略。例如，雜誌中的專欄作家熊大媽，用這個具有親屬感的筆
名，給予讀者各種疑難雜症的建議。以上特徵都顯示了中文世
界的同志相關論述有自己的特色，並非只是單純輸入西方思潮
而已。

在王迪偉和張青這篇二〇〇〇年出版的研究，可見「同
志」一詞從政治革命到社會運動的軌跡，翻轉為帶有正面意義
的詞彙。不過根據王迪偉後續對於香港《東方日報》的觀察，
卻發現「同志」一詞雖廣被一般媒體採用，但在《東方日報》
的各種報導裡，「同志」這個原本正面的詞卻常出現在各種負
面社會新聞裡，與猥褻、鬥毆等負面行為並陳。若長此以往，
媒體刻意的負面使用有可能再次改變「同志」的語意。因為詞
彙的意義不是恆定的，而是在語境裡逐漸形成及微調的。

## 很酷的「酷兒」

除「同志」之外，常用於指稱同志族群的「酷兒」一詞
也有著有趣的歷史。「酷兒」從英文的「queer」而來，原本是
「古怪、異常」的意思。後來成為貶低、侮辱同性戀等性少數

之詞。約莫從一九八○年代開始，同志運動人士試圖翻轉這個原本帶侮辱性的詞彙，而將「queer」用以自稱。以下這段一九九○年代性少數族群的知名口號即為一例：

We are here. We are queer. Get used to it.
（我們在這裡。我們是酷兒。習慣吧。）

　　用貶抑詞自稱的運動策略起初令許多人（不論是同志、還是非同志）感到震驚，這就有點像是用中文自稱「我就是怪胎變態」，態度大方地擁抱這個詞彙。在這個過程中，「queer」的意涵逐漸有了改變。如今，「queer」可廣泛包含各種性少數：同性戀、雙性戀、跨性別、LGBTQIA＋……等，在學術討論上也有「queer theory」（酷兒理論）這個用法。不過，「queer」在詞義歷史上曾有的貶抑意味，對某些人來說還是無法忽視的（尤其是年紀較大，經歷過被「queer」一詞侮辱的世代）。總結來看，「queer」的詞義變化可說是正向的轉變，但仍是帶有爭議和創傷的詞彙。

　　不過，這樣一個歷史複雜的詞義，翻譯成中文之後，就變得全然正向了。「酷兒」字面上聽起來就很酷，跟英文的「queer」的複雜相當不同。有趣的是，中文裡「酷」這個詞也是從英文的「cool」翻譯過來的，但是在英文中，「cool」跟「queer」其實毫無關聯！

## 影視作品裡的性少數，是酷還是醜化？

　　任教於新加坡國立大學的社會語言學家平本美惠（Mie Hiramoto）相當關注影視作品如何傳遞性和性別相關的刻板印象，以及語言在其中的角色。她在二〇一七年的研究中，觀察了十一部介於一九六七年到二〇一一年這段時期的華語功夫電影，探討電影裡被閹割去勢的角色——包括了太監以及追求更高的力量而自宮的武俠——是如何被呈現。這十一部電影包含：《龍門客棧》、《鬼太監》、《千刀萬里追》、《笑傲江湖》、《鹿鼎記》、《錦衣衛》、《新龍門客棧》、《笑傲江湖II東方不敗》、《太極張三豐》、《劍雨》、《龍門飛甲》。在她最初觀察兩百部左右的香港功夫電影，所有的性少數角色（包含她後來研究的「閹割角色」）都是反派。而她最終選擇閹割角色有比較多戲份的這十一部電影做細部分析。

　　正派男性武俠角色通常文武兼備、言簡意賅、恪守江湖道義。對比之下，這些閹割反派角色有一些共同點：較為女性化的外表（膚色偏白），部分還會從事刻板印象裡的女性活動（例如刺繡、美容），自私自利並渴求權勢，殘忍到變態的程度更勝沒有閹割的反派，以及有異於常人的功夫能力。在語言的表現上，則會有較高較尖的聲音，較多的語助詞（例如「呀」），說話方式冷酷無情。總而言之，在平本美惠的研究中，上述幾部電影對於這類角色的呈現，大致建立於兩個對比上：一，他們是「不完全」的男性，因而女性化；二，他們是「不正常」的人，所以殘暴程度與功夫之高強皆在一般人之上。仔細想想，這些對比背後的邏輯確實值得商榷。閹割的男

性為何就必定喜歡從事刻板印象裡的女性活動呢？為什麼被閹割的角色的道德觀就得異於一般人呢？但是，隨著媒體的持續放送，這樣的角色設定似乎就逐漸成為影視作品中理所當然的常見類型了。

平本美惠和白咏康（Vincent Pak）近期檢視了五部日本少年動漫作品裡的跨性別角色（Okama），包含了《北斗神拳》的猶達、《星際牛仔》的朱留斯、《海賊王／航海王》的馮‧克雷、《虎與兔》的納森‧西摩，以及《一拳超人》的普里普里囚犯。平本和白咏康認為，這些少年動漫皆在角色的語言、行為及外表上，營造了不協調的怪異感。這些角色常常使用「お姉言葉」（onē kotoba，女性化語言），是一種誇張、過度女性化的語言風格，並搭配浮誇的發音、動作和奇怪的行為。這類性少數的角色形象可能在不知不覺中，傳遞出「性少數就是怪異」這樣隱含歧視的訊息，而影響了觀眾的價值觀。

在這一章裡，我們從同志是否有獨特的語言特徵，談到「同志」一詞的轉變，以及社會語言學家研究出媒體對於性少數的呈現傾向。在當今這個愈來愈多元的社會裡，我們可以細心觀察，秉持批判思考的精神，看看還有哪些看似理所當然的語言與性的連結，其實值得深思探索？

## 💡 想一想！ 生活中的語言學

1. 英文裡有「gay lisp」（咬舌音）這樣的說法。中文裡是否也有哪種語言特徵聽起來「像同志」的說法？試著訪問身邊的親友，看看他們怎麼說。

2. 這章提到了「同志」、「同性戀」、「性少數」、「酷兒」這些詞彙。它們各自有什麼樣細微的語意差別？「同性戀」跟「homosexual」，「性少數」跟「sexual minority」，以及「酷兒」跟「queer」這些中英對照組，是否也有細微的不同？

3. 你同意身分是一種展演這個概念嗎？回顧你的一天，想想看在不同的場合下，你展演了什麼樣的身分或特質？語言是否是個有用的工具？哪一些展演是比較有意識的，哪一些是不知不覺的？

## 延伸閱讀與參考書目

- 《藍色大門》（2002）。
- 《刻在你心底的名字》（2020）。
- 《魯保羅變裝皇后秀》（2009）。
- 《龍門客棧》（1967）。
- 《鬼太監》（1971）。
- 《千刀萬里追》（1977）。
- 《笑傲江湖》（1978）。
- 《鹿鼎記》（1983）。
- 《錦衣衛》（1984）。
- 《新龍門客棧》（1992）。
- 《笑傲江湖II東方不敗》（1992）。
- 《太極張三豐》（1993）。
- 《劍雨》（2010）。
- 《龍門飛甲》（2011）。
- 《北斗神拳》（1983—1988）。
- 《海賊王／航海王》（1999—）。
- 《一拳超人》（2019）。
- 《星際牛仔》（1998）。
- 《虎與兔》（2011）。

- Calder, J. (2021). Language and sexuality: Language and LGBTQ+ communities. In James Stanlaw (Ed.), *International Encyclopedia of Linguistic Anthropology*. Western Sussex, UK: John Wiley and Son's.
- Butler, J. (1990). *Gender Trouble: Feminism and the Subversion of Identity*. New York: Routledge.
- Lakoff, R. (1975). *Language and Woman's Place*. New York: Harper and Row.

- Podesva, R. J. (2007). Phonation type as a stylistic variation: The use of falsetto in constructing a persona. *Journal of Sociolinguistics,* 11(4), 2007: 478–504.

- Hall, K. (1995). Lip service on the fantasy lines. In Kira Hall and Mary Bucholtz (Eds.), *Gender Articulated: Language and the Socially Constructed Self* (pp, 183-216). New York: Routledge.

- Barret, R. (2017). *From Drag Queens to Leathermen: Language, Gender, and Gay Male Subcultures.* Oxford: Oxford University Press.

- Wong, Andrew, D. & Zhang, Q. (2001). The linguistic construction of *tongzhi* community. *Journal of Linguistic Anthropology,* 10(2), 248-278.

- Wong, Andrew D. (2005). The reappropriation of *tongzhi. Language in Society,* 34, 763-793.

- Hiramoto, M. (2017). Powerfully queered: Representations of castrated male characters in Chinese martial arts films. *Gender and Language,* 11(4), 529-551.

- Hiramoto, M. & Pak, V. (under review). Uncritically queer: Media semiotics of *okama* characters in *shōnen* anime.

- YuhuaHamasaki（2018年3月17日）。〈Meet Yuhua Hamasaki—First look〉。取自 https://www.youtube.com/watch?v=j9eNWourhK4&ab_channel=YuhuaHamasaki

第三部

# 臺灣語言的今與昔

臺灣源遠流長的歷史形塑出如今多語的社會。
各種語言在臺灣這塊土地上相互碰撞，
或是競爭乃至消亡，又或是互補從而共存。

第九章

# 你說的中文，聽起來是臺灣來的？
# 從《KANO》、《茶金》，到《幸福路上》看臺灣華語的前世今生

臺灣華語隨著國民政府來台成了「新的」國語，
與在地語言交流互動下，發展成我們現在的國語

◆ 你說的「國語」其實是……

◆ 現在的國語是怎麼來的？

◆ 跨界混搭的國語

◆ 語言接觸下的獨特產物

◆ 臺灣華語特徵有哪些？

◆ 這才是正港「臺灣華語」！一般人如何認定？

── 本章關鍵字 ──

#國語　　#臺灣華語　#官話　#北京話

#語言接觸　#語言變化　#語音特徵

#語法特徵

## 你說的「國語」其實是⋯⋯

　　走在街頭巷尾，你最常聽到路人說什麼話、用什麼語言？在現今的臺灣，大家最常用、最強勢的語言是什麼？根據行政院二〇二〇年的人口及住宅普查，目前臺灣百分之六十六點三的民眾主要使用語言是國語，其次是台語（百分之三十一點七）、客語（百分之一點五），其他語言則都低於百分之一。對大部分的臺灣人來說，國語顯然是最常用的語言。使用者年齡愈小，這個趨勢愈明顯。三十五歲以下的人口，有八成以上都以國語為主要語言，十四歲以下族群甚至達到九成以上，可見國語在現今臺灣的強勢程度。

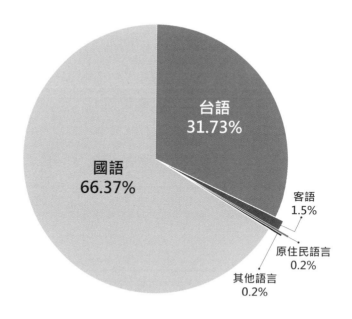

圖1　行政院二〇二〇年調查臺灣民眾主要使用語言比例

這個普查結果，對於熟悉臺灣社會現狀的人來說，可能不是太驚訝。但事實上，僅僅七十幾年前，在第二次世界大戰剛結束時的臺灣，當時幾乎沒有人會說我們現在所謂的「國語」。短短數十年內，國語竟能在臺灣變得如此普遍，這麼一想就會發覺是一件很驚人的事了。在二次世界大戰結束前，日治時期的臺灣，「國語」這個詞並不是指我們今天認定的國語，也就是學術上所稱的「臺灣華語」，而是指「日語」。而臺灣當時占人口大多數的漢人主要使用的語言則是閩南語和客語，因此，當時大部分的臺灣人對我們今天所稱的「國語」其實非常陌生。在以日治時期臺灣社會為背景的電影《KANO》裡，就聽得到日語、閩南語和客語，但是現在的「國語」倒是一句也沒有。僅僅數十年後，一個對過去大部分人口來說曾經相當生疏的語言，竟已成為現在年輕世代的主要語言，翻轉之快速著實令人震驚。

　　在這數十年裡，「國語」本身的面貌也起了很大的變化。臺灣的「國語」，和中國大陸的「普通話」，乃至於新加坡華語、馬來西亞華語等，雖然都是「華語」一族，但是各有特色。這一章，我們就來談一談在臺灣的「國語」，也就是學術上所稱的「臺灣華語」，是在什麼樣的環境下形成？又具有哪些特徵？

## 現在的國語是怎麼來的？

　　「國語」一詞，在臺灣歷史上出現了兩次。日治時期的「國語」，指的是日語。國民政府來臺後，「國語」指的則是以

北京話為本的標準語。但是這個標準語，又是從何而來的呢？

　　故事得從更早以前開始說起。在民國前的中國，就有「共通語」這個概念。共通語在早期稱為「雅言」，近代則稱作「官話」，最早是各地官員使用的共通語，以便互相溝通、上朝奏疏。後來這個共通語逐漸流傳於民間，演變出具有區域特色的各地官話。根據東海大學外文系講座教授何萬順在二〇〇九年的研究，以及舊金山州立大學教授李文肇（Chris Wen-Chao Li）在二〇〇四年的研究，在明朝及清朝早期，因南京為政治文化中心之故，以南京官話為共通語，南京官話被認為是最有地位的，一直到清朝中期以後因為政權北移，共通語的優勢才逐漸被北京官話所取代。

　　進入民國以後，政府想建立一套語言標準，於是在一九一三年召開了「讀音統一會」，以各省代表投票表決的方式，逐一審定六千多字的讀音，這就是後來所稱的「老國音」。這個投票表決的方式，雖然符合少數服從多數的民主精神，卻創造出一套幾乎無人使用、拼湊而成的發音系統。最終也因為沒有真正的母語使用者、推廣困難，使得「老國音」無以為繼。一九二三年，教育部國語統一籌備會決定基於北方官話的白話文語法和北京話語音制定「新國音」，在一九三二年，教育部頒布《國音常用字彙》後，這便成了中華民國標準國語的主要基礎。

　　在這整個標準語制定的期間，臺灣皆在日本統治之下，不只沒有參與其中，也未受其影響。一直到二次大戰過後，國民政府接管臺灣，認為語言代表的是民族精神，開始積極推行國語，希望盡快把「日本的臺灣」轉變為「中國的臺灣」。這正

是國民黨政府統治之下的「國語運動」的開端。

## 跨界混搭的國語

二〇二一年的臺灣時代劇《茶金》，以茶商姜阿新為原型，講述一九四九年到一九五〇年代初期，新竹北埔茶產業的興衰，同時也刻畫了當時臺灣的多語狀況。第一集中，女主角張薏心一出現，就聽到她跟親戚說客語，和孤兒院的修女和孩子說閩南語，和日本朋友說日語。爾後在商場上，她還會用國語跟臺灣銀行的人員打交道，用英語跟洋行談生意。

光是國語，劇中也有各式各樣的口音。權高位重的副院長，講的是帶明顯外省鄉音的國語。京劇名伶夏慕雪，說的是帶著兒化韻的國語，例如第五集在美軍俱樂部，夏慕雪說「剛才美國人在裡頭，才在聊化肥廠的事**兒**」、「政治的事**兒**嘛就該給政治解決」。其餘角色在說國語時，多半說的就是現在大家熟悉的「臺灣華語」腔調。

《茶金》雖然有意識地呈現當時多語跟多腔調的環境，不過實際上，當時的「國語」南腔北調皆有，變異程度應該遠比戲劇呈現得要大了許多。本省人原本就對「國語」不熟悉，而外省人「國語比較標準」這個想法也是個迷思，畢竟外省人口來自各個漢語方言區，國語對他們而言，也可能是個第二語言。使用起來，自然而然會帶著鄉音。

在國民政府推動國語教育的背景下，學習國語成為熱潮，但腔調混雜。臺灣語言學學者林育辰在他二〇二一的研究中，整理了當時國語教學的混亂狀況：

有人仍依國音老調教學，各有人帶著混雜各地口音的「藍青官話」教學（何容等人，1948）；尤有甚者如鍾肇政（2000）的回憶：「他開班授徒教北京話，你去聽一聽會發現他講的跟客家話一樣。」這種混亂的國語教學情況，讓小學生在作文簿寫道：「國語有六種」（紫翔，1949）。（頁23-24）

各種國語腔調並存的狀況，由此可見一斑。

何萬順爬梳了一九五六年人口普查資料裡外省籍人口的原籍分布，以便稍加猜測當時外省人口的口音趨勢。國語是以北方官話的語法和北京話的語音為標準，但在表1中，來自北平市（即北京）的人口，僅占外省人口的百分之零點八五。若加上附近的天津市、河北省和遼寧省，比例仍然相當低（實際上北京官話區僅包含河北北部和遼寧西部，但普查資料無法細分）。也就是說，實際上熟悉「國語」語法語音的外省人口，可能僅占所有外省人口的不到百分之五！外省人口的最大宗，來自福建（百分之十五點三五，閩語區），浙江（百分之十二點三七，吳語區）和江蘇（百分之十點三二，吳語，江淮官話等），絕大部分不是官話地區，更不是作為國語「標準」的北方官話區。而外省人的總數本來就不多，大約僅占臺灣總人口的一成再多一些。算起來，真正來自北京的外省人，可能僅占臺灣總人口不到百分之零點一。據此，我們可以說，當時的臺灣雖然有「國語」這個標準語，但是真正以「國語」為母語的人口，根本是鳳毛麟角！不管是本省籍還是外省籍，國語對大部分人來說，都是個第二（或第三、第四）語言。

這樣說起來，孕育出今日「臺灣華語」的環境，還真的是充滿跨界混搭的色彩呢。

| 本籍 | 人數 | % | 本籍 | 人數 | % | 本籍 | 人數 | % |
|---|---|---|---|---|---|---|---|---|
| 江蘇省 | 95836 | 10.32 | 陝西省 | 6389 | 0.69 | 南京市 | 12491 | 1.35 |
| 浙江省 | 114830 | 12.37 | 甘肅省 | 358 | 0.15 | 上海市 | 16179 | 1.74 |
| 安徽省 | 44533 | 4.80 | 寧夏省 | 88 | 0.01 | 北平市 | 7850 | 0.85 |
| 江西省 | 30666 | 3.30 | 青海省 | 131 | 0.01 | 青島市 | 5777 | 0.62 |
| 湖北省 | 36184 | 3.90 | 綏遠省 | 383 | 0.04 | 天津市 | 5293 | 0.57 |
| 湖南省 | 54154 | 5.83 | 察哈爾 | 550 | 0.06 | 重慶市 | 994 | 0.11 |
| 四川省 | 36369 | 3.92 | 熱河省 | 789 | 0.08 | 大連市 | 600 | 0.06 |
| 西康省 | 313 | 0.03 | 遼寧省 | 11220 | 1.21 | 哈爾濱 | 490 | 0.05 |
| 福建省 | 142520 | 15.35 | 安東省 | 1623 | 0.17 | 漢口市 | 1618 | 0.17 |
| 廣東省 | 92507 | 9.97 | 遼北省 | 1773 | 0.19 | 廣州市 | 924 | 0.10 |
| 廣西省 | 11620 | 1.25 | 吉林省 | 2060 | 0.22 | 西安市 | 115 | 0.01 |
| 雲南省 | 5716 | 0.62 | 松江省 | 387 | 0.04 | 瀋陽市 | 2264 | 0.24 |
| 貴州省 | 4545 | 0.49 | 合江省 | 192 | 0.02 | 海南 | 1817 | 0.20 |
| 河北省 | 36124 | 3.89 | 黑龍江 | 556 | 0.06 | 西藏 | 16 | 0.00 |
| 山東省 | 90068 | 9.70 | 嫩江省 | 479 | 0.05 | 蒙古 | 338 | 0.04 |
| 河南省 | 41674 | 4.49 | 興安省 | 98 | 0.01 | 未詳 | 19 | 0.02 |
| 山西省 | 5282 | 0.57 | 新疆省 | 277 | 0.03 | | | |

表1　一九五六年戶口普查外省籍共928,279人之本籍分布。
採自何萬順（2009）。

## 語言接觸下的獨特產物

在這樣徒有標準語，但是多數人的母語都不是標準語的狀況下，也難怪臺灣的華語雖以北京話為「標準」，卻逐漸演變出與北京話以及教科書所載相當不同的面貌。約莫從一九八〇

年代開始，語言學界對臺灣華語的獨特性開始有較具系統的著墨。一九七九年，美國威廉斯學院亞洲研究系教授顧百里（Cornelius C. Kubler）提出臺灣華語與美國中文教科書中所呈現的中文在發音、語法與詞彙上都有所不同，應該如同上海普通話或香港華語一般，被視為一個獨立語言變體。顧百里在一九八五年的研究中延續這個觀察，認為臺灣華語是以北京話為基礎的標準語與臺灣閩南語兩種語言接觸之下的產物。

　　同年，美國夏威夷大學東亞語文學系榮譽退休教授鄭良偉（Cheng, Robert L.）也探討了臺灣話（即臺灣閩南語）、臺灣華語、北京官話的異同。鄭良偉主要從語法的角度，討論了一些在北京官話中存在、在臺灣華語中少見的特徵，並認為臺灣華語除了受台語影響外，也有趨近其他南方漢語方言的「V-O詞序特徵」，並遠離北方阿爾泰語系的「O-V詞序」的傾向。例如我們通常說「我明天打電話給你」（V-O詞序），而較不常用「我明天給你打電話」（O-V詞序）。除此之外，尚有一些臺灣華語的獨有特徵並非因為受到北京官話或台語的影響，而是語言變化中常見的結構簡化或規則化的結果。

　　這些早期研究指出了兩件事：一，臺灣華語有其不同於北京話的獨立特徵。二，這些特徵不是單單受到閩南語的影響，也受到其他南方漢語方言的影響。近期也有研究持類似看法，例如郭雲軒（音譯Kuo, Yun-hsuan）在其二〇〇五年的研究中探討臺灣華語中捲舌較少的狀況（也就是學術上所謂的「翹舌音的舌齒化」），認為臺灣外省人口來自北方官話區域的比例極小，多數來自於中國大陸南方之漢語方言區，其母語原本就缺乏捲舌音（翹舌音），臺灣華語裡捲舌少的特徵，應該是多

**阿爾泰語系：** 阿爾泰語系之下主要可以分為突厥語族、蒙古語族、通古斯語族，較熟為人知的語言為土耳其語、蒙古語、大清帝國的官方語言－滿語。不過阿爾泰語系的劃分至今仍有所爭議。支持與反對此語族劃分的語言學家皆有。

**V-O詞序、O-V詞序：** 每個語言有自己的詞序結構。V-O詞序，指的是動詞先、受詞後的結構。例如，英語「I love you.」中的「love」是動詞，先於「you」這個受詞。這就是V-O詞序。O-V詞序則是受詞先、動詞後，例如日語「私はご飯を食べた」（我吃了飯）這句話，日語順序上是「我＋飯＋吃」。

種漢語方言接觸之下造成的等化／規則化（leveling）現象，而非單純歸因於台語的影響。總結以上研究，我們可以發現從北方來的北京話，在臺灣遇上了本土的閩南語和客家語，以及各種南方漢語方言，最終演變為現在的臺灣華語時，「臺」化和「南方」化也是必然的結果！

等化／規則化現象：語言變化的過程裡，複雜的結構簡化或規則化的現象。

## 臺灣華語特徵有哪些？

除了上面提到的捲舌較少之外，臺灣華語還有哪些常見的語音特徵呢？

豬哥亮主演的電影《大尾鱸鰻》大玩各種語言和腔調的諧音哏。其中，豬哥亮飾演的黑道老大，因胃痛到醫院檢查。當醫生告訴他「胃痙攣」時，他聽成「月經來」而怒斥了醫生一番。這個「胃」、「月」不分，「攣」、「來」不分的哏，玩的是所謂的「臺灣國語」（可大致定義為受台語腔調影響較重的國語）裡缺少「ㄩ」（/y/ 或 /ɥ/）這個音，而用其他音替代的狀態。

凸顯腔調特徵的情況，也可在《幸福路上》這部動畫電影裡找到例子。《幸福路上》的主角林淑琪是臺灣的六年級生。小時候在家講台語，上了小學之後，在學校要說國語。爸爸原本是小琪眼裡英雄似的人物，但是爸爸把「國語」說成「狗語」，讓小琪和媽媽笑到停不下來，爸爸自覺不好意思便訕訕離開。這個橋段，玩的哏是「ㄨㄛ」（/wo/）這個組合裡，「ㄨ」（/w/）這個介音有些人沒發出來。

以上這兩個例子，是大家刻板印象裡的「國語不標準」或

介音：介音是漢語語音學的術語，指介於聲母與主要母音（又稱元音）之間的過渡音。

「臺灣國語」的常見例子。除此之外，臺灣華語其實還有許多未被一般人認定為「國語不標準」的發音或語法。國立臺灣師範大學華語文教學系曾金金教授在她一九九九年的研究中，比較了臺灣及中國大陸兩地新聞播音員發出「ㄧ」（/j/）、「ㄨ」（/w/）、「ㄩ」（/ɥ/）三個介音的長度。研究發現，臺灣播音員的介音長度較中國大陸播音員來得短。新聞播音員的國語應該可說是大眾認定的「標準國語」了，介音長度比起中國大陸新聞播報員短，顯見這是個臺灣華語的特色。

此外，不少人覺得中國大陸的普通話聽起來比較「衝」，臺灣華語比較平緩，這也是有實驗數據支持的一項特徵。許多相關的研究顯示，臺灣華語的調域比較窄，也就是說，臺灣華語中的一聲、二聲、三聲、四聲這些聲調的上下起伏範圍沒有那麼大；音頻（音高）也偏低。這也許就是為什麼許多人認為臺灣華語聽起來比較平緩。

調域和音高的差異，在臺灣內部其實也可以觀察得到。國立臺灣師範大學臺灣語文學系教授許慧如在二〇一四年透過聲學分析及統計分析，發現臺灣的外省第二代和本省第二代之間，確實存在「本省口音」及「外省口音」的差異：本省口音音頻偏低、調域偏窄；外省口音的音頻則較高、調域也較寬。國立臺灣大學語言學研究所副教授馮怡蓁與學生黃宜萱在她們二〇一一年的研究中則是發現台中華語音頻比台北華語低。許慧如在二〇二〇年針對「臺中腔」進行了聲調上的調查，也發現台中腔調域較窄、音頻較低的類似結果。總的來說，臺灣華語自七十幾年前開始成長，從大多數人不熟悉的語言，演變至今已經發展出自己的特色，並且在臺灣各地形成了各地華語的

調域：漢語皆為聲調語言，譬如國語有一二三四聲。聲調不同，意義也不同。例如「媽」和「馬」的讀音，前者一聲後者三聲，意義即不同。而聲調值最高與最低的差，即為調域。也就是聲調上下起伏的範圍。

樣貌。

## 這才是正港「臺灣華語」！一般人如何認定？

　　已經有不少語言學研究用實證方法探討了臺灣華語的特色。但是一般大眾又是怎麼看待臺灣華語的呢？對臺灣人而言，什麼是「我們」的語言特徵，什麼又是「非臺灣」的語言特徵？對於臺灣以外的華語人口來說，哪些是屬於臺灣華語的特徵？這些特徵又帶給聽者什麼感受呢？

　　在二〇一六年的研討會論文中，我曾經整理並分析了PTT網友對於郭采潔及一些臺灣藝人轉往中國大陸發展後腔調改變的討論。分析重點在於，探究網友對於郭采潔的哪些腔調變化有比較高的意識，以及網友認為哪些語言特徵是「非臺灣的」。結果發現，網友能明確說出「捲舌」、「兒」這些特徵不太像臺灣的華語。對於其他的一些特徵，諸如輕聲的使用、較寬的調域，以及翹舌音的弱化和連音等，網友們雖然不能具體指出，但會評論為「怪腔怪調」，顯示出臺灣民眾對於這些語言特徵有非「臺灣華語」族類的意識。由此可見，臺灣華語不僅已經發展出各地特色，一般大眾也對「臺灣華語」的範圍形成了一些明確的共識。

　　那麼，外人又是怎麼看臺灣華語的呢？

　　美國亞利桑納大學人類學系副教授張青在二〇一八年的研究中詳細探討了中國大陸社會所認知的「港臺腔」的崛起，以及其社會意義上的演變。「港臺腔」最為中國大陸社會所熟知的語言特徵為「去兒音」及「去輕聲」，其社會意義也從原來

僅僅標示地區不同（南方或港臺），轉化為標示「輕柔」、「都會時尚」，甚至「女性化」、「矯飾」等社會意涵。在中國電影《撒嬌女人最好命》裡，隋棠飾演的撒嬌高手，把男主角黃曉明迷得一愣一愣。她和飾演女主角周迅的閨密「上海撒嬌女王」的謝依霖，說的都是臺灣華語（雖然謝依霖的角色是上海人）。整部電影可說是展現了滿滿「典型中國式臺灣腔」的一部電影。

　　紐約市立大學曼哈頓社區學院現代語言學系副教授彭駿逸在《媒體化的臺灣華語》（*Mediatized Taiwanese Mandarin*）一書中，同樣以中國大陸的視角看臺灣華語。他認為，中國大陸之所以認定「臺灣腔」表現出「溫柔」、「都會」的形象，跟二〇〇〇年左右的臺灣偶像劇（如《流星花園》）在中國當地大受歡迎，有一定程度的關聯。當時的偶像劇常見都會小資女和體貼暖男的形象，因此觀眾也往往對臺灣華語產生了這樣的連結。彭駿逸的研究探討了兩個臺灣華語語法特徵：「給」和「有」的句型，如以下例：

(1)
a. 我等一下給你打電話（標準普通話）
b. 我等一下打電話給你（中國南方普通話及臺灣華語）

(2)
a. 我看過這部電影（標準普通話）
b. 我有看過這部電影（臺灣華語）

彭駿逸發現，對臺灣電視節目及偶像劇接觸較多的中國大陸受試者，比較傾向文法測試上將類似(2)b.的「有」字句評為合乎語法，也較容易將「有」字句與「誠懇」、「低調」、「優雅」等特質做連結。可見影劇確實具有相當大的社會影響力！

　　總之，「國語」從一個僅為少數臺灣人口使用的外來語言，到現今為臺灣絕大多數人口所用。「國語」在臺灣的樣貌，在這七十年內已有很大的不同。一九四五年以來，「國語」在政府政策推動下在臺灣迅速擴張，大大排擠了臺灣在地語言的生存空間，也因此近日有母語復興運動的意識抬頭。但不可諱言，國語在臺灣也逐漸在地化，發展出屬於本地的獨特面貌。

　　現在你應該比以前更認識什麼是「臺灣華語」了！下次若有人問你，聽你說的中文，應該是臺灣來的？也許你也可以問問對方，是哪些發音，詞彙，或語法特徵，讓他做出這樣的猜測？

1. 除了文中提到的臺中腔，觀察看看臺灣華語是否還有各種地區，族群，或年齡層等相關的腔調。試著描述這些腔調有哪些特徵？

2. 和家中長輩聊一聊，現在的國語是他們的母語嗎？若不是，當時他們是怎麼學國語的？他們經歷過國語運動時期嗎？經歷過哪些推廣國語、禁方言的措施？以前的國語和現在的國語，有什麼不同？

## 📖 延伸閱讀與參考書目

- 《KANO》（2014）。
- 《茶金》（2021）。
- 《大尾鱸鰻》（2013）。
- 《幸福路上》（2018）。
- 《撒嬌女人最好命》（2014）。
- 《流星花園》（2001）。
- 蘇席瑤（2018）。〈臺灣華語的在地化及標記化（The indigenization and enregisterment of Taiwan Mandarin）〉，《臺灣學誌》，17, 1-35。rportal.lib.ntnu.edu.tw/bitstream/20.500.12235/80964/1/ntnulib_ja_B0601_0017_001.pdf
- 第一五四頁圖片參考來源：If Lin（2021年9月30日）。〈【圖表】最新普查：全國6成常用國語，而這6縣市主要用台語〉。關鍵評論網。取自 https://www.thenewslens.com/article/157030
- 林育辰（2021）。〈戰後初期臺灣推行國語運動之探討：1945~1949〉，《環球科技人文學刊》，27, 19-31。
- 何萬順（2009）。〈語言與族群認同：從臺灣外省族群的母語與臺灣華語談起〉，《語言暨語言學》，10(2), 375-419。
- 何萬順（2010）。〈論臺灣華語的在地化〉，《澳門語言學刊》，35(1), 19-29。
- 許慧如（2014）。〈在族群與語言接觸下形成的臺灣華語：從聲學分析的結果看起〉，《語言暨語言學》，15(5), 635-662。
- 許慧如（2020）。〈「台中腔」－臺灣中部華語的聲調特徵及其成因初探〉，*Taiwan Journal of Linguistics*, *18*(1), 115-157。
- 曾金金（1999）。〈兩岸新聞播音員語音對比分析〉，《行政院國家科學委員會技術報告》，NSC 88-2411-H-003-017。
- Brubaker, B. L. (2012). *The Normative Standard of Mandarin in Taiwan:*

*An Analysis of Variation in Metapragmatic Discourse.* Doctoral dissertation, University of Pittsburgh, Pittsburgh, Pennsylvania.

- Cheng, Robert L. (1985). A Comparison of Taiwanese, Taiwan Mandarin, and Peking Mandarin. *Language,* 61(2), 352-377.

- Fon, J. & Chiang, W. (1999). What Does Chao Have to Say about Tones? A Case Study of Taiwan Mandarin. *Journal of Chinese Linguistics,* 27(1), 15-37.

- Hsu, H. & Tse, John K. (2009). The Tonal Leveling of Taiwan Mandarin: A Study in Taipei. *Concentric: Studies in Linguistics,* 35(2), 225-244.

- Huang, Y. & Fon, J. (2011). *Investigating the Effect of Min on Dialectal Variations of Mandarin Tonal Realization.* Paper presented at the 17th International Congress of Phonetic Sciences. Hong Kong, China. August 17-21.

- Kubler, C. C. (1979). Some Differences between Taiwan Mandarin and Textbook Mandarin. *Journal of Chinese Teachers' Association,* 14(3), 27-39.

- Kubler, C. C. (1985). The Influence of Southern Min on the Mandarin of Taiwan. *Anthropological Linguistics,* 27(2), 156-176.

- Kuo, Y. (2005). *New Dialect Formation: The Case of Taiwanese Mandarin.* PhD dissertation, University of Essex, Colchester, UK.

- Li, Chris W. (2004). Conflicting Notions of Language Purity: The Interplay of Archaising, Ethnographic, Reformist, Elitist and Xenophobic Purism in the Perception of Standard Chinese. *Language and Communication,* 24(2), 97–133. doi:10.1016/j.langcom.2003.09.002.

- Su, H. (2016). *From a Taiwanese Accent to an Imagined Mainland Chinese Accent: Sociolinguistic Variation, Media Reactions, and Language Ideologies in Taiwan.* Paper presented at the Fourth New Ways of Analyzing Variation: Asian Pacific Region. Chiayi, Taiwan. April 22-24.

- Torgerson, R. C. (2005). *A Comparison of Beijing and Taiwan Mandarin: An Acoustic Analysis of Three Native Speech Styles.* Master's thesis,

Brigham Young University, Provo, Utah.

- Peng, C. (2021). *Mediatized Taiwanese Mandarin: Popular Culture, Masculinity, and Social Perceptions.* Singapore: Springer.
- Zhang, Q. (2018). *Language and Social Change in China: Undoing Commonness through Cosmopolitan Chinese.* New York: Routledge.

第十章

## 阿嬤的語言也是你的語言嗎？
## 從《斯卡羅》、《茶金》到《八尺門的辯護人》看多語社會的語言維持和轉移

在多語的社會裡，語言之間可能有競爭、有消亡，也有互補共存

◆「百語齊放」的臺灣影劇

◆ 多語社會是如何形成的？

◆「個人多語」與「社會多語」

◆ 多種語言可以共存嗎？還是相互競爭？

◆ 穩定的功能區隔

◆ 語言使用的範疇

◆ 不同語言也能對話

◆ 多語社會的語族活力

---
**本章關鍵字**

#多語社會　#語言維持　#語言轉移　#語族活力
#雙言　　　#語言社會學

# 「百語齊放」的臺灣影劇

　　近年來台劇蓬勃發展，不僅題材愈來愈多元，也愈來愈忠實呈現臺灣社會的樣貌。以《斯卡羅》、《茶金》、《八尺門的辯護人》這三部台劇為例，時間的設定分別為一八六七年、一九五〇年代，以及當代臺灣。雖然三部劇的年代背景不同、題材各異，卻都有個共通點：戲裡面的語言眾多，不需仰賴字幕就能夠聽懂劇集裡所有語言的觀眾恐怕少之又少。

　　這一章，我們來談一談「多語社會」的種種，而在開始之前，我們先來看看這三部劇的時空背景及大致的多語樣貌。

　　《斯卡羅》以一八六七年的羅妹號（羅發號）事件為背景，劇中主要地點在臺灣南部恆春半島的瑯嶠（今恆春鎮），靠近原住民斯卡羅族的領地，附近也有閩南聚落、客家聚落，以及平埔族馬卡道族與閩南通婚的「土生仔」聚落。女主角蝶妹是原住民和客家混血，又因為自小在府城（今台南）為洋人工作，所以能說四種語言，包括：原住民語（排灣語，蝶妹媽媽的母語），客語（蝶妹爸爸的母語），閩南語（閩南人口的母語以及府城通行語），英語（通商洋人的語言）。戲裡的官府人士，說的是官話（現在國語的前身）。光是這一部影集，劇中規律出現的語言就有五種。在這個多族群接觸頻繁的背景之下，戲裡許多角色都能說不只一種語言。如果一個人遇到跟自己母語不同的人時，會說自己的、還是對方的語言呢？這就可能涉及多重因素，包含了說話的地點（像是蝶妹要弟弟阿杰在府城不要說原住民語和客語），以及族群勢力的大小（客家聚落的領導者林阿九跟土生仔聚落的領導者水仔，因畏懼斯卡

羅原住民的武力，會用原住民語與頭目對話，以表示尊敬）。

　　不同於《斯卡羅》故事發生的時間、地點，《茶金》設定在一九五〇年代的新竹北埔客家鎮，女主角張薏心是北埔製茶大廠的千金。在薏心初次登場時，我們可以看到她在家裡和茶廠員工說客語，在外和洋裁學校的閨蜜說日語，和臺北孤兒院的孩子與男主角講台語。薏心加入茶廠的營運後，我們還會看到她跟臺北的臺灣銀行行員說國語，和買茶的外國客戶說英語。男主角劉坤凱是二戰時期的臺籍美軍戰俘，也是流利切換於英語、國語及台語的多語人士。因為時間背景是在國民政府遷台後的一九五〇年代，我們還可以聽到各種南腔北調的國語（詳見第九章），還有一點點的上海話。

　　《八尺門的辯護人》的時空背景設定在現在的基隆八尺門和臺北，距離《茶金》的年代有七十年。此劇加入移工和新住民的元素，劇中的語言也是十分眾多。男主角佟寶駒是一位阿美族的公設辯護人。佟寶駒被法院指派，要為犯下殺人案的印尼籍漁工阿布杜爾辯護。從爪哇來的阿布杜爾說的是爪哇語，而非印尼的官方語言印尼語。為了釐清案情，佟寶駒找上了同樣來自印尼，也會爪哇語的年輕看護莉娜協助翻譯。莉娜在劇中不僅會說國語（在臺灣工作所需）、英語（大學主修）、印尼語、爪哇語（媽媽的母語），而且因為信仰伊斯蘭教，她在祈禱時則說阿拉伯語。佟寶駒在外用國語和台語，跟爸爸時不時用阿美語互懟，跟起初不確定是否有共通語言的莉娜則先是用英語，後改用國語溝通。劇中的阿美族船長和副船長，也是頻頻在阿美語（族人）、國語和台語（漢人世界）三者之間切換，跟外籍漁工和漁業觀察員則得用英語交流；如果要談論一

些不想被其他漁工聽懂的敏感話題，就會切換到對他們來說最私密的阿美語。

在這三個年代各異的臺灣電視劇中，都至少出現了五種語言。演員為了完美演繹角色，在語言方面下足的苦工著實讓人感到驚嘆。同樣令人驚訝的是，臺灣是這樣一個語言豐富的社會。隨著三齣戲劇的時間推移，從十九世紀的原住民族群、屯墾的閩客漢人，以及洋人通商造成的多語社會，到二十世紀日本殖民、戰後國民政府遷台，再到二十一世紀的全球化浪潮和外籍移工。隨著政治經濟社會的變化，臺灣的多語樣貌也一直在改變。

## 多語社會是如何形成的？

「人口移動」、「通婚」跟「政治疆界」的變動，都是形成多語現象常見的因素。從上面提到的三齣台劇就可以看出一些端倪：就「人口移動」這點來說，我們在《斯卡羅》裡就可以看見，閩客漢人移入臺灣屯墾，改變了島上原來以原住民為主的人口結構和語言生態。在《茶金》中，我們可以觀察到，日本殖民之下語言政策的遺跡（薏心跟閨蜜說日語正是一例），還有二戰後移入的外省人口帶來南腔北調的國語和各種漢語方言。透過《八尺門的辯護人》，則是可看到當代以經濟為導向的跨國人口移動，使得東南亞語言在臺灣愈來愈常見，而英文也成為多語人士溝通常用的共同語言。這些人口流動，有些是經濟上的原因，有些是政治上的因素。無論如何，結果都導致了語言的接觸，換句話說，一個地域裡將存在超過一種以上的

語言。

　　除了人口移動，「通婚」也是原因之一。《斯卡羅》裡的蝶妹，就是因為父母來自不同的族群，而成為「原客雙聲帶」。通婚文化造成的多語現象最極端的例子之一，來自人類學家亞瑟・索倫森二世（Arthur P. Sorensen, Jr.）在一九六〇年代觀察了巴西與哥倫比亞邊界的亞馬遜流域二十五個原住民部落的多語狀況。這區域的原住民部落有著「必須與不同語言的對象結婚」的共同文化（同語族視同親人，若結合等同於亂倫）。因此，當地的多語狀況十分普遍，孩子會分別學習爸爸、媽媽的語言，另外也可能在村子裡聽到其他家庭不同的語言，成年後還會與不同語族的人婚配。於是，一個人會數種語言在此地是極為常見的情況。

　　「政治疆界」的變動，也會造成多語現象。任教於美國芝加哥大學的社會語言學家蘇珊・蓋爾（Susan Gal）觀察了奧地利上瓦特（Oberwart）這個地方的多語現象。在一九二一年以前，這個小鎮屬於匈牙利，但因為第一次世界大戰後簽訂的和平條款，上瓦特成了奧地利的領地。這個地區從原來以匈牙利語為主，逐漸轉成以德語為主。除了國家疆界的改變外，殖民活動也經常改變殖民地的語言狀況。前面提到了日本統治時期將日語帶入臺灣，雖然沒有讓日語在臺灣長期駐留，但也留下了許多語言接觸的痕跡（比如台語裡的日語借詞，詳見第十二章。又比如，克里奧爾語寒溪語，詳見第十三章）。許多曾被殖民的國家，當年的殖民者語言已成為現在國家語言的一部分（例如印度和新加坡的英語，海地的法語等）。

# 「個人多語」與「社會多語」

　　「多語現象」當中又可分為「個人多語」（individual multilingualism）以及「社會多語」（societal multilingualism）這兩種層次。「個人多語」指的是一個人會使用多種語言，前面提到《斯卡羅》的蝶妹，《茶金》的張薏心，和《八尺門的辯護人》裡的佟寶駒和莉娜，及劇中諸多配角，這些都是個人多語的例子。如果整個社會裡的人都是「多聲道」，那麼這個社會就必然是「社會多語」了。不過世界上也有一些國家，在國家的層級是多語國家，但實際上的個人多語人口並不一定是多數。是什麼樣的國家會有此情形呢？加拿大跟比利時都是很好的例子。像這樣的國家，通常在不同的區域有不同的主要語言。

　　以加拿大為例，英語和法語都是加拿大的官方語言，但是英語區與法語區有明顯的地域區隔。法語區主要在魁北克省跟新布藍茲維省（圖1中實色的部分）。

　　雖然加拿大是個雙語國家，但是並非每個加拿大人都通曉英法雙語。截至二十一世紀初，英語單語人口大概接近總人口數的百分之七十，法語單語人口約占百分之十五，英法雙語人口則不到百分之二十。

　　再以比利時這個同樣也是語區劃分明顯的國家為例，比利時有三個官方語言：荷蘭語、法語和德語。比利時北部以荷蘭語為主要語言，南部以法語為主要語言，德語僅使用於東部一小塊地區。與加拿大一樣，並非每個比利時人都精通這三種語言。

接下來我們會繼續討論多語現象在社群、而非個人層面的相關議題。個人多語有可能（但不一定）有「語碼轉換」的情況出現，有關語碼轉換的討論請見第六章。

## 多種語言可以共存嗎？還是相互競爭？

　　當兩個（或以上）的語言同時存在一個環境，會發生什麼事？兩種語言會相安無事、各自安好？或者是，其中一個愈來

圖1　加拿大法語區分布圖

愈壯大、愈來愈多人用，另一個則愈趨弱勢？如果其中之一弱勢到一個程度，會不會完全被強勢語言取代，使得環境出現「一語獨大」的單語局面？

以上提到的三種狀況，都是有可能的。第一種狀況稱為「語言維持」（language maintenance），意即雙語（或多語）在同個時空下共存，沒有任何語言出現明顯的衰退。第二種情況稱為「語言轉移」（language shift），較強勢的那個語言持續增強，弱勢的語言則變得愈來愈少人說，也愈來愈少場合會使用。如果從家族世代之間的語言使用來看，有可能祖父母（或父母）的主要語言是原來的族群語言，但是孩子的主要語言已經轉移為另一個強勢語言。以我自己的家庭來說，我的阿公阿嬤是台語單語人士，父母是流利的台語、國語雙語人士，我最主要使用的語言是國語，台語能力則表現較弱。在一家三代之間，主要語言已經有了明顯的轉移。而這在臺灣應該是個普遍的情況。語言轉移的狀況繼續發展下去，最後有可能演變為其中一個語言完全被取代，不再有人使用，結果也就是所謂的「語言死亡」（language death），請參見第十一章。

既然多語共存的「語言維持」、有強弱之別的「語言轉移」以及單語獨霸的「語言死亡」這三種狀況都有可能發生，那是什麼因素影響語言的生態與活力呢？

## 穩定的功能區隔

如果多種語言在同一環境有著穩定的功能區隔，就比較容易維持雙（多）語共存的狀態（即上一節提到的「語言維

持」）。功能區隔最顯著的例子，是社會語言學家查爾斯·佛格森（Charles A. Ferguson）所提出的「雙言現象」（diglossia）。雙言現象的基本定義包含兩種**變體**（variety）：「高階變體」（high variety）和「低階變體」（low variety）。這兩個變體共同存在於一個社群裡，並在功能上有明顯的區別。高階變體通常用於較正式的場合，主要透過學校教育學會，也有標準化的字典，而文學作品也多半以高階變體書寫。此變體的語法和音韻大多比較複雜。而低階變體結構相對簡單，多半用在口語對話、非正式的場合，使用者主要從家庭或是鄰里間學會使用低階變體，此類變體缺乏標準化的字典，或是以此變體寫作的文學作品。在佛格森對雙言現象的原始定義裡，高階變體和低階變體有著語言上的親屬關係。例如，在阿拉伯語世界，書面、演講，或是其他正式場合裡會使用古典阿拉伯語（或者它的後代──現代標準阿拉伯語）；但是每個區域也有自己的阿拉伯方言，這些地區方言則會在口語對話、非正式的情境下使用。這個穩定的雙言現象在阿拉伯世界持續了數個世紀之久。

另外一個佛格森所舉的例子是：瑞士的標準德語（高階變體）和瑞士德語（低階變體）。瑞士德語是瑞士的德語使用者日常通用的德語，跟標準德語有些不同。但是瑞士人都學過標準德語，也會在正式的場合、書寫或學校環境裡使用標準德語。海地的法語（高階變體）和海地克里奧爾語（低階變體）也是類似的區隔狀況。佛格森定義的「雙言現象」，日後被稱為「古典雙言」（classic diglossia）或者「狹義雙言」（narrow diglossia）。而後，社會語言學家喬許·費胥曼（Joshua Fishman）擴張了這個高低語言並存、功能區隔但互補

**變體**：變體是個通稱，可用來指一個語言、方言，或某個群體的語言風格等。

的概念。高低語言無須具備原先佛格森定義中的語言血統相關性。因此，沒有「親戚」關聯的兩個語言（例如印度的英文和本地語言），如果表現出高低階變體功能互補的情況，都可以用「雙言」的概念來描述。

此外，雙言也不需侷限在兩個語言上面。在多語社群中，便可能會出現超過兩個語言共存的狀況。以《茶金》為例，那個時代的客家社群，在客家庄裡用的是客家話，但出了客家區域，和其他的本省族群討論商務時可能用的是閩南語，在與政府以及銀行官員的正式會面上，可能會用國語。費胥曼放寬界定「雙言」概念的條件，也因此被稱為「廣義雙言」（extended diglossia）。

## 語言使用的範疇

「功能互補」是在同一個社群裡維持多個語言的重要因素，但是，要怎樣補呢？先認識費胥曼提出的「範疇」（domain）觀念會較易於理解。譬如，「家庭」就是一個語言使用的「範疇」，此範疇裡的說話對象有父母、兄弟姊妹、祖父母等，地點通常在家中或家人常活動的地方，話題也大多限於一定的範圍。同理，學校、友誼圈、工作場合、信仰場域、市集賣場、行政機關等，也都是語言使用的範疇。理解「範疇」後，我們來看看社會語言學家魯本（Rubén G. Rumbaut）針對二十世紀中期巴拉圭語言使用狀況的觀察與研究。

巴拉圭有兩個官方語言：西班牙語和瓜拉尼語。西班牙語是歐洲殖民者帶過去的語言，瓜拉尼語則是巴拉圭的本土語

言。雖然兩個語言都有官方語言的地位，西班牙語長久以來是處在高階語言的位置，瓜拉尼語則為低階語言。當時的巴拉圭雙語的分工狀況如下：

| 範疇 | 對象 | 地點 | 話題 | 語言 |
|---|---|---|---|---|
| 家庭 | 父母 | 家中 | 籌畫家庭活動 | 瓜拉尼語 |
| 友誼圈 | 朋友 | 咖啡店 | 好笑的傳聞軼事 | 瓜拉尼語 |
| 信仰 | 神父 | 教堂 | 週日禮拜儀式 | 西班牙語 |
| 學校 | 老師 | 小學 | 講故事 | 瓜拉尼語 |
| 學校 | 教授 | 大學 | 解數學題 | 西班牙語 |
| 行政機關 | 公務員 | 行政辦公室 | 取得重要證件 | 西班牙語 |

表1 二十世紀中期巴拉圭雙語使用情況表

仔細看看這張表，想一想，其實只要把「西班牙語」、「瓜拉尼語」代換成臺灣的語言，呈現出來的結果就會是臺灣多語的狀況。

讓我們以《茶金》第一集為例，試著改寫這張表格：

| 範疇 | 對象 | 地點 | 話題 | 語言 |
|---|---|---|---|---|
| 家族 | 家族親戚 | 家祠 | 家族祭拜 | 客語 |
| 政令廣播 | 全臺民眾 | （廣播） | 政令宣告 | 國語 |
| 工作場域 | 茶廠員工 | 北埔日光茶廠 | 茶廠事務 | 客語 |
| 教育（照護）機構 | 育幼院兒童 | 臺北草山育幼院 | 安慰孩子 | 閩南語 |
| 友誼圈 | 女主角和閨蜜圓子 | 臺北草山育幼院 | 婚姻安排 | 日語 |
| 店鋪 | 老闆和顧客 | 臺北西服店 | 訂製西服 | 閩南語 |

表2 《茶金》第一集的臺灣多語使用情況表

從「範疇」概念著手，是不是就更能理解雙言現象中的功能互補了？因為，如果每個範疇裡都有穩定常用的語言，多語社群裡的每個語言也就各有所長，就像《茶金》當中客語用在家族範疇內、閩南語用在非客語地區的商店內，這麼一來，多語狀況就比較容易維持下去。而當某個範疇的主要語言，開始從一個語言轉到另一個語言，那就是語言轉移開始的時候了。

## 不同語言也能對話

一位來自香港、現居美國的朋友，最近看了《孤味》這部叫好又叫座的臺灣電影。他問我：「在臺灣，兩個人在對話時持續各講各的語言，沒有誰改用對方的語言來溝通，是常見的現象嗎？」我想了一想，告訴他：「如果是跨世代的對話，這似乎是蠻常見的。」事後，我又重溫了《孤味》。果然電影裡的主角林秀英和他的外孫女小澄，常常就是一人說台語，一人說國語，如此交錯進行她們的對話。

在家庭範疇裡，對於林秀英這一代，台語是主要語言；對於小澄這一輩，國語是主要語言。三代之間，家庭慣用語言已經轉移，就如同前述提到我自己的家庭內的語言轉移一樣。這個現象在臺灣非常普遍，使得我在觀賞電影的時候，沒有特別注意到這點，還有賴於朋友的提問才想起來。在臺灣，不只閩南族群，客家和原住民族群也在經歷語言轉移，而且幅度更大。在關於泰雅族家庭的臺灣電影《哈勇家》裡，我們也可以看到，哈勇阿公和阿嬤大多使用族語，但是兒女輩說族語的情況則大幅減少，孫輩更是少之又少，國語成為兒孫一輩的主要

語言。

　　這個家族三代的語言轉移現象，十分合乎費胥曼的觀察。他認為，雙言是個雙（多）語穩定的狀態，通常已經歷時超過三代以上的時間，所以每個語言（或變體）跟範疇的連結才會足夠穩定、強韌，每個語言也發展出足夠的字彙和語用方式，得以應付特定範疇下的互動。但若缺乏雙言穩定的功能性互補，兩個（或多個）語言在同一個範疇裡產生競爭，在三代之間就有可能發生語言轉移。許多針對移民的研究也有類似發現，譬如，美國社會學家魯本・倫巴、道格拉斯・梅賽（Douglas S. Massey）、和法蘭克・賓恩（Frank Bean）在二〇〇六年的調查顯示，在美國南加州的移民家庭裡，西班牙語、塔加路語（菲律賓）、華語、越南語、韓語，都僅維持了兩代的壽命。在臺灣，新移民的語言，如果沒有制度性的支持，恐怕也難逃類似的命運。

　　一旦發生語言轉移，是否表示較弱勢、在某些範疇中被取代的語言，就會江河日下，有一天再也無人使用，步上語言死亡的命運？

　　其實這倒也不一定。從語言轉移的開始到語言死亡，中間還有很長的一段路，也有很多可以停駐的點。費胥曼曾在一九九一年提出一份評估語言轉移程度的量表，名為「世代失調分級表」（Graded Intergeneration Disruption Scale，簡稱GIDS），這是最為人所熟知的評量語言是否瀕危的方式之一。這個量表包含八個級別，第一級表示情節仍然輕微，到了第八級，就已經是瀕臨死亡的狀態了。

| 第一級 | X語言仍然在高等教育、職場、政府和媒體有部分使用。 |
|---|---|
| 第二級 | X語言仍然在較低階的政府服務和大眾媒體使用，但在較高階（正式）的政府活動和媒體活動則已不被使用。 |
| 第三級 | X語言仍在較低階（非正式）的工作環境裡與講其他語言的人的互動中使用。 |
| 第四級 | X語言在中小學教育裡會使用到。 |
| 第五級 | 家庭、學校和地方社群支撐X語言的識讀能力，但沒有地方社群之外的力量給予支持。 |
| 第六級 | X語言的口語能力經由家庭傳給下一代，X語言仍有自己的聚落／社群。 |
| 第七級 | 會說X語言的人活躍在聚落／社群裡，但都已經是生育年齡以上的年紀。 |
| 第八級 | 還會說X語言的殘存人口多半是社交不活躍的老年人。想學X語言，必須由這些老者口述，經人整理過後再教給散居各處的成年人。 |

表3　費胥曼的「世代失調分級表」

　　費胥曼認為，一個語言要能持續生存下去，至少要穩定停留在第六級。只有當語言能經由家庭傳給下一代，這個語言才有永續生存的可能。

## 多語社會的語族活力

　　前文持續提到，語言是否能延續下去的關鍵或評量方式，是看看這個語言能否傳承，而這當中牽涉到的就是「語族活力」（ethnolinguistic vitality）。一個語言是否能永續發展、活力滿滿，或者瀕危衰落、需要「急救」，都受到多項因素影響。上面的討論也都提到過，在此做個總整理：

## 一、地位

無論是經濟上的地位，社會上的地位，還是歷史文化上的地位。一個語言需要被正面看待，才能生存下去。這個部分跟語言態度（詳見第二章）有互為因果的循環關係。

## 二、語族人口的分布和聚集程度

說這個語言的人數愈多，語言的活力當然就愈強。但是也不光看數量，若是數量多，但是散布在說其他語言的地方，也難以維持語族的活力。都市原住民比部落原住民更難維持族語，就跟聚集程度有關。

## 三、制度性的支持

包含法律、教育、政府機構及媒體等較正式的支持制度。以及職場、宗教信仰、社會文化活動等較非正式的支持制度。臺灣自二〇一九年開始施行《國家語言發展法》，以及原住民族電視台、客家電視台、公視台語台，都是前者的例子。後者則包含了職場慣用語、宗教場域慣用語等。這些支持制度，都能對語言的活力形成助益。


看到這裡，大家是否也覺得，每個語言能夠好好生存下來，都不是一件容易的事，需要各種天時地利人和，還要有意識或無意識地配合？現今世界有七千種左右的語言，正在以每三個月消失一種的速度持續減少中（有另一說是每兩週消失一種）。當生態學家致力於維護生物多樣性的同時，語言文化的多樣性，是否也值得我們努力維護呢？

## 想一想！生活中的語言學

1. 近年來新興的一個探討多語社會的方式，是察看一個地區的公共空間裡招牌、路牌、廣告看板、塗鴉等是用哪些語言書寫的。這一支研究稱為「語言地景」。選一個區域，實地走訪，並記錄你所見的招牌路牌。你看到了哪些語言？不同的語言會出現在哪裡？有什麼不同的功能？顯眼程度有不同嗎？

2. 請大家對照費宵曼的「世代失調分級表」（表3），想一想，臺灣的各種語言在哪一個階段？這些語言是否有生存的危機呢？大家也可以參照右方根據二〇一〇年普查資料所繪出的地圖（圖2）思考看看。

3. 訪問家族的長輩和平輩，記錄自己家族的語言使用史。世代之間的語言使用，有多少改變呢？訪問和記錄時，可參考使用「範疇」這個概念。

第一八七頁圖片原圖為彩色圖片，可掃描Qrcode參照

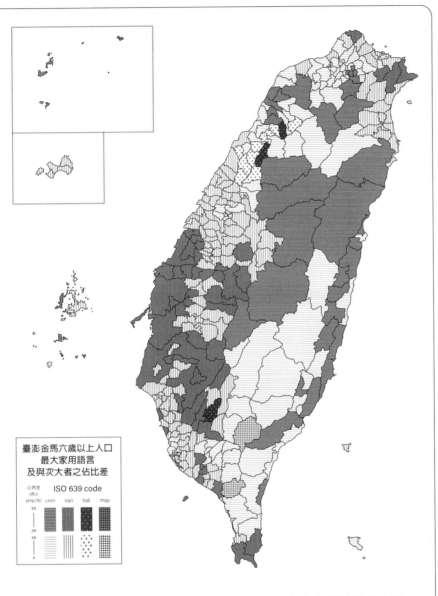

圖2　二〇一〇年臺澎金馬六歲以上人口最大宗家用語言分布圖

**延伸閱讀與參考書目**

- 《斯卡羅》（2021）。
- 《茶金》（2021）。
- 《八尺門的辯護人》（2023）。
- 《孤味》（2020）。
- 《哈勇家》（Gaga，2022）。
- 江文瑜，黃文怡（2021）。〈福爾摩沙交響樂：從語言社會學探索臺灣多語社會的形成、變遷與自我建構〉，《語言學：結構認知與文化的探索》（頁205-258）。臺北市：國立臺灣大學出版中心。
- 第一七七頁圖片參考來源：French language in Canada. (2023, July 24). In *Wikipedia.*。取自 https://en.wikipedia.org/wiki/French_language_in_Canada
- 第一八七頁圖片參考來源：國語政策. (2022, December 1). In *Wikipedia.*。取自 https://zh.wikipedia.org/wiki/%E5%9C%8B%E8%AA%9E%E6%94%BF%E7%AD%96

- Ferguson, C. (1959). Diglossia. *Word* 15(2), 325-340.
- Fishman, J. (1991). *Reversing language shift: Theory and practice of assistance to threatened languages.* Clevedon, UK: Multilingual Matters.
- Gal, S. (1978). Peasant Men Can't Get Wives: Language Change and Sex Roles in a Bilingual Community. *Language in Society*, 7(1), 1-16.
- Holmes, J., & Wilson, N. (2017). *An Introduction to Sociolinguistics.* (5th ed.). New York: Routledge.
- Rumbaut, R., Massey, D., & Bean, F. (2006). Linguistic life expectancies: Immigrant language retention in Southern California. *Population and Development Review,* 32(3), 447-60.
- Karin W. (2013). New Estimates on the Rate of Global Language Loss. *The Rosetta Project.* Available from https://rosettaproject.org/blog/02013/mar/28/new-estimates-on-rate-of-language-loss/

第十一章

## 從彩虹橋到烤火的房，
## 傾聽逐漸消逝的聲音

# 從《賽德克・巴萊》、《哈勇家》
# 看臺灣原住民語言的瀕危與復振

當特定語言再沒有母語人士，該語言也被宣告死亡

◆ 臺灣原住民語的美麗與哀愁

◆ 逐漸消逝的聲音

◆ 語言如何死亡

◆ 為何需要關心

◆ 有關臺灣原住民語，你不可不知的九件事

◆ 聽見歌再唱

◆ 臺灣原住民語言復振的過去、現在與未來

―― **本章關鍵字** ――

#臺灣原住民語　#南島語　#語言死亡
#語言瀕危　　　#語言復振

## 臺灣原住民語的美麗與哀愁

多年前，臺南出身的漢人導演魏德聖拍出了《賽德克·巴萊》，用四個多小時史詩般的篇幅，演出了日治時期的原住民，怎麼用自己的生命去對抗殘暴的外來殖民政府。多年後，宜蘭出身的泰雅族導演陳潔瑤，透過劇情片《哈勇家》，講述了一個三代同堂的泰雅族家庭如何因選舉、跨國交往等原因起衝突而展開的故事。除了電影、戲劇不遺餘力呈現原住民文化，螢幕外的世界裡，原住民議題也愈來愈受重視。

各項族語認證和文化推廣如火如荼地展開，愈來愈多優秀的原住民人才與作品展露頭角。但是，許多曾經存在過的原住民語言已沒有母語人士，即便是現在仍然存在的原住民族語，也正面臨凋零的危機。不少語言學家紛紛捲起袖子，投入語言保存與復振的工作。這一章就要來談談臺灣的原住民語，以及語言可能如何走向死亡？又可能如何起死回生？

## 逐漸消逝的聲音

我們將在第十三章，談到很多新語言誕生的過程：有的語言是某個人或某群人從單字到文法，一點一滴地發想、創造出來；有的則是由於不同語言的族群因為各種因素而有長期的互動與接觸，漸漸融合了其他語言的特色發展而來。

既然有語言誕生，當然也有語言走向死亡。

根據《二〇二一聯合國教科文組織世界語言報告》（2021 UNESCO World Report of Languages）的估算，全世界大約有

七千多個語言。不過這個數字只是「估算」和「大約」，不同研究和單位統計出來的數量都不太一樣，範圍大概落在六千到八千之間。之所以有此落差，是因為世界很大、人口分布也相當廣闊，有些語言可能尚未被發現或記錄。第二，也因為以往有些被認定為方言的語言，其實是一種語言。像現在官方承認的臺灣原住民語，其實有很多在過去被視為同一種語言。以前臺灣原住民族被認為只有九大族群，現在已經劃分為十六族了。

最後一個原因，因為語言和人口並非恆常靜止，而是不斷變動。我們在前幾章有看到，語言會接觸、會改變。而人口會遷移、會增減、會遭遇天災人禍，也會因為政治經濟等的因素，使得各個族群面臨著自願或非自願地被同化。每一分鐘都有可能有新的語言誕生，或是有舊的語言正在消失。

由於今日高度的全球化、都市化，再加上英語在國際間占有強勢地位，《二〇二一聯合國教科文組織世界語言報告》甚至預估：到了二十一世紀末，全世界語言的數量可能會砍半，也就是只剩下三千多種或甚至更少的語言。姑且不論這樣的預測是否會成真，語言就像生物界的物種一樣，確實有可能走向滅亡。

那到底什麼叫作「語言的死亡」呢？簡單來說，「語言的死亡」指的是，再也找不到任何以這個語言作為母語或第一語言的人活在這世界上。

最有名的例子，應該就屬拉丁語。雖然有很多西方經典是以拉丁文書寫，全世界也還有很多人在學習拉丁文，但沒有任何人是從小講拉丁語長大。這就表示，拉丁語是個已經死亡的

巴賽語：又稱「馬賽」或「馬塞語」，是臺灣北部平埔族巴賽族的語言，曾經是北部許多種族的共通語，但在一九三〇年代消失。

凱達格蘭語：為臺灣平埔族凱達格蘭族的語言，原分布於大臺北地區，目前被認定為已消失的語言。

語言。而在臺灣，也有很多本來存在的原住民語已然流失，像是巴賽語（Basai）和凱達格蘭語（Ketangalan），已經被判定是沒有母語人士的語言。

## 語言如何死亡

　　一個語言的死亡很少是突然之間發生的事，通常是一點一點走向瀕臨滅絕。根據聯合國教科文組織的標準，語言的瀕危程度依照使用的年齡層和場域可以分為六個等級，由低到高分別是：一，無危（所有年齡層、所有場合都會用）；二，脆弱（所有年齡的多數人都會用，但只限於特定場域，像在家使用）；三，危險（小孩不再把那個語言當作母語在家學習）；四，重大危險（只有祖父母一輩使用，父母輩可以理解，但不會對同輩或小孩使用）；五，極度危險（只剩祖父母一輩偶爾使用）；六，滅絕（沒有任何母語使用者）。

　　依照這個標準，即使是總人口數高的語言，也有面臨瀕危的可能，像台語和客語雖然使用的總人口數仍不少，但對很多家庭而言，可能已經是第三級的危險狀態，或第四級的重大危險狀態。國際知名記者詹姆斯・格里菲斯（James Griffiths）在他的《請說「國語」》一書中也提到，雖然廣東話的使用人口仍然很多，但因為中國推行普通話教育政策，這樣的政策走向讓廣東話也陷入瀕死的危機。

　　現在正在閱讀這本書的你可能會覺得，語言不是能溝通就好了嗎？語言的誕生與死亡如果是很常發生的事，為什麼我們要那麼關心語言死亡的議題呢？

## 為何需要關心

舉世聞名的英國語言學家大衛・克里斯托（David Cristal）曾在《語言的死亡》提出五個我們必須關心語言瀕危和死亡的原因。

第一，**人類文明的穩定有賴於語言的多樣性**。如同自然界的物種，語言之間同樣有著密切的互動，而會形成一個生態圈。一旦單一語言發生重大改變，語言的生態圈也將連帶受到影響，可說是牽一髮動全身。一如生物多樣性之於生態系統，當語言愈多元，也愈能夠增加人類文明的韌性。第二，**語言即是身分認同**，語言的消失也將代表著一個族群認同與情感連結的喪失。

三，**語言承載了很多歷史**。失去了語言，無非等同於遺失了一部分的集體記憶。換言之，個人將無法承接社群文化的累積，而社群也將難以傳承及保留。這也就連結到第四個原因：由於語言承載的文化與歷史，**每一個語言也保存著一部分人類對萬事萬物的知識與智慧**。就像一個物種滅絕，失去了一個語言，也讓我們對這世界的認識將缺了一塊。

最後一個原因，希望讀到這裡的讀者們也可以贊同：**語言本身實在是太有趣了**！光是每個語言內涵豐富、趣味的程度，就值得我們好好珍惜並一探究竟……好吧！如果你現在還是覺得不夠好玩的話，那我們就以臺灣原住民語為例，談談語言到底是可以怎麼個有趣法，一起來思考為什麼我們非得要好好保存、復興這些瀕危語言不可！

## 有關臺灣原住民語，你不可不知的九件事

　　臺灣原住民語在臺灣甚至是全世界，都是非常獨特的存在。無論從語言學或人類學的角度來看，都是深具特色，有高度的多樣性。由於這部分的內容實在有太多可談，也已有多位專家出版了相關的著作討論，以下僅列出九個你不可不知的知識，作為這些語言的介紹：

### 一、臺灣及離島境內的原住民語皆屬於南島語系，惟蘭嶼的雅美語（又稱「達悟語」）並不屬於臺灣南島語，而是馬來－玻里尼西亞語族的菲律賓語族。

　　南島語系（Austronesian languages）在世界上是非常重要的語言，就語言數來說是僅次於印歐語系的第二大語系。其中又可再大致分為：「臺灣南島語」（Formosan）和「馬來－玻里尼西亞語」（Malayo-Polynesian）此兩大語族。

　　就使用人口數來說，南島語系位居全球第五。現在最大宗的南島語人口，居住在菲律賓、馬來西亞和印尼這些與臺灣有著密切來往的臨近東南亞國家，他們講的南島語都屬於馬來－玻里尼西亞語族的語言，在語言特徵和語系（language family）分類上比較接近雅美語。

　　若論地理範圍的跨度，在歐洲國家開始到世界各地殖民以前，南島語是全世界最大的語系。目前最北邊到新北市的烏來（「烏來」這個名字就是從泰雅語來的，意思是溫泉），最南到紐西蘭，最西到非洲的馬達加斯加島（正是那個有同名動畫電影的馬達加斯加），最東則是到南太平洋的復活節島（有摩艾

**語系**：一群具有相近的語言特徵與發展歷史，被認為擁有相同起源或祖先的語言，所形成的語言分類單位。世界上較大的語系包含印歐語言、漢藏語系和南島語系。

石像的復活節島）。

　　在迪士尼動畫電影《海洋奇緣》中，主角莫娜和她的族人講的語言也是南島語系的語言。英語版為莫娜配音的演員奧莉伊・卡拉瓦爾侯（Auli'i Cravalho）本身就在夏威夷這個南島語分布區出生、長大，也具有夏威夷族的背景。而為臺灣版主題曲《海洋之心》獻唱的金曲歌后A-Lin，則是臺東的阿美族人。

## 二、就目前行政院原住民委員會的分類，臺灣包含離島的原住民有十六族，一共多達四十二個語言。

　　這十六族包含阿美、排灣、泰雅、布農、太魯閣、卑南、魯凱、賽德克、賽夏、鄒、雅美、噶瑪蘭、撒奇萊雅、邵族、拉阿魯哇、卡那卡那富。根據內政部的統計，截至二○二三年為止，十六族當中以阿美族人數最多（其中名人包含A-Lin、范逸臣），排灣族居次（例如阿爆、民雄），泰雅族第三（如LULU黃路梓茵、《賽德克・巴萊》中飾演莫那魯道的林慶台），這三族的人口總數占了臺灣原住民總人口的七成多。

　　而通常人數較多或分布較廣的族群，語言也相對容易形成比較多的分支。例如泰雅和魯凱各有六個語言分支，阿美和布農各有五個，排灣和卑南也各有四個。

　　這四十二個語言又可以依照共通的語言特徵，分為多個語群。就美國語言學家白樂思教授（Robert Blust）的分類，南島語可分成十個語群，而在臺灣這個小小的彈丸之地就可以找到九個，這就連結到下一項不可不知的知識。

### 三、臺灣有可能是整個南島語系的發源地？

在南島語與南島民族研究當中，一個很重要的問題就是這個超大語系的發源地到底在哪裡。著有《槍炮、病菌與鋼鐵》和《大崩壞》等全球暢銷科普書的賈德・戴蒙教授（Jared Diamond），曾在國際權威期刊《自然》上發表了一篇在語言學與人類學界都相當出名的文章，標題叫〈臺灣給世界的禮物〉（Taiwan's gift to the world）。這篇文章就引用了上述白樂思教授的分類，指出由於臺灣原住民語高度的歧異性，加上語言中保留了許多古南島語的詞彙特徵，因此很有可能是整個南島語系的原鄉。

這個「出臺灣說」（the "Out of Taiwan" model）因為戴蒙的文章一炮而紅，後來也得到了不少考古學和植物學研究的支持。儘管仍然有些爭議，尚未有個絕對的定論。而臺灣所有的原住民族群是否都在同一時間達到臺灣，也還有討論的空間，但臺灣原住民語的多樣性與重要性，已是無庸置疑的事實。

### 四、臺灣原住民語與臺灣其他常見語言不同，都是重音而非聲調語言，而且有其獨特的語音和音韻現象。

臺灣原住民語不像漢語語系的語言，不以聲調作為辨別詞意的方式。原住民語的詞彙會有重音，通常落在倒數第二或倒數第一個音節，這就讓它聽起來就和華、閩、客等語言相當不同。

以語音的數量來說，相較於全世界平均數，臺灣原住民語擁有的子音和母音較少。但和華、閩、客語相比，則有一些比較特別的語音或音韻現象。例如，在子音的部分就常見小舌清

**小舌**：又稱「懸雍垂」（uvula），在軟顎的末端，是很多動畫要展現尖叫時，會特寫抖動的地方。

塞音如 /q/，排灣語裡有濁捲舌塞音 /ɖ/，母音方面則是有「元音和諧」（vowel harmony）的現象。

所謂的「元音和諧」指的是，一個詞前綴（prefix，或稱「詞首」）或後綴（suffix，又稱「詞尾」）的母音，必須要和那個詞的詞幹（stem）或詞根（root）的母音，進行某種程度的調和。也就是前／後綴的母音被詞根／幹的母音同化，變得一樣或相似的意思。這個現象常出現在黏著語（詳見第十三章說明）當中，像土耳其語、芬蘭語等都有，我們在下一點也會提到，臺灣原住民大多都是黏著語。

例如，在賽德克語裡，有個前綴是工具焦點（「焦點」的概念後續會在第七點進行解釋，簡而言之，就是表明進行動作時使用的工具是句子的主詞），大致可以表達成「s（＋母音）」的形式，因為這個母音會隨著後來詞幹的開頭母音做改變、被調和。比如，如果接到「imah」（喝）這個動詞前面，母音就會變「i」，變「si-imah」；接到「eru」（沾染）這個詞前面，就會變「e」，成為「se-eru」；接到「osa」（去）前面，則會變成「o」，改讀「so-osa」。

**五、與漢語語系的語言不同，臺灣原住民語多為「黏著語」，並且具有中綴及環綴這些較為少見的構詞方式。**

我們在第十三章中介紹到世界語的時候，將提到它是一種黏著語。相對於像華語這種孤立語，黏著語一個詞裡面，常會有多於一個詞素（morpheme），每個詞素通常只有一個意思或功能，詞素之間的界線大多明顯可辨，就像用膠水把不同的材料黏在一起，臺灣原住民語也具有這樣的特徵。

**前綴**：又稱「字首」，英語中常見例子如 preview（預習）的「pre-」（前）或 unhappy（不開心）的「un-」（不）。

**後綴**：又稱「字尾」，英語中常見例子如 smaller（比較小）的「-er」（比較級）或是 hopeful（充滿希望）的「-ful」（多的、充滿的）。

**詞幹**：又稱「語幹」，和詞根的概念有點相似，是詞綴可以附著的單位，有些人嚴格限定是可以接語法變化詞綴的單位，例如 writers（作家們）的詞幹就是 writer 而非 write，因為可以接複數後綴「-s」的單位是 writer 不是 write。

**詞根**：又稱「語根」，是一個詞當中不可再分解的單位，是詞的意義核心，例如英文 wrote（寫的過去式）、writing（寫作）和 writer（作家）的詞根都是 write。

不過臺灣原住民語除了常見的字首、字尾、前後綴之外，字根的中間或兩邊都可以加綴，稱為「中綴」與「環綴」。以阿美語為例，「om」是主事焦點（表明做動作的人是主詞）的標記，可以放在名詞詞根的中間形成動詞。例如，歌是「radiw」，而「romadiw」就是唱歌。環綴的例子則是「pi⋯an」，把字根放進去這個環綴以後，意思就會變成跟那個字根有關的地方。比如，「codad」是書，「picodadan」是指學校，也就是和書有關的地方。

### 六、很多人不知道，大多臺灣原住民語的語序都是動詞開頭，且常見具有代名詞功能的依附詞。

曾榮獲金曲獎最佳原住民語專輯獎的阿美族歌手舒米恩，有首歌叫作〈Maolahay kako tisowanan〉，翻成中文是「我愛你」。在阿美語裡，「maolahay」或「maola」表達的是「愛」或「喜歡」的意思，「kako」是「我」，「tisowanan」則是指「你」。所以，這整句話基本上可以想成是動詞、主詞、受詞（愛－我－你）這樣的順序。根據統計，全球只有不到百分之九的語言是這樣以動詞開頭的語序，不只在臺灣，甚至放眼全世界都是相當罕見的特色。

而原住民語裡除了有像「kako」和「tisowanan」這樣，可以單獨成一個詞的代名詞之外，也有很多具有代名詞功能的依附詞。所謂的「依附詞」（clitic），指的是它們必須要「寄生」在另一個詞的旁邊才能講出來，不能自己獨立成詞。好比說，在英文裡我們常常會講的縮寫，例如英語「I'm fine」（我很好）的這個「m」（原本是am），或是像法文裡「je t'aime」

（我愛你）的這個第二人稱「t」（原本是te），這些都是一種依附詞。它們不能被單獨使用，但在句子中仍具有動詞或是代名詞的功能。

以泰雅語的第二人稱單數為例，有至少「isu'」和「su'」兩種形式，其中「isu'」是個獨立詞，也有人說是「自由式代名詞」。也就是說，「isu'」可以單獨成一個字。而「su'」則是依附詞，或是「附著式代名詞」。這表示「su'」的前面一定要接一個詞，而且使用「su'」（你）的時候，通常會在句子第二個成分的位置（第一個成分通常是動詞）。

如果要問對方是不是泰雅族人，你可以說：「isu' ga, tayal？」（你啊，泰雅族人？）在這個例子裡，第二人稱代名詞可以放到句首，而且可以單獨念出來，前面不用接另一個詞。

但「su'」就不太一樣。例如，如果要跟人打招呼，你可以說：「lokah-su' ga？」（直譯是「健康-你-嗎」，意譯是「你好嗎」）；若是要向他人表達謝意，你可以講：「mhway-su'！」（「mhway」是慷慨、感恩的意思）。在這兩個例子裡「su'」一定要緊鄰在另一個詞的後面，而且都是出現在句子裡的第二個位子。

## 七、臺灣原住民語具有其他語言少見的焦點／**語態**（voice）系統。

我們在描述一個事件的時候，可以透過將焦點放在不同參與者上，來造出一個句子。例如，在中文中，你可以說「他吃了蛋糕」，把重點放在做出那個動作的人（主事者）；你也能

語態：語態是語法學當中，用來描述動詞和主詞之間關係及其搭配語言形式的術語。在英文當中主要分為主動和被動語態：主詞如果是動作的發起者，通常是主動；如果主詞是動作的承受者，則是被動。在英文中有少數句子可以算是「中間語態」（middle voice），像是「this book sells well.」（這本書賣得很好），主詞「this book」雖然是「sell」的受事者，但句型卻是主動式，因此稱為中間語態。

夠聚焦在接受動作的蛋糕（受事者），加個「被」，改為「蛋糕被他吃了」這樣的句子。在英語裡也有類似的情況，說話者可以選擇用主動式「he ate the cake.」，聚焦在主事者身上；或是用被動式「the cake was eaten (by him).」，把焦點放在受事者上。

　　不管是在中文或英文當中，動詞都有一個基礎的形式「吃」或「eat」，這個形式都是用在主動的語態裡（active voice）裡。而被動的語態（passive voice）則是使用衍生而來的形式，也就是「被吃」或「was eaten」。因為這樣的差異和不對稱，中文和英文都被視作是「非對稱語態語言」（asymmetrical voice language）。

　　相對來說，臺灣原住民語則是「對稱語態語言」（symmetrical voice language）。也就是說，不管句子中聚焦的對象是誰，使用的動詞並沒有哪一個是比較「根本」的形式，不同焦點的形式都會有所變化，而那個動詞形式所聚焦的對象，就會被標記為主語（subject）。

　　更厲害的是，臺灣原住民語有高達四種焦點／語態（focus/voice）。以泰雅語的「qaniq」（吃）這個詞根為例，可以分成主事焦點「maniq」、受事焦點「niqun」、處所焦點「niqan」和工具焦點（或又稱作周邊或參考焦點）「sqaniq」（最後這個焦點比較難理解，但基本上就是上面三個以外的角色，像是工具、受益者等），前面元音和諧的例子就是最後這一類型。

　　首先，從這四個形式可以看到，沒有任何一個焦點是比較基礎的，每個焦點都有一些變化。其次，這些動詞就會搭配相

應的主詞，以下是一些例子（以粗體標示動詞，底線標記主詞）。

a. 主事焦點：**maniq** ngahi' <u>i Hayon</u>（<u>Hayon</u>吃地瓜）

b. 受事焦點：**niqun** ni Hayon <u>qu ngahi'</u>（<u>地瓜</u>將被Hayon吃）

c. 處所焦點：**niqan** ni Hayon <u>qu hanray qasa</u>（Hayon在<u>那個桌子上吃</u>）

d. 工具焦點：**sqaniq** ni Hayon mami' <u>qu qqway qasa</u>（Hayon用<u>那個筷子</u>吃飯）

在這四個句子裡，兩個最重要的部分就是開頭的動詞和最後句尾的主詞（「i」或是「qu」後面的那一串詞）。雖然除了第二句之外，其他三句的中文看起來都差不多，但在泰雅語裡其實聚焦的重點和句子的主詞都不同。

例如，第一句是主事焦點，所以在句末的是做事的人「Hayon」（哈勇），並用「i」標記為主詞（因為「Hayon」是人名）。第二句是受事焦點，所以句末是接受動作的「ngahi'」（地瓜），並由「qu」標記為主詞（因為地瓜是普通名詞）。第三句是處所焦點，所以「qu」後面接的是動作發生的所在地「hanray qasa」（桌子 那個）。最後第四句是工具焦點，在「qu」後面的是工具「qqway」（筷子）。

隨著焦點的改變，句子裡其他的成分，就會變成別的角色或別的「格」。比方說，在第二到四句當中，「Hayon」這

個做動作的主事者都不是主詞，所以他前面都有一個「ni」。這個「ni」如果放在兩個名詞中間，可以表示前面的東西**屬於**後面，比如「ngahi' ni Hayon」可以理解成「Hayon的地瓜」，有點像是英文裡「of」的作用，所以叫作「屬格」（亦可稱作「所有格」）。如果同一個「ni」放到句子裡，就可以標記不是主詞的主事者，有點類似英文被動式裡的「by」。這就像是在跟你說：「雖然這傢伙是做動作的人，但在這個句子裡，他可不是主角喔！」

## 八、臺灣很多地名是從原住民語借來的，但很多人不知道，原住民語其實也借了一些其他語言的詞彙！？

有些名詞比較容易察覺是源自原住民語，例如總統府前常有人遊行抗議的「凱達格蘭」（Ketagalan）大道，去宜蘭會搭的「噶瑪蘭」（Kavalan）客運，或是臺鐵的「普悠瑪」（Puyuma）、「太魯閣」（Truku）號。

但全臺各縣市有數以百計的地名，我們已經習以為常到很難想像其中有許多地名也跟原住民語有關。例如，在臺北捷運紅線上的「唭里岸」（凱達格蘭語：Ki-Irigan；巴賽語：Ki-zing-an）、「北投」（巴賽語：Pataw）和「關渡」（巴賽語：Kantaw）；或是，有同名電影的「萬華（艋舺）」（巴賽語：Bangka；泰雅語：Mnka'; Bnka'）；還有，以媽祖遶境聞名的台中「大甲」（道卡斯語〔Taokas〕：Taokas）；以及，本來叫「貓裡」的苗栗（道卡斯語：Bari），和舊名「打狗」的高雄（馬卡道語〔Makatto〕：Takau）等，各種例子不勝枚舉。

原住民也從漢人的語言裡借了一些詞，並轉化成自己的

**道卡斯語**：是以前主要分布在新竹、苗栗與臺中大甲的平埔族道卡斯族的語言，二〇一一年被判定為流失。目前由苗栗縣道卡斯文化協會努力復興中。

**馬卡道語**：是平埔族馬卡道族所使用的語言，主要分布在高雄、屏東與臺東加走灣，目前已無母語人士。

詞彙。最有名的案例應該是許多臺灣東南部原住民語,如阿美語、卑南語和排灣語,將講台語的漢人稱為「payrang」或「pairang」,有的人會用漢字寫成「白浪」,這原本是台語中的「歹人」;客家人則常被稱為「ngayngay」,因為客家人的「我」念作「倻」(ngài);外省人有很多種說法,但比較有趣的例子像是在阿美語裡會稱外省人為「kowaping」(官兵),也跟早期隨國民政府來臺,後來到東部開墾的移民大多是軍人或榮民有關,發音則是從台語借來。

就一般的名詞而言,比如賽夏語裡的秤子叫「katintin」,「ka」是賽夏語裡的前綴,「tintin」是從台語的秤仔(tshìn-á)而來;布農語裡「債務」這個名詞叫「kiam」,則是從台語的動詞「欠」(khiàm)借來的。

### 九、雖然臺灣原住民語有那麼多有趣的特色,也是全世界語言文化的寶藏,但!其實很多語言已經瀕臨滅絕,總人口數也跟新住民的人口數差不多了⋯⋯

根據內政部統計,到二〇二三年八月底,原住民和新住民的總人口,都來到五十八萬七千多人左右。值得注意的是,這裡指的新住民只有算來自其他國家地區,通常經由婚姻或工作關係移民來台的人士,而不包含他們的下一代。

就族群而言,十六族僅八族超過一萬人,不滿萬人的八族中,有三族不到千人(邵、拉阿魯哇、卡那卡那富),兩族介於一千到兩千之間(噶瑪蘭、撒奇萊雅)。但這還只是各別族群總人口,而非能流利使用族語的人數。

根據二〇一八年原住民委員會委託世新大學所做的調查,

整體平均有六成五左右的臺灣原住民會在日常生活中使用族語，但各族各語言間也有蠻大的差異：最常在生活中使用族語的是太魯閣族，高達八成二；最少使用的是拉阿魯哇族，僅百分之六點八二。卑南、賽夏、邵、噶瑪蘭、卡那卡那富這五族，日常使用率也低於五成。這些數據顯示原住民語很多都已經是陷入危險到極度危險之間。

## 聽見歌再唱

《聽見歌再唱》這部喜劇電影，講述一個布農族的部落小學，為了讓學校免於廢校，而組成合唱團參加比賽的故事。片中學校因為老師與學生的努力而得救，那麼，已經死亡或瀕臨滅絕的語言，有沒有可能起死回生呢？

老實說，有點難度。但目前的確是有一些相對成功的案例，其中一個最著名也比較特別的例子是希伯來語。本來希伯來語和拉丁語一樣，早已沒有人會在生活中使用，大多是當作閱讀宗教經典的工具。但從十九世紀末開始，隨著歐洲猶太復國主義（Zionism，又稱「錫安主義」）的興起，有許多猶太人便嘗試在日常對話中重新開始使用希伯來語。

到了一九四八年以色列獨立建國之際，已有八成左右出生在巴勒斯坦地區的猶太人以希伯來語作為最主要的日常用語。後來許多生活在其他國家說他國語言的猶太人，紛紛移民回到以色列，他們和他們的小孩也莫不開始學習、使用希伯來語。這個本來已經死亡的語言遂成為以色列的國家語言，也是許多國民的第一語言。飾演神力女超人的以色列女星蓋兒・嘉朵，

**猶太復國主義**：由猶太人所發起與提倡，支持猶太人在目前以色列所在地重新建立「猶太家園」，成為該國主要民族的政治思想與運動，大約於十九世紀末左右興起，最後促成以色列建國。

就是一位希伯來語的母語人士。

另一個相對成功的案例，是紐西蘭的毛利語（可以稱作「Māori」、「te reo Māori」或「te reo」，同屬於南島語家族的語言）。雖然我們現在談到紐西蘭，會很直覺地認為它是一個英語系國家，但其實在歐洲殖民者出現前，紐西蘭南、北島等地區主要是毛利人居住、生活的地方。

一八四〇年，隨著懷唐伊條約（Treaty of Waitangi）的簽訂，紐西蘭正式成為英國的殖民地。為了進行同化，英語就變成了政府大力推行的官方語言。到了一八五八年，甚至有法令禁止在學校使用毛利語（聽起來是不是覺得似曾相似？）殖民政府種種的語言政策，再加上毛利人人口的大幅減少，毛利語便陷入了走向死亡的危機。

所幸，從一九七〇年代開始，有一群毛利族的年輕人投入了毛利語的復振，致力推動將毛利語融入學校教育，甚至有許多稱作「族語語言巢」（Kohanga Reo）的毛利語幼兒園紛紛開辦，讓毛利族人能從小就開始接觸、學習毛利語。一九八七年，紐西蘭通過了《毛利語言法》，正式將毛利語列為紐西蘭的三個官方語之一（另外兩個是英語和紐西蘭手語），政府也成立了毛利語言委員會，負責推動各項毛利語復振的工作。

那麼，臺灣呢？

## 臺灣原住民語言復振的過去、現在與未來

由公部門推動的原住民語言復振工作，最早大致可以追溯到一九九〇年代中葉：一九九四年教育部發布國民小學鄉土教

懷唐伊條約：是英國政府與眾毛利人族長於一八四〇年二月六日在紐西蘭查塔姆群島的懷唐伊這個地方簽署的條約。該條約讓紐西蘭正式成為英國殖民地。自一九七四年起，二月六日也成為紐西蘭的國定假日——懷康伊日。

學活動課程標準；一九九五年正式開始系統性編纂原住民語及其他本土語言的教材；一九九六年行政院原住民委員會正式成立，專責推動原住民相關事項，其中當然也包含族語復振，隨後原民會即結合專家學者以及各族族人的力量，開始推行一連串相關計畫與措施，包含「族語教材編輯」、「族語師資培訓」、「族語教學推動」、「族語認證考試」、「族語詞典編纂」，並成立其他相關中心與單位。

一九九八年，教育部完成並公布〈國民教育九年一貫課程總綱綱要〉，將原住民語與其他本土語言列入中小學的正式課程當中；二〇〇五年原住民族電視台開播，成為臺灣第六家無線電視台，也是目前唯一一個全天候以臺灣原住民族為主題的電視頻道。

二〇一九年一月九日，蔡英文總統正式公布施行《國家語言發展法》，將台語、客語、馬祖語（閩東語）、臺灣手語，以及我們這章介紹的臺灣原住民族眾語言，共同列為國家語言。期許能藉此有更多的資源與措施，保存與復振原住民語與其他語言。

語言學家在這個過程中扮演了許多角色，除了進行許多相關的研究與語言紀錄之外，也投入辭典、教材、文法書的編纂，語言及影音資料的收集與數位化、族語師資的培訓、族語認證考試的規畫與出題，以及其他相關政策的推動。每位投入原住民語復興的專家學者無非是希望可以把這個人間的寶庫、這些獻給全世界的禮物，好好保存下來，甚至使其更加蓬勃發展。

話說回來，不管有再多的努力與資源，語言的誕生與死

亡，最後都要回歸到實際的使用。最後以長期投入臺灣原住民語研究與復振的黃美金教授，她在二〇一四年發表在《臺灣語文研究》期刊上的一段話作結，而這段話也適用於臺灣其他的國家語言：

　　語言復振若單靠外力，不管是學校族語教學、或政府政策訂定與經費挹注，語言是無法永續生存的。族語存活其實是要仰賴族人「由下而上」自發性的使用、保存與推動；族人自主性的復振行動才是族語復振的最大動力：由個人、由家庭、由部落，再透過網路科技及傳播媒體，讓散居各地之族人都有機會再學習、再使用自己的族語。

　　讓臺灣走向更加友善多元的多語社會，需要我們每一個人的努力。

## 想一想！生活中的語言學

1. 你知道你生長或居住的縣市中，人口最多的原住民是哪一族嗎？你知道他們的語言與文化有什麼特色嗎？

2. 二〇二〇年總統大選時，有候選人提出「母語在家學」的口號，你認同這樣的想法嗎？為什麼？

**延伸閱讀與參考書目**

- 《賽德克‧巴萊》（2011）。
- 《哈勇家》（2022）。
- 《馬達加斯加》（2005）。
- 《海洋奇緣》（2017）。
- 《聽見歌再唱》（2021）。
- 大衛‧克里斯托（2001）。《語言的死亡》。臺北市：貓頭鷹。
- 蘿拉‧阿赫恩（2020）。《活出語言來：語言人類學導論》。新北市：群學。
- 詹姆斯‧格里菲斯（2023）。《請說國語：看語言的瀕危與復興，如何左右身分認同、文化與強權的「統一」敘事》。臺北市：臉譜。
- 尼古拉斯‧埃文斯（2023）。《一詞一宇宙：瀕危語言的低吟淺唱》。臺北市：國立臺灣大學出版中心。
- 黃美金（2014）。〈臺灣原住民族語復振工作之回顧與展望〉，《臺灣語文研究》，9(2), 67-88。
- 黃美金、吳新生（2018）。《臺灣南島語言叢書2：泰雅語語法概論》。新北市：原住民委員會。
- 吳靜蘭（2018）。《臺灣南島語言叢書1：阿美語語法概論》。新北市：原住民委員會。
- 宋麗梅、鄭奕揚（2021）。〈臺灣南島語〉，《語言學：結構、認知與文化的探索》。臺北市：國立臺灣大學出版中心。
- Diamond, J. M. (2000). Taiwan's gift to the world. *Nature*, *403*(6771), 709-710.

# 第十二章

# 從遣唐使到哈日族
# 從《鬼滅之刃》看日語與漢語的
# 相互影響

語言接觸與互動是動態的過程，不僅會彼此影響字
形，也包含字音、字義

◆ 臺日語言文化的羈絆

◆ 一個字為什麼有那麼多種發音？談日文裡的「音
　讀」、「訓讀」

◆ 我們不一樣——台語中的文白異讀

◆ 人口遷移堆積出的歷史語音層

◆「他比較像用片假名的人」：書寫系統的社會意涵

◆ 怎麼寫「我」有意思

◆ 這些詞原來是外來語？臺灣華語中的日文借詞

◆ 語言接觸的動態過程

本章關鍵字

#語言接觸　#漢字　　#日語　#音讀　#訓讀
#臺灣閩南語　#文白異讀　#借詞

## 臺日語言文化的羈絆

　　《鬼滅之刃》的動畫電影《鬼滅之刃劇場版 無限列車篇》一舉成為「現象級」的作品，更是二〇二〇年日本及全球票房最高的電影。這一章，我們就先從《鬼滅之刃》這個既熟悉又陌生的標題開始講起。你會發現：原來現代日文有許多特質，還可以回溯到日本古代多次派往中國唐朝、促進文化交流與語言接觸的「遣唐使」？而今天我們常使用的現代中文，也有許多來自日語的足跡？

## 一個字為什麼有那麼多種發音？
## 談日文裡的「音讀」、「訓讀」

　　之所以說《鬼滅之刃》這個標題大家很熟悉，是因為臺灣人應該大多看得懂這部作品的日文原文「鬼滅の刃」。除了其中三個漢字和中文翻譯的標題幾乎一模一樣之外，名稱中的「の」在臺灣更是被頻繁使用幾乎是到了人人都能讀的地步，路上也時不時可以看寫有「の」的招牌或廣告。

　　但是如果這個日文標題是用日語發音的話，對於沒學過日語的人來說可能就沒那麼簡單了。首先，「鬼滅」的音為「kimetsu」（きめつ），日文發音跟中文聽起來不太一樣，對日語比較敏感的人可能覺得容易聯想，因為中文的「鬼」（gui）和這裡的「鬼」（ki），都有發聲部位比較後面的**軟顎音**（velar sound）[g]和[k]，也有比較高、比較前面的母音[i]。「滅」的線索相較之下就比較多，像是中文和日語發音開頭都同樣是雙

**軟顎音**：軟顎（velum 或 soft palate）位於口腔上方後端，利用或在這個部位發出的語音稱作「軟顎音」，常見例子有英文中的 k 和 g，以及中文中的ㄍ與ㄎ。

唇鼻音[m]，以及相似的母音[e]和[ie]。雖然日文裡，「鬼滅」的「滅」有兩個音節，但整體上中日兩個發音相似度也不算低。但到了第三個字「刃」時，中文讀作「ren」，這和日文的發音「yaiba」（やいば）就非常不同，不管是子音、母音或是音節數，這兩個發音完全找不到任何共通點。

相信有學過日文的人對這個現象鐵定都不會感到陌生。這是因為從南北朝開始到後來的隋唐盛世，日本面對中國這個文明發展相對成熟豐碩的鄰居，不僅借入了大量的詞彙，更引進了漢字書寫系統。而漢字除了用來表達從（中古）漢語來的詞彙之外，也被用來書寫當時在日語裡本來就有的內容。也因此，在日文當中，絕大多數的漢字就有兩大類的發音：一類是基於傳入時的漢語發音，像是「鬼滅の刃」裡的「鬼滅」二字，這被稱為「音讀」；另外一類則是基於日語當中同義語彙的讀音，稱作「訓讀」，比如「鬼滅の刃」的「刃」。

中古漢語：大約在魏晉南北朝到唐朝之間使用與發展出來的漢語，特色包含一字一音、同音字增加、出現辨別字義功能的聲調、出現許多雙字詞、從梵文借入許多外來語等等。

日文裡大部分的漢字都會有音讀和訓讀，以「鬼滅」的「鬼」為例，這裡是發音讀的音「ki」；如果提到裡面的反派「鬼」，發音就會是「oni」這個訓讀。「滅」和「刃」也都有音讀「metsu」（めつ）與「jin/nin」（じん/にん），以及訓讀「horo」（ほろ）和「ha/yaiba」（は/やいば）。當然，有規則就有例外，日文中有些漢字就只有音讀，例如「癌」（がん，gan）；有些漢字則只有訓讀，比如「辻」（つじ，tsuji）。後者大多是臺灣人念不出來，或是會自行創造讀音的漢字。

更複雜的是，同一個漢字可能會擁有多於一個以上的音讀與訓讀。單純以音讀來說，之所以有不同的發音有可能是因為傳入時間的差異。以「生」這個漢字為例，可以發成「sho」

（しょう），也可以發成「sei」（せい）。前者「しょう」是「吳音」，為較早在中國南北朝時，由建康（即現在的南京）傳入的發音，而後者「せい」是「漢音」，則是比較晚在唐朝由長安（現今西安）等北方中原地區傳進的發音。

那麼，到底什麼時候漢字要發音讀，什麼時候發訓讀呢？以「鬼滅の刃」為例子，如果是兩個以上的字組成的複合詞，如「鬼滅」，比較常會是音讀；相反地，如果是一個單獨的字就常會是訓讀，像是「鬼滅の刃」裡的「刃」。同樣地，這規則的例外也不少，此處主要是指出其中基本的使用原則。

## 我們不一樣──台語中的文白異讀

像這樣，一個漢字在同一語言裡有不同的發音，這種現象其實也存在於你我的身邊。好比說，華語裡的「一字多音」，或是閩南語中的「文白讀音」之分，都是常見的例子。這些多音字有時候代表了不同的意義，以「樂」為例，讀「ㄌㄜˋ」的時候，通常表達心情愉快；念「ㄩㄝˋ」的時候，則是指跟音樂有關的事物；而念成「一ㄠˋ」時的意思則是喜好、欣賞，如《論語》所說的「智者樂水，仁者樂山」。

除此之外，不同的發音有時候反映出情境或用語的特質。在閩南語中，很多字都有文白讀音的差異，簡單來說，文讀音（或稱「文言音」）通常是用於書面的語境，白讀音則多用作表達日常、口語的意思。

例如閩南語的數字一到十，當中很多都有至少一個文讀音和一個白讀音。一般算數的時候多是白讀，但如果是比較有典

故的詞語或是專有名詞，則會是文讀，例如「三間房子」是念「**sann**-king tshù」（三間厝），但是成語「三生有幸」會讀成「**sam**-sing-iú-hīng」；「四十分」發音是「**sì**-tsa̍p hun」，而台語民謠「四季紅」曲名卻是「**sù**-kuì-hông」；最後「八個月」念成「**peh**-kò gue̍h」，「八卦」則是念作「**pat**-kuà」。

其他漢字也有類似的文白異讀，例如「奉**命**」（hōng-**bīng**，文讀）和「好**命**」（hó-**miā**，白讀），以及「自**生**自滅」（tsū-**sing**-tsū-bia̍t，文讀）和「**生**小孩」（生囡仔，**senn** gín-á，白讀）。

但必須強調的是，就像日文的音讀和訓讀一樣，台語中的文白異讀看似有些規則，但例外也非常多，有時候同一個詞文白讀皆可，意思也相同。比如「目前」可以念成「bo̍k-tsiân」（文讀）或是「ba̍k-tsîng」（白讀）。但有時候同一漢字，文白讀卻有非常不同的意思，像是「大寒」可以用文讀念作「tāi-hân」，指的是節氣；也可以用白讀念成「tuā-kuânn」，意思是很寒冷。

雖然大致上文讀音用在比較書面的脈絡，白讀音則用於較白話的情境，但這也並非是截然劃分的。一個詞裡也可能同時出現文讀的字和另一個字的白讀，例如「公平」可以讀作「kong-pênn」，「kong」是「公」的文讀，「pênn」卻是「平」的白讀音。

一如日語的漢字一字多音，閩南語之所以有文白讀的分別，其實同樣也和語言接觸有很大的關係。雖然通稱「閩南語」，但其實閩南語包含很多分支的語言，例如漳州話、泉州話與廈門話，臺灣講的台語或臺灣閩南語主要是源自漳州話與

泉州話，以及兩者混用的漳泉濫（再加上臺灣這片土地彼此接觸過的語言像是南島語、荷蘭語、日語、華語等）

## 人口遷移堆積出的歷史語音層

即使是漳州話和泉州話，也並不是自古就存在的語言，巧的是，他們大概也是在魏晉南北朝到唐朝末年這段時間開始形成。在三國時代之前，閩（即現在的福建）這個地方，大多居住了百越民族，這些部落說的都不是漢語語系的語言。直到孫權所帶領的吳國，來到閩這個地區設立了郡，比較南方的漢語語系語言才開始傳入。

在西晉末年的永嘉之亂，匈奴入侵中原導致士族南遷避難。這是第一次有大批的中原漢人來到閩這個地區，也帶來了北方的漢語語系語言。

到了唐高宗儀鳳年間，廣州、潮州、泉州一帶發生民變，陳政、陳元光父子到此平亂。成功平定民變後，在潮州與泉州之間，設立漳州，陳元光也就成為了漳州刺史，甚至成為後來很多人熟知的「開漳聖王」，帶來了第二波的北方移民，也帶來了七世紀的中原語音與詞彙。

第三次大規模北方移民到這個地區發生在唐朝末年。當時王室衰微，民變四起，後人合稱「開閩三王」的王潮、王審邦與王審知三兄弟，隨著軍隊進到福建這個地區平定黃巢之亂。在唐朝滅亡後，王審知被後梁太祖封為「閩王」，並建立了閩王國。這次引進了許多來自河南光州一帶的移民以及十世紀的中原語音與詞彙。

目前大致可以確定的是，台語中的白讀音就是在這幾波語言接觸歷史中，比較早形成的發音，而文讀音則是較晚，大概在唐宋之後形成的系統。我們現在看到的文白異讀，大致就是不同時期的語音與詞彙，多年來不斷接觸、競爭、互動後沉澱堆積出如同地層一般互相交疊的結果。

## 「他比較像用片假名的人」：書寫系統的社會意涵

《鬼滅之刃》這部作品雖然是虛構的奇幻冒險故事，故事的時代背景其實是設定在真實的日本大正時代。接續在十九世紀後半葉的明治維新之後，變化多端的大正時代呈現了東西文化交流、古代與現代激盪的樣貌。動漫中所描寫的劍士、武術等內容，都是日本文化傳統經典的一面，同一時間，劇中也不時出現較為現代、西化的產物，例如針筒、西服以及《無限列車》中的煤炭火車。

如同大正時代的多元，日文的書寫系統也非常豐富。除前面提到的漢字之外，日文也根據漢字創造出平假名與片假名，作為代表語音的符號；而在西方文化輸入以後，羅馬字母或是日本人稱的「羅馬字」也成為日本人偶爾會使用的書寫系統之一。

原則上，同一個日文詞彙可以用「漢字」、「平假名」、「片假名」及「羅馬字」四種書寫系統呈現。前面三個也可能同時出現在同一個詞或句子裡，比如《鬼滅之刃》的日文標題就同時有漢字和平假名。但就使用習慣來看，片假名通常是用於外來的借詞，平假名則用在基礎詞彙和語法詞（例如

「の」），漢字則是常用在名字、書面用語，以及用來區別同音詞。至於羅馬字就比較少和其他書寫系統一起出現。

　　但是，就像先前漢字發音的例子一樣，這些都只是「通常習慣」的用法，大多沒有嚴格的規則。也因為這樣「通常」的用法，這四套書寫系統分別累積出一些各自代表的社會意涵。

　　例如，漢字在古代日本是受過較多教育的男性才會使用的書寫系統，儘管現代日本的教育普及率相當高，但漢字的使用至今仍傾向傳遞出較為男性、學者或是老派的特質，也會帶給人一種高知識分子、較為上流與成熟的感受。在《鬼滅之刃》中就運用了很多漢字，部分原因應該是要帶出這種鬼怪傳奇的歷史感，以及武道劍術的男性氣概。像日本著名的不良分子集團──暴走族，就會在衣服或旗誌上繡上「夜露死苦」，念起來其實是「よろしく」，也就是「請多指教」的意思，但用漢字寫起來，就莫名多了一點帥氣感。

　　相對來說，平假名因為在日本歷史上較多是女性，或是剛學寫字的小朋友在使用，所以用平假名去拼寫一個詞句，在整個日本社會裡看起來，就會顯得較為女性化或小孩子氣、比較可愛和單純；而平假名的寫法取自草書，所以也帶有較柔軟圓潤的特質。例如很多大家耳熟能詳的日本女星，她們正式的日文名字，就是用平假名拼寫的，像是長澤雅美，正式登記的名字就是寫成「長澤まさみ」，而友阪理惠（ともさかりえ）甚至整個名字都是用平假名書寫。

　　片假名因為常用來呈現外來語，所以給人一種異國風或現代感，容易留下新奇或年輕的印象。也因為模仿楷書偏旁，所以跟平假名比起來，日本人對片假名的印象在視覺上也較為剛

硬，早期片假名也常被男性拿來標註漢字，因此和平假名比起來，就相對較為男性化。像很多日本的諧星或演員會用片假名來拼寫自己的藝名，像是跨性別主持人貴婦松子（マツコ・デラックス，又可譯成「松子Deluxe」）、演員中山裕介（ユースケ・サンタマリア，「ユースケ」是裕介，「サンタマリア」原文是「Santamaria」，是古巴音樂家Mongo Santamaria的姓氏），以及男星小田切讓（オダギリジョー），很多都是為了要藉此製造出特色或記憶點。

最後羅馬字和上面三個書寫系統相比，來源的文化不同、用法也差距較大。通常使用羅馬字會傳達出比較國際化的訊息，效果上也比較吸睛，給人一種很有深度、很屬害的感覺。像日本搖滾天團ONE OK ROCK的團員，Taka（森內貴寬）、Toru（山下亨）、Ryota（小濱良太）、Tomoya（神吉智也），藝名都是以日文名字（部分）的羅馬字呈現，相信也是為了符合其搖滾樂團的風格。

一般日本人的日常使用，大多都是遵照著上述慣例。有心理學實驗指出，日文的母語人士對於這四套書寫系統也的確大致有類似的既定印象。而在比較可以發揮創意的文類，例如小說、動漫，許多創作者就會利用每個書寫系統所帶給人的感受，以營造出不同角色的性格與特性。

在一位澳洲的社會語言學家衛斯理・羅伯森（Wesley Robertson）於二〇一七年發表的研究論文中，曾經以日本漫畫《白兔玩偶》，研究角色第一人稱代名詞書寫系統的選擇與使用。

## 怎麼寫「我」有意思

我們在談《你的名字》時有提到，日文裡有很多不同的第一人稱代名詞，各個代名詞都有其代表的社會意義（見第七章）。這些代名詞再加上呈現的書寫系統，也就賦予日文的藝文作品在人物設定上很大的自由度與發揮空間。

如同表1所呈現的，羅伯森發現，在《白兔玩偶》中，男生較常用的三個第一人代名詞「watashi」、「boku」和「ore」，幾乎不是用漢字就是用片假名來表現。其中，最主要影響選用漢字或平假名的因素是角色的年紀：角色如果是成年男子多用漢字，如果是青少年則多用片假名。

不過，羅伯森同時指出，角色的年齡並非唯一條件，有時候是為了要突顯當下的語境效果或是角色非典型的特質。例如，成年男性角色的台詞用片假名來表示「ore」（オレ）時，可能表示的是正在生氣或是態度極度隨性。而用片假名來書寫「boku」（ボク）時，則會讓說話的男性表現出比較花俏、自大，但又有點白痴搞笑（silly）的感覺。

值得注意的是，男性的第一人稱代名詞極少用平假名表示，在《白兔玩偶》中唯一的例子是在男性角色很興奮地說話的時候，有可能是為了和一般的用法做出區別，或是利用平假名展現那種「小孩子氣」的感覺。

相較於男性角色多用漢字或片假名，《白兔玩偶》裡在書寫女性角色的第一人稱代名詞「watashi」和「atashi」時，非常一致地使用平假名，只有五個「watashi」用漢字呈現，「atashi」則全都用平假名書寫。羅伯森指出，這樣男女分明的

分布，讓人幾乎可以光憑第一人稱是用什麼書寫系統，就判斷出角色的性別——漢字和片假名就是男性，平假名則是女性。

但女性角色在某些情境下若要表現出有別於平常的特殊形象時，創作者也可能使用平假名以外的書寫系統。羅伯森提到《白兔玩偶》裡有個姓「織田」的女性配角，平常日常講話比較口語、不是很嚴肅，這些時候她的代名詞都是用平假名呈現的「atashi」。在某個半正式的會議上討論比較嚴肅的問題時，就用比較禮貌的「watashi」搭配漢字「私」，襯托出場合主題的特性以及當下要呈現的非典型特質。

|  | 漢字 | 片假名 | 平假名 |
|---|---|---|---|
| *watashi* | **私**<br>男女皆可，極有禮貌 | **ワタシ**<br>沒有發現 | **わたし**<br>有禮貌的（成年）女性 |
| *ore* | **俺**<br>成年男性，較不正式 | **オレ**<br>年輕男性、生氣或態度隨性的成年男性 | **おれ**<br>沒有發現 |
| *boku* | **僕**<br>有禮貌的成年男性 | **ボク**<br>花俏、自大的男性 | **ぼく**<br>非常興奮的男性 |
| *atashi* | （無特定漢字） | **アタシ**<br>沒發現 | **あたし**<br>通常為少女 |

表1　《白兔玩偶》中的男女角色第一人稱代名詞書寫方法比較

從上面幾個例子可以看到，日本書寫系統的多樣性，提供了創作者非常豐富多元的資源與素材，可以用來營造角色特質與凸顯脈絡情境。

那麼，臺灣呢？雖然臺灣不像日本有那麼多元的書寫系

統，但在漢字和羅馬字母之外，還多了注音符號這個全世界幾乎只有臺灣在使用的拼音系統。所謂的「注音文」曾經在臺灣流行一時，並成為學界與新聞媒體關注的熱門話題，帶出一系列關於學生中文程度以及自己風格與認同展現的爭論。

雖然注音文的討論看似退燒，但新的現象，包含「再／在」「的／得」不分、簡繁體漢字的選用，以及中國網路文化傳進的數字文（例如「666」代表「溜」，「233」類似 XD 代表笑），還有拼音縮寫（如「YYDS」指「永遠的神」，「NMSL」代表「你媽死了」）。這些都仍在不斷與當下的社會文化情境互動，改變臺灣及華語界書寫系統的樣貌，形塑各種系統背後代表的意義與可能性。

## 這些詞原來是外來語？臺灣華語中的日文借詞

《鬼滅之刃》在臺灣擁有許多粉絲，動畫中像是「上弦」、「下弦」、「水之呼吸」、「鬼殺隊」等各種用語，因而成為許多人朗朗上口的詞彙。但是仔細想想，這個作品裡所說的「鬼」其實和傳統中文裡的「鬼」，代表了十分不同的涵義。根據《教育部重編國語辭典修訂本》，「鬼」在中文裡當名詞用時有七個意思，其中我們最熟悉的應該是第一個意思，也就是「人死後的靈魂」。

但如果看過《鬼滅之刃》的讀者都知道，動畫中的「鬼」指的其實比較接近中文裡的「妖怪」。在日文當中，用到「鬼」這個漢字，最直接想到的，可能會是桃太郎裡那些頭上長角、膚色是紅色或藍色的妖怪。而中文裡「鬼」的概念，在

**XD**：「XD」代表笑是因為象形表情符號，「X」是眼睛，「D」是張開的嘴巴，「D」愈多代表愈好笑。而「233」代表笑是因為這是中國網路社群「貓撲網」上一個大笑包子動畫的編號，「3」愈多則代表愈好笑。

**回歸詞**：有些詞在古漢語中就有，但日本賦予了新意，再傳回中文，例如「革命」、「經濟」、「科學」等。有學者稱這些詞為「回歸詞」（Rückwanderer）。

日文裡則是用「幽靈」這個詞來稱呼。這也是為什麼《鬼滅之刃》的英文翻譯是「Demon Slayer」，而非「Ghost Slayer」，因為英文裡「ghost」是指幽靈，而「demon」指的才是那種長角、有翅膀的惡魔。

像這樣在日文創造出來的漢字語詞，重新傳入中文的外來語，就稱為「借詞」。有些詞甚至熟悉到化為現代中文不可或缺的一部分。

從明治維新開始，日本一方面引進西學，一方面又利用既有的漢字創造新詞，像是「電話」、「幹部」、「肯定」、「法人」、「銀行」等，這些都被稱作是「和製漢語」。如果你是中文母語者，應該對於這些「外來語」一點都不陌生，甚至很難想到別的詞可以來表達這些概念。雖然曾經有人試著用中文要創出相對應的詞，像用「銀館」取代日文來的「銀行」，但大多都是徒勞無功。這些和製漢語成功地「混進」中文裡，變成我們習以為常的詞彙，至今應該已經很少人知道它們其實是外來語了。

由於臺灣曾受日本殖民，加上一直以來對於日本文化的親近與大眾戲稱的「哈日現象」，日文借詞更是源源不絕地以各種形式輸入我們的語言、文化以及生活當中。有學者在觀察了現代臺灣常用的日語借詞後，歸納出了以下幾個借詞的種類：

第一種是以「字形」的方式借入，意思也接近日文原文。這類借詞很多都是食物的名字，比如「味噌」、「壽司」和「抹茶」。有一些是物品或地方，像是「人氣」、「寫真」、「專賣店」、「玄關」和「出入口」。更有趣的是，另外有些詞是先從歐美語言借到日文當中，雖然是音譯，但仍有漢字翻譯，

有點類似中文的假借，而這樣的漢字使用，再進一步傳進臺灣，例如「瓦斯」（ガス，gas）、「混凝土」（コンクリート，concrete）與「 樂部」（クラブ，club）。

另外還有「單身族」的「族」和「異國風」的「風」，甚至在更久以前借進來的「領導力」的「力」及「現代化」的「化」，這一類現代中文常見的後綴，也都是不同時期從日文中用字形借進中文裡的元素。

第二種是「語音借詞」（phonetic loans），這類借詞只有借了來源語（source language）的發音，但沒有借字形。這種借法在中文裡的英語借詞當中十分常見，舉凡英語的人名、地名等專有名詞，幾乎都是以（部分）語音借詞的方式引進到中文。比如，「畢卡索」（Picasso）、「義大利」（Italy）、「紐約」（New York）等。有些名詞也是用音譯，像是「脫口秀」（talk show）、「卡通」（cartoon）、「起士」（cheese）等。

雖然日本和臺灣同屬於漢字文化圈，但其實用語音方式借進臺灣華語中的例子也不在少數。常見的有「黑輪」、「甜不辣」、「歐巴桑」、「一級棒」、「秀逗」、「榻榻米」，以及「馬自達」（マツダ，松田）這樣的日系品牌。這些語音借詞很多都是先由日文借進台語當中，再由台語傳進華語，而有了固定的漢字寫法。

在語音借詞的例子當中，其中最有趣的是「卡拉OK」（カラオケ）。「卡拉」（カラ）在日文中是「空」的訓讀，「OK」（オケ）是日文中的「管弦樂團」（オーケストラ）的簡稱，源自英文中的「orchestra」（這個詞最早是希臘文，被羅馬人借進拉丁文，再被借進英語）。所以「卡拉OK」最初

其實是指唱歌時沒有真人的管弦樂團伴唱。而因為中文裡比較難找到跟「オケ」（oke）發音完全一樣的漢字，因此就使用了羅馬字母「ok」。

最後，日文也有一些詞是字形和發音都同時借進了臺灣華語，常見的例子是「親子丼」的「丼」（どん，don）。如果是使用注音輸入法的讀者就知道，如果在電腦注音輸入打「ㄉㄨㄥˋ」的話，找不到「丼」這個字，而得打「ㄐㄧㄥˇ」才能找到。但實際上在臺灣的日式餐廳點餐時，絕大多數的人應該會講「親子丼（ㄉㄨㄥˋ）」，而不講「親子丼（ㄐㄧㄥˇ）」，若是講後者店員還有可能會聽不懂，這也代表這個字其實同時是以字形和字音的方式借進臺灣華語。

另外一個是我們前面已經提過的「の」（no）。各位讀者應該可以在大街小巷的店家招牌上看到這個「の」，臺南起家的手搖杯連鎖店「茶の魔手」也直接在正式的店名上用了這個完全是外來語的字型，而大家仍可以自然而然地了解店家要表達的含義。最有趣的是，「茶の魔手」到日本展店時，店名卻把「の」改成中文的「之」。由此可知，「の」在臺灣已經有了它自己的生命。

## 語言接觸的動態過程

從「遣唐使」和「哈日族」等日語和中文分別在不同時代深受彼此影響的例子就可以知道，很少有完全純粹、不受其他語言影響的語言。只要跟其他的文化有接觸，彼此就會產生影響。這個影響甚至不會是單向或一次性的，語言間的接觸與互

動是一個動態的過程，不斷流動、沉澱、回收、再循環，就像
日本動畫所呈現的大千世界一樣，多采多姿、變化無窮。

1. 你有注意過生活中有哪些字的中文發音跟學校教的或字典裡寫的不一樣嗎？你覺得為什麼會有這樣的差異呢？

2. 中文裡有很多專有名詞其實也是音譯，像是「屈臣氏」、「福爾摩斯」、「瑞典」、「瑞士」、「德國」，但這些字的英文跟中文發音似乎有很大的落差，你覺得為什麼會這樣呢？可以再找到更多的例子嗎？

3. 除了華語之外，你還會講哪些語言呢？這些語言裡也有借詞嗎？你怎麼知道它是借詞的呢？

# 延伸閱讀與參考書目

- 《鬼滅之刃》（2016–2020）。
- 《白兔玩偶》（2005–2011）。
- 小和田哲男（2021）。《鬼滅的日本史》。臺北市：網路與書出版。
- 劉承賢（2022）。《語言學家解破台語》。臺北市：五花鹽有限公司。
- 民視臺灣學堂FormosaTVTaiwanLectureHall（2017年10月19日）。〈【民視臺灣學堂】講台語當著時：台語的文白音　2017.10.19－林佳怡、陳豐惠〉。取自 https://www.youtube.com/watch?v=_YHYNlkDaCo

- Chung, K. S. (2001). Some returned loans: Japanese loanwords in Taiwan Mandarin. *Language Change in East Asia*, 161-179.
- Dahlberg-Dodd, H. E. (2020). Script variation as audience design: Imagining readership and community in Japanese yuri comics. *Language in Society*, *49*(3), 357-378.
- Huang, Y. (2019). Heteronyms in Zhangzhou: Pronunciations and Patterns. *Open Journal of Modern Linguistics*, *9*(05), 365.
- Robertson, W. C. (2017). He's more katakana than kanji: Indexing identity and self presentation through script selection in Japanese manga (comics). *Journal of Sociolinguistics*, *21*(4), 497-520.
- Su, H. (2004). Mock Taiwanese-accented Mandarin in the Internet community in Taiwan: The interaction between technology, linguistic practice, and language ideologies. *Discourse and technology: Multimodal discourse analysis*, 59-70.
- Tamaoka, K., & Taft, M. (2010). The sensitivity of native Japanese speakers to On and Kun kanji readings. *Reading and Writing*, *23*, 957-968.
- Zhang, Y. (2017). The semiotic multifunctionality of Arabic numerals in Chinese online discourse. *Language@ Internet*, *14*(2).

第十三章

# 人可以一手打造一個語言？
# 從《驚奇隊長》、《黑豹》認識
# 人造語和混合語

全世界的人類有可能都說同一種語言嗎？


◆ 電影裡的人造語和混合語

◆ 從影視作品誕生，比真實語言更夯

◆ 夢想世界和平的希望博士──世界語的誕生

◆ 世界語濃厚的歐洲色彩

◆ 未酬的壯志、深遠的影響

◆ 帝國殖民下的語言新生命──皮欽語與克里奧爾語

◆ 福爾摩沙上的克里奧爾──寒溪語

◆ 語言就像個有機體


**本章關鍵字**

#人造語　　#混合語　#世界語　#皮欽語
#克里奧爾語　#寒溪語　#語言接觸

## 電影裡的人造語和混合語

近年幾乎每年都會有一部以上的超級英雄電影問世。絕大部分的超級英雄出生或成長於近代、現代美國，像是蜘蛛人、鋼鐵人和蝙蝠俠，這些角色都講著一口流利的美式英語。也有些英雄角色設定成來自虛構的國家或是星球，著名的例子包含黑豹、驚奇隊長和神力女超人。

為了讓這些角色的故事人設更加完整、更有異國情調，創作團隊會讓他們使用一些較少見或完全新創的語言。比如，《黑豹》裡的瓦甘達國在電影裡講的其實是非洲南部的科薩語（isiXhosa或Xhosa）；驚奇隊長遇到的外星人種族「托法星人」，他們的托法星語（Torfan）是由兩位康乃爾大學博士生創造出來的人造語。神奇女超人在電影裡雖然講的是英語，但有人爬梳了漫畫原著後認為，作品裡的女亞馬遜人講的應該是一個混合了古希臘語、斯拉夫語系和亞非語系（Afro-Asiatic）特徵的混合語。

什麼是人造語？什麼是混合語？這一章，我們就來談談電影與真實人生中的人造語和混合語，看它們是怎麼誕生？又有什麼迷人的特色與有趣的發展史？

## 從影視作品誕生，比真實語言更夯

文學和電影之所以可以引人入勝，就是因為它們打造出一個完全或大多虛構的世界，發揮無限想像力。有些作家或製作團隊甚至會在故事中創作出一個完整的語言系統，又可以稱作

> **科薩語**：為科薩族的語言，也是南非和辛巴威的官方語言之一。南非前總統曼德拉的母語正是科薩語。

> **亞非語系**：又稱「非亞語系」，該語系主要分布在西亞與北非等地，約包含三百種語言，為母語人士數量第四大的語系。當中最多人使用的語言是阿拉伯語。飾演神力女超人的蓋兒・嘉朵是以色列猶太人，她的母語希伯來語也是屬於亞非語系。

「人造語」（Constructed Language，簡稱「ConLang」），讓設定更加完整也更吸引觀眾。

西洋影視史上有幾個比較有名的人造語，包含《魔戒》裡的精靈語、《星艦迷航記》裡的克林貢語（Klingon），《阿凡達》裡的納美語（Na'vi），以及影集《冰與火之歌：權力遊戲》裡的瓦雷利亞語（Valyrian）及多斯拉其語（Dothraki）。這些語言很多都是由具有語言學背景的人創作出來的，像是《魔戒》原著作者托爾金（J. R. R. Tolkien），除了是世界著名的奇幻小說作家之外，同時也是英語系的語言學教授。而《權力遊戲》影集的語言創造者大衛・彼得森（David J. Peterson），也有加州大學語言學的學士、碩士學位。

這些人造語不單只有特別的單字，也不是改編自現有語言，而是像真正的自然語言一樣，具有相對完整的規則。比如，多斯拉其語裡的母音[u]永遠只會跟[q]這個子音一起出現；克林貢語的語序主要是「受詞－動詞－主詞」（OVS），和英語的SVO完全相反；納美語的名詞就有複數型和一整套的格位（case）與代名詞系統。而在《魔戒》和《權力遊戲》等作品裡，這些語言甚至還會經歷語言變遷或是發展出一整個語系。

很多死忠粉絲會認真學習這些影視作品中的人造語，或是幫這些語言發展出新的生命，像《魔戒》裡的昆雅語（Quenya）原本沒有太多詞彙，但粉絲持續發明新的字詞和文法，演變出新昆雅語（Neo Quenya），還將它用來寫詩詞小說和維基百科。甚至有報導統計，因為這些影視作品的走紅，聽過這些人造語言（例如瓦雷利亞語和多斯拉其語）的人數，比

聽過某些真實人類語言（例如威爾斯語和愛爾蘭語）還要多上許多！

　　根據創造的方式，人造語大致可以分成兩種：一種是「先創語言」（a priori language），這種語言大多沒有參考既有語言，而是從零開始創作的，像前述的克里貢語、納美語和多斯拉其語等都是先創語言。另一種「非先創語言」（a posteriori language），則會參考一些現有的語言，比如昆雅語就可以算是某種程度的非先創語言，因為它有很大一部分受芬蘭語的啟發。在昆雅語的詞綴和發音上，都可以看到芬蘭語的影子。

## 夢想世界和平的希望博士──世界語的誕生

除了世界語，其他比較有影響力的國際輔助語包含沃拉普克語（Volapük）、伊多語（Ido）、國際語（Interlingua）等。

　　除了影視作品之外，其實在真實世界裡也有人，而且是為數不少的人，認真發展、學習與使用人造語。其中最有名的例子，莫過於「世界語」（Esperanto，又稱作「希望語」）。

　　世界語的發明者不是語言學家，而是一位名叫「路德維克・柴門霍夫」（Ludwik L. Zamenhof）的波蘭猶太裔眼科醫師。十九世紀末的波蘭部分地區受俄羅斯帝國統治，雖然柴門霍夫的一生大半在華沙度過，但他其實是出生在比亞維斯托克（Bialystok）這個城市。他曾在給朋友的信中提到，比亞維斯托克當時分成俄羅斯、波蘭、日耳曼和猶太人四區，各區的人說著自己的語言，將異己者視為仇敵。柴門霍夫從小就感受到語言的分歧如何分裂人們，因此他很早就立志要解決這個問題。

　　懷抱著遠大抱負的柴門霍夫上了中學後，便開始他的共通

語發明計畫，這項計畫在一八七八年大功告成。但因為當時他實在太年輕、還只是個學生，而無法出版自己創造的語言。最後，在從醫兩年以後，他終於在一八八七年出版了第一本書，書名就叫《第一本書》（*Unua Libro*）。該書展示了一個叫「國際語言」（La Lingvo Internacia）的新語言，作為世界語的基礎。而他所使用的筆名「希望博士」（Doktoro Esperanto），就成了後來世界語的名字「Esperanto」（希望者）。也因此，世界語也稱作「希望語」，在中文裡也曾被翻成「萬國新語」，以及現在看來有點搞笑的音譯名「愛斯不難讀」。

就像前面所說的，柴門霍夫之所以要發明世界語，並非要取代現有的人類語言，而是設計出一套簡單易學的輔助語言，讓不同母語的人學會以後可以更容易互相認識、交流、合作，進而在真正可怕的戰亂發生前，透過和平外交的方式消弭紛爭，最終達到世界和平。

聽起來很美好，那麼，世界語很容易學嗎？

柴門霍夫已盡力創造出一個規則相對單純明確的系統，但到底好不好學，可能還是要看你的母語是什麼。因為世界語其實並沒有那麼「世界」，它其實是一個參考了很多歐洲語言特徵的非先創語言。

## 世界語濃厚的歐洲色彩

首先，世界語的字彙很大一部分都來自羅曼語系的詞源，例如世界語的名字「Esperanto」，就是從拉丁文動詞「sperare」（希望）演變而來，在世界語中的意思是「希望者」，而同一

**屈折語**：相對於黏著語詞素間界線分明，一個詞綴只有一個功能的特色，「屈折語」（fusional /inflectional language）裡的詞素則傾向融合在一起，一個詞綴有很多意思。像英語裡動詞後的「s」，就帶有人稱、數量和時態的意義，算是英語裡僅存少數屈折語的痕跡。

個動詞字根到了英文裡就變成「expect」（期待）。世界語裡的「lingvo」（語言），則源自拉丁文中的「lingua」。

在構詞學上，世界語類似於日文及土耳其語，具有高度黏著語（agglutinative）的特徵，也就是一個詞通常是把好幾個詞素或詞綴接在一起組合而成，就像是拿膠水把一個個零件相黏、組合起來，同時每個詞綴通常只有一個功能或意涵。例如，世界語的一般名詞都是「o」結尾，如「esperanto」、「lingvo」；形容詞則是「a」結尾，像是把「lingvo」的「o」改為「a」，寫成「lingva」就變成形容詞。如果要創造或學習新的詞彙，把這些詞綴組接起來就好。

在發音上，世界語比較接近斯拉夫語系和日耳曼語系的語言。比如，會把「j」這個字母發成英文「y」的發音，「c」發成像「ts」的發音，這些都跟英文或是羅曼語系的語言不太一樣。

在語序上，世界語有點像拉丁文，主詞、受詞、動詞等句子成分的順序可以自由調動，但基礎語序跟英文一樣是「主詞－動詞－受詞」。另外和英文相同的是，世界語的介係詞是放在名詞的前面（日文則是放在名詞後）。如果要形成「複合詞」（compound）的話，也和英語一樣，修飾語在前、中心語在後。例如：英文裡的「songbird」（鳴禽）是指會鳴叫的鳥，修飾語是「song」（歌），中心語是「bird」（鳥）；在世界語裡則是「kantobirdo」，「kanto」是歌，「birdo」是鳥，修飾語「kanto」在前，中心語「birdo」在後。相反地，「birdsong」（鳥鳴）指的則是鳥的鳴叫聲，這個字裡的「bird」是修飾語，「song」才是中心語，世界語也是一樣的順序，把修飾語

「birdo」放在中心語「kanto」的前面，形成「birdokanto」這個字。

在格位上，世界語區分主受詞及單複數，形容詞會跟著名詞的格位和單複數一起變化。在動詞方面，世界語不會隨主詞變化，不管是第一、二、三人稱主詞的動詞都長一樣，這跟歐洲語言比起來就相對單純。如果讀者有學過法文、德文、西班牙文等語言就知道，學動詞的時候，光是一個時態，就要背你、我、他、你們、我們、他們六種變化，而現代英文只剩第三人稱單數，在這方面也算是相對簡單的語言。

## 未酬的壯志、深遠的影響

看到現在，你應該可以感受到，世界語雖然不難，但帶著濃濃的歐洲色彩，顯然深受柴門霍夫本身語言背景的影響。因其遠大的抱負，以及在歐美各國引起的風潮，讓他在東亞也吸引到不少支持者。例如，日本早在一九一九年就正式成立「日本世界語學會」，臺灣在日治時期也成立了「臺灣世界語協會」，致力於世界語推廣運動。而民國初年的中國，很多著名學者如章太炎、陳獨秀也曾大力推動世界語。語言學家如錢玄同等人甚至曾經提倡以世界語取代漢語成為國語或通用文字。從這些例子都可以窺見當時世界語影響之遠播。

儘管世界語後來並未成為國際共通的輔助語言，但就一個人造語言而言，成果仍舊斐然。目前據統計全世界約有兩百萬人會說世界語（臺灣南島語總人口大約僅五十幾萬，臺灣客語人口約估兩百一十二萬），而且有一到兩千人左右是以世界語

邵族：為臺灣原住民之一族，主要分布在南投縣日月潭與雨社山一帶。其語言為邵語，屬臺灣南島語一支。根據二〇二三年的數據，人口約為八百多人。

為母語（相比之下，臺灣南島語族如邵族〔Thao 或 Thau〕，至二〇二三年為止已不足千人）。世界語是唯一有人當成母語學習使用的人工語言。雖然沒有國家將世界語列為官方語言，但在維基百科、Google 翻譯、語言學習軟體等網路資源，都有提供世界語的內容與服務，甚至有國家的外交官訓練將世界語列為學習的外語之一。

這麼夯的人造語言，當然有人用它來拍攝影視作品。例如一九六四年的法國電影《窒息》（*Angoroj*），以及一九六六年的美國恐怖片《靈夢》（*Incubus*），都是完全以世界語拍攝而成的作品。還有一些電影是用世界語營造一種異國、異世界的感受，舉例來說，在電影《哆啦A夢：大雄與奇蹟之島～動物歷險記～》裡，有個虛構地點「貝爾加蒙德島」（Belegamon-do，又稱「奇蹟之島」），是專門用來收留史前滅絕動物的島嶼。島上的原住民「克洛克族」，他們的語言就是世界語（雖然電影中沒有直接說明），而這個島的名字「Belegamondo」在世界語裡意指「非常美麗的世界」。

## 帝國殖民下的語言新生命——皮欽語與克里奧爾語

像世界語這類非先創人造語言，結合了許多不同語言的特色。自然語言當中也有很多因為語言文化的接觸與各種歷史因素，混合了不同語言的詞彙與語法，形成一個當地共通的新語言。語言學家通常會稱這些混合語為「皮欽語」（pidgin）或「克里奧爾語」（creole）。

「pidgin」這個字很有趣，它的字源其實是英文的

「business」（生意、商業），但這不是普通的「business」，而是用廣東話發音的「business」。早期西方商人大多在廣州港口與中國人交易，所以互相溝通的語言常夾雜廣東話和歐洲語言的特色。另外還有一個說法是，「pidgin」其實來自廣東話的「畀錢」（bei cin，意指付錢），也有人認為它是「business」和「畀錢」這兩個詞結合的結果。無論由來是什麼，都說明了皮欽語最早的歷史背景：自從地理大發現以來，東西商務來往與日俱增，在雙方沒有共通語言的情況下誕生，於是混合了彼此語言的部分特質以便溝通。所以皮欽語也叫作「混語」，在中文的情境裡又常稱為「洋涇浜」。

如果你跟語言不通的外國人互動過，大概可以想像，在這情境裡創造的溝通系統，不管是語音、詞彙或文法，基本上都不會複雜到哪裡去。所以一般認為，皮欽語詞彙量比較少，語法上也較為簡化，保留了比較多來源語言的特色，大多是在不同語言的民族社群貿易交流時使用，所以通常偏重功能性，而且會是短暫的語言現象，也少有人會把皮欽語作為母語。

相較之下，「克里奧爾語」的起源就複雜得多。英文的「creole」來自法文的「créole」，而「créole」又和西班牙文「criollo」、葡萄牙語「crioulo」是同源字，都是從動詞「criar」變化而來，意思是繁殖、飼養；而這個動詞又是來自拉丁文中的動詞「creare」，意即生產、創造，英文裡的「create」（創造）、「creature」（生物）都是源於這個拉丁文動詞。

歐洲在西元十六、十七世紀進入地理大發現時代，葡萄牙、西班牙、法國、英國等強權開始四處貿易、征討與殖民，從而帶動了資源、物種及語言文化的大規模遷移、交換與流

動，字詞也就逐漸被賦予了新的意義。

西班牙語的「criollo」和葡萄牙語「crioulo」開始被用來指稱那些出生在殖民地的人。意思有點類似臺灣日治時期的「湾生」，只是「criollo」指的是「在殖民地出生的西班牙裔白人」，「crioulo」則是指在葡萄牙美洲殖民地出生的黑人。隨著時代背景及語言文化的變遷，「creole」和其他同源的字漸漸失去原本的意涵，轉而被用來稱呼在殖民地發展出來的特定在地族群。

由於當時這些歐洲殖民地多是不同語言文化的族群混居，包含最早定居的原住民、來自歐洲的殖民者，以及被殖民者強迫帶到當地的黑奴。因此，這些族群也慢慢交流出了一個穩定的共同語言，「creole」就從族群的名稱逐漸變成可以用來稱呼這群人所說的話（這就像臺灣原住民有很多族名，例如「賽德克」〔Seediq〕），而「creole」在他們語言裡原本泛指「人」的意思，後來才演變成族名及語言名。

從以上字義的變化就可以知道，克里奧爾語和皮欽語一樣，都是地理大發現與帝國殖民時代下語言、文化、種族接觸交流所形成的產物。不同的是，克里奧爾語比皮欽語多了「在地感」，也具有不同於父母輩，專屬於下一代的創新成分。

一般來說，比起皮欽語，克里奧爾語擁有更加不同於來源語的詞彙及語法系統，而且它們的詞彙語法和一般語言一樣複雜又豐富。更重要的是，有人從小就是把克里奧爾語當作母語，講克里奧爾語長大，也有國家將克里奧爾語列為官方語言。

比如，中華民國目前在加勒比海的邦交國海地，就把海地

湾生：或灣生，是指日治時期在臺灣出生的日本人，也包含臺日混血的小孩，相對於在日本本土出生，後來遷徙到臺灣的日本人。二戰結束後，絕大多數灣生遭遣返回日。

克里奧爾語（Haitian Creole）當作官方語言之一，海地克里奧爾語同時也是多數海地國民的母語（人數約有一千兩百萬）。這個語言的詞彙大多來自十八世紀的法語，而文法則受西非語言的影響。以如下海地克里奧爾語的句子及其法文翻譯為例：

海地克里奧爾語：li（他）se（是）frè（哥哥）mwen（我的）

法語：c'est（這是）mon（我的）frère（哥哥）

從上述兩個句子可以看到，這兩個語言主要的詞彙如「哥哥」（frè/ frère）和「我的」（mwen/ mon）長得都十分相似，也的確都是發源自法語。但在語法上，這兩個語言就幾乎是完全不一樣的兩個語言，其中一個很明顯的差異就是「我的」和「哥哥」的順序。海地克里奧爾語的「哥哥」在前，「我的」在後，而在法語裡則倒過來。海地克里奧爾語之所以是這樣的語序，是受到西非語言「豐語」（Fon）的影響。

除了拉丁美洲以外，某些非洲國家的官方語言也是克里奧爾語。這一章開頭提到《黑豹》的編劇參考了南非的科薩語而創造出了瓦干達的語言，雖然科薩語本身並非混合語，但南非的官方語言之一，南非語（Afrikaans），就被很多語言學家認為是一個以荷蘭語為基底，混合了許多其他語言的（部分）克里奧爾語。

那麼，像這樣的克里奧爾語到底是怎麼發展出來的呢？

這個問題在語言學界有不同的理論，還有些爭議，但最主流的說法是認為，克里奧爾語是從皮欽語衍生而來。這個理論

豐語：又稱「芳語」（Fon gbè），為豐族之語言，主要使用於非洲西部如貝寧、多哥、奈及利亞及迦納等國。

南非語：又稱「南非荷蘭語」，除了南非以外，也使用於納米比亞、波札那、尚比亞等國。語系分類上與荷蘭語一樣，屬於西日耳曼語支，九成以上詞彙來自荷蘭語，也有一些來自德語及其他非洲語言的借詞。

主張，不同族群的人剛開始交流時會先混合彼此的語言，形成通用的皮欽語（通常貢獻大多數詞彙的語言叫「上層語」或「上位語」〔lexifier language〕）；當這些人都定居下來，組成當地社群，並開始結婚生子、傳宗接代，他們的小孩就把這個皮欽語當成母語學習；經過語言學習的機制以及大量的使用，逐漸形成穩定且複雜的詞彙及語法系統。語言學家將這樣的過程稱作「克里奧爾語化」（creolization）。

## 福爾摩沙上的克里奧爾──寒溪語

　　講了那麼多，你可能會覺得克里奧爾語離我們很遠，或認為它是非洲、大洋洲或中南美洲國家才會有的語言。但很多人可能不知道的是，臺灣其實也有克里奧爾語，還跟日本文學大獎芥川獎的得獎作品有點關係，這個語言的名字是「寒溪語」，又稱「宜蘭克里奧爾語」或「日語客里謳」。

　　寒溪語是一個融合了日語（尤其是日本西部方言）和泰雅語的克里奧爾語，也是目前世界上唯一以日語為基底的克里奧爾語。這個名字來自宜蘭大同鄉的寒溪部落，那裡主要混居著泰雅族及賽德克族的族人，後來寒溪語也從該地拓展到南澳鄉的澳花部落及東岳部落，很多部落成員都將這樣混合泰雅語和日語的克里奧爾語當作母語使用。

　　這個克里奧爾語具有泰雅、日兩個語言的語法及詞彙特徵，但對於其他地方以泰雅語或日語的母語人士來說，卻又難以理解。以人稱代名詞為例，寒溪語的代名詞大多來自日文，像「watasi」、「washi」或「waha」都是指「我」，還有「anta」

（你）及「are」（他）。如果是複數型，就在人稱代名詞後面加上「taci」。但是這些代名詞的用法又不完全和日文一樣。例如，日文的「are」（那個）很少用作人稱代表詞，而且日文的性別分野和禮貌系統在寒溪語裡也沒有做區分，這點特徵則較接近泰雅語。雖然在泰雅語裡的代名詞有區分「自由詞素」（free morpheme）和「黏著詞素」（bound morpheme），也有區分包含或不包含聽者的「我們」，這些特色在寒溪語裡則通通沒有。

除了語法之外，寒溪語在詞彙上也有很多混合了或不同於兩個語言的現象。例如，寒溪語的「hakama」泛指裙子，但在日文則是指「袴」（はかま）這種日本和服的下裳，包含褲子和某些款式的裙子，本來指的是男性傳統的正式服裝。

以動詞來說，在日文裡「とぶ」（tobu）這個詞有「飛翔」、「跳躍」的意思，但在寒溪語就只有「跳」的意思。而寒溪語裡的「飛」則是用泰雅語加日語組合出來的「lakasuru」，「laka」來自泰雅語，意指「飛翔」，「suru」則來自日文「する」（做）。

在數字系統上，如果是用來算數或回答有多少數量的問題時，寒溪語就會用日語來的數字系統：「ici」（一）、「ni」（二）、「san」（三）。但是如果是用來代表人事物的數量，像是一個人、兩個人的時候，則會用泰雅語的系統：「utux」（一）、「saying」（二）、「tugan」（三）。例如，「一隻狗」是「utux hoying（狗）」，而「兩個人」是「saying ninggen（人）」。

儘管寒溪語不管在地理位置和來源語言上，都和我們先前

自由詞素／黏著詞素：詞素是指可以表達語意的最小單位。自由詞素不用跟別的詞素結合，就可以自己成詞，例如英文中的「you」或是中文的「你」。黏著詞素則無法自行成詞，必須黏在別人身上，例如英文複數字尾「-s」或中文中的「們」。

講的克里奧爾語很不一樣，但仍可以視作帝國殖民下的產物。一九三〇年代，日本在臺灣及其他殖民地開始推行皇民化運動，強制這些殖民地的居民開始將日語當作國語學習，推行「國語家庭」、「國語模範部落」等獎勵政策。在這樣的情況下，居住在宜蘭的這些泰雅族及賽德克族，也開始接受大量日語教育，而減少原本族語的使用。我們現在看到的寒溪語，就是在這樣殖民政策下誕生的混合語。

　　臺灣旅日作家李琴峰，在二〇二一年以長篇小說作品《彼岸花盛開之島》榮獲日本文學大獎芥川獎，成為首位獲芥川獎的臺灣人。這本小說講述一個少女漂流到某個孤島，島上長老告訴她：「若想成為島上的一員，就必須要學會『女語』。」這是一個只有女性才能學習的語言。除此之外，她還得成為「乃呂」這樣傳承歷史、負責領導、扮演祭司的角色。李琴峰在這個故事裡創造出了一個結合日語、台語、琉球語等語言元素的新語言，而這個語言的靈感，一部分正是來自宜蘭的寒溪語——這個福爾摩沙島上的克里奧爾語。

## 語言就像個有機體

　　當我們談到語言時，常會以為語言是一個固定、靜態的產物，彷彿語言天生自然，也不會改變。但就像我們在第十一章談過的，很多語言曾經或瀕臨滅絕，許多人也努力進行復振。而這一章中，人造語、皮欽語和克里奧爾語的例子更在在告訴我們，語言可以為了某些目的——可能是創作，可能是交流，也可能是希望帶來和平——不斷碰撞、融合與被創造。語言與

其使用者的時空背景與文化脈絡又會相互影響、形塑，形成一個動態、有機的過程，如同有生命一般，會誕生、會成長、會改變，也會死亡。

1. 你會想要學習或創造人造語嗎？為什麼？如果要學習一個既有的人造語，你會想要學哪個語言呢？為什麼？

2. 有不少語言學家認為，像克里奧爾語化這樣的過程，在世界語言發展史上其實十分常見，並不侷限在殖民地或地理大發現時代之後。甚至連許多主流語言像英語和漢語都有經歷過克里奧爾語化的過程。你認同這樣的說法嗎？為什麼？

## 延伸閱讀與參考書目

- 《黑豹》（2018）。
- 《驚奇隊長》（2019）。
- 《神力女超人》（2017）。
- 《魔戒》（1954－1955）。
- 《星艦迷航記》（1979）。
- 《阿凡達》（2009）。
- 《冰與火之歌：權力遊戲》（2011－2019）。
- 《窒息》（1964）。
- 《噩夢》（1966）。
- 《哆啦A夢：大雄與奇蹟之島～動物歷險記～》（2012）。
- 李琴峰（2022）。《彼岸花盛開之島》。臺北市：聯合文學。
- 紀蔚然（2022）。《我們的語言：應用、爭議、修辭》。新北市：印刻。
- 約翰‧麥克沃特（John McWhorter，2023年9月）。〈精靈語、克林貢語、多斯拉克語和納美語是真正的語言嗎？〉。TED。取自 https://www.ted.com/talks/john_mcwhorter_are_elvish_klingon_dothraki_and_na_vi_real_languages/transcript?language=zh-tw
- 簡月真、真田信治（2010）。〈東臺灣泰雅族的宜蘭克里奧爾〉，《臺灣原住民族研究》，3(3), 75-89。
- Kriel, M. (2018). Chronicle of a Creole: the ironic history of Afrikaans. In *Creolization and Pidginization in Contexts of Postcolonial Diversity* (pp. 132-157). Netherlands: Brill.
- Okrent, A. (2009). *In the land of invented languages: Esperanto rock stars, Klingon poets, Loglan lovers, and the mad dreamers who tried to build a perfect language*. New York: Random House.

第四部

# 語言與情緒、時間觀及我們的人生

語言之於我們在各方各面無不留下深刻的影響，

小至情緒、感官認知，

大至時間觀與未來的人生決策。

# 第十四章

# 高興有多「高」？低潮有多「低」？透過《腦筋急轉彎》揭開語言裡的情緒密碼

## 語言裡隱藏著我們對情緒的理解，以及不同文化對待不同情緒的異同

◆ 語言與情緒的愛恨情仇

◆ 情緒急轉彎

◆ 氣到要爆炸！跨語言中的情緒隱喻

◆ 你是羨慕還是嫉妒？有趣的「情緒詞」

◆ 心理學上的「負面偏好」

◆ 語言就愛負能量？

◆ 罵人用母語，告白用外語

◆ 講外語的人把胖子推下天橋

◆ 語言與情緒的夥伴關係

---

**本章關鍵字**

#情緒　　#情緒隱喻　#概念隱喻

#情緒詞　#負面偏好　#雙語

#外語效應　#道德難題

## 語言與情緒的愛恨情仇

情緒無所不在。讓我們歡笑、讓我們哭，也標記出我們人生中的重要時刻。現代科學指出，情緒並不是理性的對立面；相反地，情緒是人類認知的基礎，更是讓人做出正確決策的重要幫手。你想過如果情緒擬人化的話，會長什麼樣子嗎？在動畫電影《腦筋急轉彎》中，就用擬人、比喻的方式，呈現出我們的基礎情緒。有趣的是，這些設定還呼應到語言學和心理學對於語言與情緒的研究發現。

## 情緒急轉彎

《腦筋急轉彎》裡的萊莉是個十一歲的美國小女孩。因為父母工作的關係，她被迫搬到一個新的環境，重新開始學校生活。但是新的生活並不順利：萊莉不只在教室裡覺得不快樂，甚至還放棄了她最喜愛的冰上曲棍球，也跟父母、朋友漸行漸遠。種種的不悅與挫折，讓萊莉一氣之下離家出走，她打算偷刷媽媽的信用卡，買車票從加州回到原本住的明尼蘇達。幸好後來萊莉動心轉念，回家向父母哭著說明自己的心情，而後她也慢慢適應了新生活。

如果這部電影的劇情只有這樣，那八成不會變成如此叫好又叫座的經典動畫電影。如同英文片名「Inside Out」一樣，整部電影最厲害的設定就是，將女主角萊莉名符其實的「內心戲」，搬到大銀幕前演給觀眾看。

在《腦筋急轉彎》的背景設定裡，女主角（以及其他

人類）的內心就像是航太總部，由五個擬人化的情緒所掌控：閃亮活潑的金黃色樂樂（Joy）、邊緣陰暗的藍色憂憂（Sadness）、頭頂會噴火的紅色怒怒（Anger）、常翻白眼的綠色厭厭（Disgust）和瘦瘦高高的紫色驚驚（Fear）。總部還有所謂的「核心記憶」。當引發情緒的重要事件發生，便會形成核心記憶，這些記憶再以水晶球的形式儲存，未來也可能被放入輸送管丟棄。五個擬人化的情緒負責管理這些核心記憶，以維持總部內外的運作。

萊莉腦中的五個情緒通常以樂樂為首，但某次新學校的事件，讓她生成了一個憂鬱的核心記憶。正當樂樂要將這個憂傷的核心記憶丟進輸送管時，平時像個邊緣人的憂憂卻跑出來阻止樂樂。在一番爭奪之下，兩人撞掉了核心記憶，也被輸送管送到總部之外，留下怒怒、厭厭和驚驚收拾殘局。

《腦筋急轉彎》講述的正是這五個情緒角色的決定、互動與遭遇，如何引起萊莉的內在衝突、如何影響她的外顯行為，又如何左右她與身旁眾人的關係。在經過一番令人在電影院裡大哭一場的波折之後，樂樂和憂憂平安回到總部；也在樂樂放手讓憂憂主導之下，化解了危機，讓萊莉最後決定回家，迎來正面的結局。

## 氣到要爆炸！跨語言中的情緒隱喻

我們將在下一章提到，有一派語言學家認為，當人類在理解和表達「時間」這類抽象的概念時，很大一部分依賴於個人生理的具體經驗，再藉由像隱喻這樣的認知過程，建構自己的

情緒隱喻：並非所有語言中的情緒都傾向以隱喻表達，臺大語言所黃宣範榮譽教授曾於二〇〇二年發表在《認知語言學》期刊上的論文中指出，不同於英語和中文，臺灣南島語中的鄒語在談論情緒時，較少或幾乎不會使用隱喻的語言，而是用特別的語言結構來表達。

概念系統。而情緒這類和身體感受息息相關的範疇當然也不例外。被父母抱在懷裡的時候，小嬰兒會感受到物理上的溫暖與心理上的關愛；很多人開心的時候會跳起來，生氣的時候血壓會上升、滿臉通紅，這些都是情緒和具體生理現象的連結。

以跨語言來說，比較常見的情緒隱喻包含：「快樂為上」（HAPPY IS UP），例如「in **high** spirits」、「**upbeat**」、「**高興**」，甚至像「Seven-**up**」（七喜汽水）在翻成中文時，也用到了類似的概念。畢竟，如果照字面直譯翻成「七上」很容易讓人聯想到七上八下。另一個常見的情緒隱喻則是「難過為下」（SAD IS DOWN），例如「feeling **down**」、「she is **low** today」、「情緒**低潮**」，而「depression」（憂鬱）這個英文詞的拉丁文字根也是往下壓的意思。這些隱喻也呼應到《腦筋急轉彎》裡情緒角色的設定：樂樂出場總是抬頭挺胸、蹦蹦跳跳，而憂憂則是彎腰駝背、垂頭喪氣。

另一項語言學家很常研究，也和電影設定緊密結合的情緒隱喻是：「憤怒為熱」（ANGER IS HEAT）。電影裡的怒怒被設定成是一個脾氣暴躁的紅皮膚方臉大叔。當他生氣激動的時候，頭上就會噴出火焰，這完全就是所謂「怒火中燒」和「怒髮衝冠」的具體寫照。這樣的形象與「憤怒為熱」的隱喻十分吻合。

匈牙利的認知語言學家佐爾坦・柯維西斯（Zoltán Kövecses）教授指出，「憤怒為熱」這個隱喻幾乎是跨文化的概念，我們在許多語言裡都可以找到相關的用語。例如，在英語裡可以說「He is just blowing off steam」（他在發洩怒氣），在中文我們會說「大動肝火」，在日文則會說「腸が煮えくり

返る」（腸子煮到滾了好幾次，意指「要氣炸了」）等。在這些例子當中，身體往往被想像為容器，憤怒則是內容物，而且通常是溫熱的液體。當憤怒的程度愈高，內容物就會增加、溫度也會提高，並持續施加壓力給這個容器，直到內容物滿出來或是爆炸為止，這是一個動態的過程。

　　語言學家發現，雖然這樣的隱喻在不同的語言裡都可以觀察到，但語言與文化之間卻有些細微的差別。例如在英語裡，這個容器通常是整個身體，所以可以說「When her son told her, she just exploded」（她兒子告訴她的時候，她簡直氣炸了），生氣的「她」整個人就是容器。而在日語裡，容器經常是肚子，像我們上一段舉例中提到「煮滾的腸子」；或是腹部，例如「怒りが腹の底をぐらぐらさせる」（怒氣在肚子底部沸騰）等。

　　除了容器會因為不同的語言有些許差異，裡頭的內容物也會順應語言而有所差別。像英語和日語通常偏好「憤怒為高溫液體」（ANGER IS HEATED LIQUID）的隱喻，但是中文不太一樣。中文的內容物會是什麼呢？有的讀者可能已經想到了，沒錯，中文裡容器中的內容物通常是「氣」。

　　雖然將「氣」的概念用於「憤怒」的範疇，這點與其他語言裡「容器」和「壓力」的隱喻相似，但學者認為，「氣」的概念其實跟上述的「高溫液體」的概念還是有些出入。例如，在中文裡，氣不見得一定要很高溫，比如「生氣」這個詞，從字面上看來就不知道溫度到底是高是低。氣也可以存在於不同的器官裡，例如「發**脾**氣」、「平**心**靜氣」。氣的生成會對容器形成壓力，當容器內的壓力大到一定程度就會爆發，這代表著

失去控制的情況；而當過度的「氣」消失不見、體內恢復平衡，情緒也就平息下來。

由此可知，情緒的感受和生理機制可能是普世皆然，但是怎麼評估、詮釋和概念化這些情緒，則是深受不同語言文化各自傳統的影響。

## 你是羨慕還是嫉妒？有趣的「情緒詞」

當然除了隱喻之外，語言學家也發現，情緒在不同的語言裡，也有很多不同的內涵、分類和表達方式。例如，在英語和荷蘭語裡的情緒通常都是以形容詞（例：happy）或是名詞（例：joy）呈現，用來表達自我的內在狀態。但是在俄羅斯語或波蘭語當中，情緒卻常用動詞標記，用來傳達人際之間的關係和互動。這些差異或多或少影響了我們在使用不同的語言時，如何理解和概念化個別的情緒。

根據美國賓州天普大學教授阿內塔‧帕夫朗科（Aneta Pavlenko）的分類，不同語言之間情緒概念的差異通常會落在四大面向：

第一大面向，就是**導致情緒的原因**。有些語言裡的情緒詞彙會特指因為某種原因所導致的該種情緒，但其他語言不會。以「jealousy」（嫉妒）這個英語情緒詞為例，你可以因為你的交往對象跟別人打情罵俏，或別人中了樂透大獎而心生妒忌（jealous）；但在俄文裡，如果你要講的是對於人際關係的嫉妒，就要講「revnost」，而如果是對於別人中頭獎等等較好享受或際遇、反觀自己沒有這些好處時的羨慕、嚮往的情緒，這

種時候就必須要用「zavist」。

中文裡的「吃醋」一詞，用法和俄文「revnost」有點類似。「吃醋」這個詞專門用在人際關係的範疇，尤其是用於描述害怕失去與情人或重要他人的關係上，而不能用在嫉妒別人升官、擁有好車。

第二個情緒詞或情緒概念之間常有的差異面向，是**對於情緒本身的好壞評價**。也就是說，對於同一種情緒，在不同的語言文化裡，會有不同的看法。例如在日文裡，有「甘え」（amae）這個詞表達撒嬌或是像是小孩對母親般依賴別人的情感，這在日本的文化裡是很正面的情緒。但這種對別人的依賴，到了講求獨立、個人主義的西方文化中，可能就不會被鼓勵或正面看待。

另外，像是中文裡的「羨慕」這個情緒詞，跟英文裡的「envy」比起來，也沒有那麼負面和可怕。畢竟後者在基督教的傳統裡，可是七宗罪之一。

第三大面向則是**跟情緒連結的生理反應**。例如，希臘語有個情緒詞叫「stenahoria」，大致可以翻譯成「難過」、「煩悶」或是「抑鬱」。研究指出，說希臘語的人用這個詞形容自己的時候，通常都會連帶有種快要窒息、無法呼吸、需要個人空間的生理感受。但是如果是英語使用者說自己「很難過」（sad）或「挫折」（frustrated）的時候，則較不會出現那樣的身體反應。這種與情緒連結的生理反應，就區別了不同語言當中的「難過」。

目前在中文相關的文獻裡，似乎還沒有類似的研究，但你自己可以感受一下，當你用「煩悶」、「悶悶不樂」等情緒詞

七宗罪：又稱「七大罪」或「七原罪」，是天主教傳統中七種人類罪行的大類，除了嫉妒以外，現在通常包含傲慢、憤怒、怠惰、貪婪、暴食與色慾。這個概念時常被應用在文學藝術及影視作品當中，例如但丁的《神曲》以及日本動漫《鋼之鍊金術師》等。

形容自己的心情時，會不會比「sad」或「難過」，生理上多了一份壓迫感？

　　最後一個面向，是不同的語言與文化在**情緒管控與表現的後果和方法**上也有所差異。以「憤怒」為例，在日語和日本文化裡，一般多會避免對他人表達憤怒，也相當重視情緒管理；說以色列希伯來語的人，則傾向強調自我情緒的表達；大洋洲的薩摩亞人認為，憤怒是年輕男性的重要象徵。這樣的差異讓不同文化的人對於「什麼是表現憤怒最適當的方式？」以及「什麼是逾矩的行為？」各有不同的認知。

　　如同前面提到過的，在中文裡，有人認為因為「氣」是身體當中的一種能量，需要好好調節，才能到達內在的平衡與和諧。我們常建議別人不要「生悶氣」，如果過度憤怒就會「氣急攻心」、「氣壞了身體」，所以要冷靜一下，「消消氣」。這些都是語言文化對於憤怒這個情緒特有的概念與應對之道。

## 心理學上的「負面偏好」

　　再回到《腦筋急轉彎》，小女主角萊莉腦中的五個情緒通常是以正向的樂樂為首，其他成員一般都會被歸類為所謂的「負面情緒」。乍看之下，負面情緒和正面情緒四比一的比例，似乎有些懸殊，可能有些讀者會覺得有點意外，但心理學研究指出，人類的認知的確存在著「負面偏好」（negativity bias）。

　　就一般的想法來說，負面情緒就像它字面上的意義一樣，很「負面」、不太好，畢竟當你難過、生氣、害怕或覺得噁心

的時候，你的身體就真的會有很不舒服的感覺。但許多現代心理學家發現，適量的負面情緒，對於人類的理性決策與社交互動來說，其實是有極具建設性的功用。這些負面情緒能夠刺激人類付諸行動，並找到解決方法處理那些導致負面情緒的問題。社會心理學家如羅伊・鮑邁斯特（Roy Baumeister）等人的研究結果也指出，負面的情緒及回饋通常比正面的還要有影響力，負面的資訊會比較容易被接受和記憶。換言之，負面的印象不僅形成的速度較快，也較不容易被遺忘。

就演化的角度來看，也很容易可以想像人為什麼會有這樣的負面偏好：如果一個部落對於自己周遭的人事物與環境都過於放心或樂觀，可能因此沒有做出任何防衛或保險措施，那麼在社群面臨嚴重的天災人禍時，就很容易遭受毀滅性的後果，使得族群的基因與文化無法繼續傳承下去。這也正是所謂的「生於憂患，死於安樂」。

## 語言就愛負能量？

語言學家發現，這樣對於負面的偏好也反映在人類的語言當中。美國奧瑞岡大學的井茁（Zhuo Jing-Schmidt）教授比較了英、德、中三個語言當中的情緒加強詞（如「terribly」或是「○○得要命」），她發現，不同語言裡的情緒加強詞大多都是跟「威脅」引起的情緒有關。常見的例子包含：恐懼、噁心和憤怒這三種情緒（這也剛好呼應到《腦筋急轉彎》中留在總部裡的驚驚、厭厭和怒怒）。

就「恐懼」這個跨語言最常用在加強詞裡的情緒來說，在

英語中直接相關的就有「terribly」和「horribly」這些副詞。要特別注意的是，此處的「terribly」和「horribly」除了字面意義「可怕地」之外，在現代英語裡也發展出「非常」和「極度」這類較為中性的用法。在中文中，我們可以說「真實得可怕」或是「完美得嚇人」，除了原本負面情緒的意義，「○○得可怕」和「○○得嚇人」這種句型，現在也可以單純拿來加強語氣、修飾程度。

其他會帶來恐懼的事物像是「地獄」、「死亡」、「爆炸」，同樣發展出類似的用法。例如在英文裡可以說「a hell lot」或是「deadly」來表示極度地多或極度地如何。而在中文裡也可以說「好吃得要命」、「好看死了」、「帥到爆」等表達極端的程度。

相較之下，另外兩種情緒就沒有恐懼那麼常見。以「噁心」（disgust）來說，英語可以講「stinking（臭）rich」或是「filthy（髒）rich」，來形容一個人家財萬貫、極度有錢的程度。在德語裡，「stink-」（臭）和「sau-」（豬）這兩個跟噁心這個情緒有關的前綴，也可以用在「stink-reich」（超有錢）和「saugut」（超級棒）這類詞裡，以表達極端的程度。

雖然井茁教授的文章裡沒有提到中文的例子，不過如果真的要舉例的話，在臺灣現代的口語對話當中，有人可能會說出「這個人實在強得很噁心」這樣的句子，而「噁心」在這句話裡，已經不像是在表達負面的情緒，而比較接近於描述這個人強大的程度有多高。

以憤怒而言，英語裡很有名的例子就是「damn(ed)」這個詞。「damn」本來指的是，用語言行為來祈求更高的力量將災

厄降臨在某個不特定人士身上，在基督宗教裡則可以用來表示神要懲罰、降罪於某人（所以很常有人會講「goddamn」），後來引申出「譴責」、「定罪」的意思。在講到「damn(ed)」的時候，本來跟憤怒這個情緒就有高度的相關性。而在英語的某些使用情境中，很多人會覺得這個詞是用來表達怒意的髒話。

但到了現代，我相信大家在很多英語的戲劇電影或脫口秀當中，會常常聽到有人說「this is damned good」（翻成比較白話的臺灣華語大概是「這個實在是夭壽讚」）。此處的「damned」已經跟憤怒毫無關係，甚至失去了負面的意涵，僅僅是用來表達程度很高的意思。德語裡的「verdammt」用法也非常類似。

不過這在中文裡卻不容易找到相似的例子。井苫教授甚至指出，從「damned」在中文裡翻成「該死的」這件事就可以看出，中文比較偏好用「恐懼」而非「憤怒」的概念來加強語氣。她認為，這有可能是因為華人的文化認為對人生氣或發怒不是一件好事、會讓人沒面子、傷害關係的和諧，所以才比較不談憤怒。當然這是一個很有趣也有可能為真的解釋，只是很難透過實證研究證明。

儘管如此，在某個時期的臺灣網路語言當中，的確曾經流行過像「怒吃一番」或是「怒睡一波」這樣的句型，有些例子可能是真的要表達憤怒，但也有些句子只是網友鄉民試著要搞笑、揶揄而照樣造句而已。無論如何，「怒」在這個用法裡，某種程度上也已經失去了情緒上的意涵。

以上這些例子告訴我們，恐懼、噁心和憤怒這些負面情緒雖可怕，但在語言裡倒是很有用，而人也真的傾向將較多注意

力放在這些人生不如意的事情上。

## 罵人用母語，告白用外語

《腦筋急轉彎》的主角萊莉，被設定是一個家裡父母都講美式英語的白人小女孩。但是，從語言學家的角度來看，如果她是個會說兩種以上語言的雙語或多語人士，在處理情緒和做道德決定的時候，可能會呈現出更多不同的樣貌。

很多人應該有感受過，同樣是表達情緒的詞彙，像是罵髒話或是向人告白，用母語和外語會有很不一樣的感覺。通常會覺得，在罵人或說髒話的時候，使用母語或第一語言的感受會比較強烈、比較深刻。而在告白的時候，用母語講出口可能也會讓人覺得比較害羞。

語言學家和心理學家發現，因為我們在學母語（或是第一語言）的時候，常常會把語言和同時經歷到的情緒連結在一起（有點類似核心記憶的概念）。所以，母語通常也會是每個人情緒的語言。但是因為第二語言或外語往往是在課堂上或長大成人後才學，所以相較之下跟情緒的連結也就沒有那麼緊密。

這也解釋了為什麼很多中學生可以很自然地把英語的髒話成天掛在嘴上講，卻對中文或台語的髒話比較敏感或有所顧忌，以及為什麼在電影裡會有講外語的角色在罵人的時候，突然轉回使用母語以痛快地表達憤怒。有些人在表達愛意的時候也偏好使用外語，一部分也是因為外語讓說話的人和情緒之間隔了一道距離，用外語告白可能就沒那麼害羞。

## 講外語的人把胖子推下天橋

更有趣的是，除了與表達和感受情緒有關之外，我們用的語言也可能會影響到我們的道德判斷。心理學家發現，我們在做決策或是道德判斷的時候，常受到情緒影響，但是當我們使用外語的時候，這個影響似乎就會降低或消失不見，產生所謂的「外語效應」（Foreign Language Effect）。

其中一個常用的實驗情境跟大名鼎鼎的「電車難題」（Trolley Problem）有關。如果你不熟悉這個倫理學難題，那最基本款的版本是這樣：

在A軌道上綁了五個人，這時有一輛失控的電車，要撞向這五個人，你可以選擇拉下控制閥，讓電車改駛向另一條上頭只綁了一個人的B軌道，或是什麼都不做，讓電車繼續在A軌道上行駛，最後輾斃那五個人。

在這個情境下，可能很多人都會選擇拉下控制閥，犧牲一個人來救下A軌道上的那五個人。這樣基於「五大於一」單純數字上的計算與比較而做出的決定，通常會被認為是效益主義（utilitarianism），意即將效益或幸福最大化，讓最多的人得到快樂就是正義。

但壞心的哲學家才不會放過讀者，他們想出了各式各樣電車難題的變體，來測試效益主義到底可以堅持到什麼地步，其中一個很有名的變體叫作「天橋難題」（Footbridge Dilemma）。

想像一下，這次一輛失控的電車行駛在只有單一路線的軌

效益主義：傑瑞米·邊沁（Jeremy Bentham）為十八、十九世紀時的英國哲學家，提出效益主義，又稱「邊沁主義」（Benthamism），主張效益即當事人的快樂程度，且為道德判斷的基準，快樂的總合愈大，則效益愈大，在道德上也就愈正確。

道上，無法轉換行駛方向，軌道上有一座天橋，上頭剛好站了一個體型壯碩、體重很重的大塊頭。如果你及時把這個人推到橋下（假設你推得動），他就剛好可以把這輛電車擋下來，救了那些被綁在軌道上的五個人（哲學家真的很有想像力）。

一樣是犧牲一個人救另外五個人，這一次，你會決定把這個大塊頭推下橋嗎？

研究指出，你的決定可能取決於你用的是母語還是外語。實驗結果發現，如果參與者用的是母語，那多數人通常會決定不要推，因為要把另一個旁觀者當成工具，用他的死亡換取另外五個人的生存，還要自己主動動手。這對一般人來說，在情感上很難接受。但如果換成使用外語，就會有較多的參與者做出用一條生命換五條上述那類效益主義式的決定。而受測者愈是不擅長這個外語，就愈有可能選擇把那個天橋上的人推下去。

然而，研究者也發現，如果是處理非關道德或是沒有那麼切身的問題（比如最原始版本的電車難題），參與者卻不會表現出這樣的外語效應。這意味著，我們使用的語言不但可能影響我們的情緒，還會左右了我們在非常切身而會引發情緒的道德情境下做出的決定。

還有很多研究也都支持了這樣的外語效應。例如使用外語時，雙語人士傾向會對違反道德規範的事，給予比較嚴厲的評價。這可能是因為使用外語時比較抽離，比較不傾向同理當事人的處境，而是以絕對的道德標準做評斷。如果是在討論像氣候變遷或搭乘飛機這種有可能造成大規模危害的主題時，使用外語的參與者，則會傾向高估當中的優點而低估可能的風險，

因為使用外語時可能會對焦慮、恐懼等情緒較不敏感，而較少避免選擇以負面陳述的決定。

讀到這邊，下次讀者們要做道德抉擇時，可以注意一下自己當下用的是母語還是外語。還有，務必小心，別在鐵軌上方的天橋上逗留太久。

## 語言與情緒的夥伴關係

動畫電影《腦筋急轉彎》用有趣的擬人、隱喻手法，把人類的情緒運作活靈活現地呈現在大銀幕上。電影情節呈現出人類情緒跨文化的本質，同時也透露了特定文化的想像。然而，不管是要理解、感受或是表達這些相同或相異之處，語言都扮演了重要的角色。語言與情緒不是各自獨立的孤島，而是像樂樂、憂憂、怒怒、厭厭和驚驚一樣，是相互羈絆、缺一不可的工作夥伴。

## 想一想！生活中的語言學

1. 中文裡有很多跟「快樂」意思相近的詞彙，在英文裡可能都可以翻成「happy」，像是「高興」、「快樂」、「開心」、「幸福」等，還有前一陣子很流行講的「小確幸」。你能區分這些詞的差別嗎？

2. 有人認為講外語的時候，會有所謂的「外語人格」，你自己有類似的親身體驗或是觀察過別人有類似的表現嗎？你覺得為什麼會這樣呢？

**延伸閱讀與參考書目**

- 《腦筋急轉彎》（2015）。
- 保羅・艾克曼（2021）。《心理學家的面相術：解讀情緒的密碼》。臺北市：心靈工坊。
- 大衛・愛德蒙茲（2017）。《你該殺死那個胖子嗎？：為了多數人幸福而犧牲少數人權益是對的嗎？我們今日該如何看待道德哲學的經典難題》。臺北市：漫遊者文化。
- 康納曼（2023）。《快思慢想》。臺北市：天下文化。
- Baumeister, R. F., Bratslavsky, E., Finkenauer, C., & Vohs, K. D. (2001). Bad is stronger than good. *Review of general psychology*, 5(4), 323-370.
- Geipel, J., Hadjichristidis, C., & Surian, L. (2015). The foreign language effect on moral judgment: The role of emotions and norms. *PloS one*, 10(7), e0131529.
- Jing-Schmidt, Z. (2007). Negativity bias in language: a cognitive-affective model of emotive intensifiers. *Cognitive Linguistics,* 18, 417–43.
- Keltner, D., & Ekman, P. (2015). The science of "Inside out". *New York Times*, 3.
- Kövecses, Z. (2000). The concept of anger: Universal or culture specific?. *Psychopathology*, 33(4), 159-170.
- Pavlenko, A. (2008). Emotion and emotion-laden words in the bilingual lexicon. *Bilingualism: Language and cognition*, 11(2), 147-164.

第十五章

# 會說話的你也是時間管理大師
# 從《回到未來》、《天能》看語言與隱喻如何讓人可以前往過去又回到未來

透過剖析有關時間的語言，了解我們是如何「回顧過去」？又怎麼「展望未來」？

◆ 時間管理大師的祕密
◆ 熵、蟲洞、時光機
◆ 我們賴以為生的隱喻
◆ 到底是「春天來了」？還是「要進入春天」？
◆ 星期三的會議改到哪一天？
◆ 時間向左走，向右走
◆ 過去在東邊，未來在西邊？
◆ 時間的隱喻

---

**本章關鍵字**

#時間詞　　　　#隱喻　　　　#時間即空間
#時間經過即移動　#我動隱喻　　#時動隱喻
#書寫系統　　　#語言相對論

## 時間管理大師的祕密

　　時間旅行在古今中外的文學戲劇作品當中，一直都是非常熱門的主題。不僅很多故事中都有回到過去或前往未來的情節，很多電影都是環繞著這個動機打轉。從一九八〇年代的《回到未來》系列，到二〇二〇年的《天能》，從《哈利波特》到《X戰警》，甚至是日本動畫電影《跳躍吧，時空少女》或大家都熟知也熱愛的《哆啦A夢》，在在都充滿了「穿越」時間的情節。這些時間旅行的橋段感覺無所不在，又十分自然。就像愛因斯坦曾經說過的：「過去、現在、未來的區分只不過是種很頑固的幻覺。」仔細想想，我們真的知道「時間」到底是什麼嗎？語言學家和心理學家告訴我們，不管時間的本質是什麼，我們對於時間的概念，或是愛因斯坦口中的「幻覺」，其實有很大一部分奠基在語言以及我們對於具體空間與物體的理解上。

## 熵、蟲洞、時光機

　　一九八五年，將跑車改裝成時光機的愛默‧布朗博士，陰錯陽差地帶著十七歲高中生馬蒂‧麥佛萊，不小心回到三十年前的過去。回到一九五五年的馬蒂，遇見了年輕時的父母，卻意外讓媽媽愛上自己，差點導致自己消失。幸好後來扭轉了這個危機，還處理了父母高中時期的校園惡霸，改變了父母與自己未來的命運。最後在布朗博士的協助下，又開著時光車，回到了一九八五年。正當主角們沉浸在一片歡樂的氣氛當中，博

士又突然出現，說要帶著主角到二〇一五年的未來，這次要拯救他的小孩。

這是電影《回到未來》第一集的內容，常看臺灣洋片台的讀者應該都不陌生。這部電影在上映後大獲好評，不僅成為了這類電影的經典，時間旅行也變成了劇情中常有的橋段。在這些電影裡，過去、現在、未來，通常會被呈現得像是分屬不同空間的三個地方，可以用各種物理的方式穿越，可能是開快車、跳上抽屜裡的時光機、坐太空船撞進蟲洞，或者如果你夠厲害的話，跳一下就可以回到過去。

隨著相關科學理論的發展，時間旅行這個主題也被導演玩得愈來愈複雜。常被戲稱為「時間管理大師」的知名英國導演克里斯多福・諾蘭編導了多部探討時間相關議題的電影。例如在《全面啟動》中，主角一行人潛入了不同層夢境，而每一層夢境與現實之間都有著不同的時間差異。在《星際效應》裡，主角們到了一個因為重力時間膨脹，所以一小時相當於地球七年之長的星球；後來男主角庫柏更是撞入黑洞，進到一個超立方體，因而超越時空，看見了過去。

諾蘭更是透過《天能》探索人與時間之間的可能性。電影裡的未來科學家發明了可以反轉物體的「熵」（entropy，音同「商」）的技術與機器，進而能讓時間逆行。因為這樣的設定，讓同一幕裡可以同時出現順行與逆行的兩派人馬，有時甚至是同一批人。

從以上幾部片的介紹可以看出，不管實際上時間到底是什麼，也不管科學家對於時間的理論已經發展到多麼艱深縝密，要了解或呈現時間這個酷玩意，似乎終究還是得仰賴像是「空

間」這樣具體的東西。我們也常把時間的推移和流動，想像成物理性的移動（像是回到過去系列的飛車和天能的順行、逆行，甚至連「推移」和「流動」本身也是物理動作的詞彙）。而學者也發現，語言和文字在這個過程當中，扮演了十分重要的角色。

## 我們賴以為生的隱喻

請讀讀以下這段文字。

你曾經夢想過要回到過去嗎？你覺得自己常常在浪費時間嗎？你還記得你前天起床後吃了什麼嗎？你計畫好下禮拜要吃什麼了嗎？學會好好分配時間真的是很重要的人生課題，畢竟時間就是金錢，總是不斷飛逝，不容我們揮霍。

讀到這邊，大多讀者應該不會覺得上面那段文字有什麼太大的問題。儘管內容讀起來有點陳腔濫調，但至少應該是很自然、通順的中文。不過，不知道你有沒有發現，上面那個段落雖然都是在談「時間」，但是卻充滿了空間或其他具體意象的詞彙，像是「回到」、「過」、「去」、「浪費」、「前」天、起床「後」、「下」禮拜、「分配」時間、時間就是「金錢」、時間「飛逝」、「揮霍」。這些我們習以為常的時間用語，其實都是借用更為具體的概念和語言來了解和表達。

而且這個現象不只可以在中文裡觀察到，也出現在英文，還有世界上許多其他語言當中。「don't look back」（不要回

首過去）、「don't waste your time」（別浪費你的時間）、「the coming Friday」（再來的星期五）、「the day ahead」（接下來的這一天）、「time is money」（時間就是金錢）、「time really flies」（時光真的飛逝）等，相關的例子不勝枚舉。

美國認知語言學家與哲學家喬治·雷克夫（George Lakoff）和馬克·詹森（Mark Johnson）認為，之所以會這樣，都是因為人類的認知通常習慣用具體的事物（空間、金錢）來了解抽象的概念（時間）。也就是說，儘管人類的大腦已經厲害到有人可以理解量子物理這樣極端抽象的理論，但是很多時候還是必須回歸到最原始、最接近身體感官和生活經驗的範疇。

根據雷克夫和詹森發展出來的「概念隱喻理論」（Conceptual Metaphor Theory），人類抽象思考與認知的運作基礎，很大一部分立基在「概念隱喻」的機制，也就是將「抽象範疇（目標域〔source domain〕）對映到具體範疇（來源域〔target domain〕）」。就像上述中英用語所展示的，我們對時間的理解，便是概念隱喻最好的例子。

在眾多我們用來談論時間的具體範疇中，最為普遍當「空間」莫屬。空間無所不在，而且看得到、摸得著。我們對於時間的經驗，也常常與空間有關。例如，日月星辰的移動標記了一天中不同的時間；江河中的流水或天空間的雲彩，也會隨著時間靠近或遠離我們；當我們走愈長的距離，花的時間也就愈多。而日晷、沙漏或是有指針的鐘表等裝置，也都是透過空間的線索告訴我們時間的流動。

因此在語言當中，我們常常會說，「這個會議很冗**長**」、

概念隱喻理論：雷克夫與詹森在一九八〇年出版了一本名為《我們賴以為生的隱喻》的專書，正式發表他們的「概念隱喻理論」，指出隱喻不只是一種修辭法，而是一個基本且常見的認知機制，將來源域的內在結構映照（map）到目標域的概念。他們認為人類絕大多數的抽象思考都建構在這樣的概念隱喻之上。

「他的生日快**到**了」，「現在離放暑假還很**遠**」，連「**前**年」、「**後**天」、「**上**禮拜」、「**下**個月」，還有「過**去**」、「當**下**」、「未**來**」這些時間詞本身，都鑲嵌著「空間」的概念。

不僅如此，「時間就是空間」的隱喻，甚至能夠滲透進語法結構當中。例如，中文裡表示動貌（aspect）的詞（aspect marker），像是「在看電視」的「在」和「吃過早餐」的「過」，都是從空間相關的詞彙發展而來。在捷運站常聽到的「加值中，請勿移動卡片」的「中」，雖然有人會覺得有點不像道地的中文，但我想大多數人應該也可以接受這樣把「空間」當作「時間」的說法。

在英文裡也不難找到類似的例子。最容易想到的，應該是加在日期時間之前的介系詞。例如「**at** five o'clock」（**在**五點）、「**on** Monday」（**在**星期一）、「**in** November」（**在**十一月）。這些讓很多臺灣學生學得暈頭轉向的英語介詞，學者認為最初也都是用來談論空間的，比如，「at school」（在學校）、「on the table」（在桌上）、「in this cup」（在杯子裡）。另外，英文的未來式「be going to」，也是將與空間相關的移動動詞「go」變成語法的一部分，用來表達時間上「即將要發生」（near future）的概念。

《星際效應》裡的立方體、《天能》裡的逆行、《回到未來》裡的時光車，或是《異星入境》裡用圓的形狀來象徵沒有時態的七足族語。這些例子都用不同的方式體現了「時間就是空間」的隱喻。這個隱喻強大到連外星人或未來的科學家都難以跳脫。

而這麼有趣的現象，語言學家和心理學家當然要拿來好好

動貌：又稱作「體」或「時貌」，常與「時」（tense）做對比。「時」著重整個事件與外界的時間關係，如「過去」、「未來」；「動貌」則強調事件的內部結構，例如「開始」、「進行」、「重覆」或「完成」。

研究一番。

## 到底是「春天來了」？還是「要進入春天」？

《天能》裡的角色可以與時間「順行」或是「逆行」，彷彿時間是有方向性的移動。而在「時間即空間」的隱喻當中，「時間經過即移動」（TIME PASSING IS MOTION）的隱喻正與這些電影設定相關，也時常被拿來研究。

根據移動的主體是誰，「時間經過即移動」這個隱喻可再細分成兩大類：一是「移動的自我」（以下姑且稱作「我動隱喻」〔Moving Ego〕），一種是「移動的時間」（以下稱作「時動隱喻」〔Moving Time〕），而這兩類的隱喻，不僅體現了我們對於時間的概念，也影響了我們語言的理解與使用。

在「我動隱喻」中，時間是靜止的背景或地標，而人是移動的主體。在中文裡，我們可以說「我們即將**進入**一個新的世代」（人移動進一個時間範圍），或是「我**到**月底就要吃土了」（人移動到一個時間點）。因為人是面向時間移動過去，所以先發生的事件，相對於移動的主體來說是比較後面，而後發生的事件則比較前面。

聽起來有點複雜？想像一下，你走在一條大馬路上，這條路上有很多紅綠燈，這些紅綠燈分別代表著不同的時間點。就你行進的方向來說，比較前面的紅綠燈，你會比較晚才遇到；反之，比較早遇到的，以你行進的方向而言，是比較「後面」的。「我動隱喻」大概就是這個概念。所以在中文裡會說，「回顧過往」（因為過去在你的「後面」，所以才要「回顧」），

或是「前程似錦」（你的未來在你「前面」的道路上，所以說「**前程**」）。

大部分跟時間相關的電影，大多都是用到「我動隱喻」，不同時間是一個相對靜止的空間，主角可以回到過去或前進到未來。

相反地，在「時動隱喻」裡，時間才是移動的物體，而人是靜止不動的。所以我們可以說「時光飛逝」或是「春天就要來了」。因為時間是面向你移動過來，所以先發生的事在前面，後發生的事在後面。

想像你自己現在站著不動，有一輛車開向你，這輛車就是時間。你通常會把比較靠近你的部分稱作前面，離你比較遠的部分叫後面，「時動隱喻」就是這樣的概念。在中文裡有滿多詞彙或成語運用了時動隱喻，像是「先前」、「後來」、「愛在西元前」（比西元還早）、「秋後算帳」（比秋天晚）等。

另外，中文還有一個比較特別的「時間移動隱喻」，也就是時間可以既是靜止的背景，也是移動的主體，而自我是附在時間上跟著移動。比如，「時間已經過了十二點，小明還沒回來」，這句話裡的「時間」就是移動的主體，而「十二點」則是靜止的背景。

## 星期三的會議改到哪一天？

我動和時動的隱喻，在英語裡也都找得到類似的用法，更有趣的是，英語裡甚至有一個句子同時具有「我動」和「時動」兩種詮釋。想像一下，你們公司本來在下星期三有個會

議，但是因故必須要調整開會時間，祕書寫了一封電子郵件給你們，信中寫道：「Next Wednesday's meeting has been moved forward（往前）two days.」如果是你的話，你覺得會議是移到下星期一，還是下星期五？

決定好了嗎？讓我來猜一下，如果你的母語是中文的話，我想你有很高的機率會選「星期一」。猜對了嗎？

在英語裡，「Next Wednesday's meeting has been moved forward two days」這個句子會有兩種詮釋：一個是我動隱喻，所以前面的東西後發生，「moved forward two days」就是把星期三的會移到星期五（比較晚的日期）；相反地，如果是以時動隱喻來理解這個句子的話，前面的東西先發生，所以「moved forward two days」就是把星期三的會往前移到星期一（比較早的日期）。在英語裡，這兩種詮釋都有可能，也都說得通，如果隨機問一個英語母語人士，很高的機率會有一半的人說星期一，一半的人說星期五。

因為這個句子曖昧歧義的特性，很多語言心理學家把它拿來當作實驗素材。結果發現，到底受試者會詮釋成移到星期一還是星期五，受到很多原因的影響。其中一個很重要的因素，一如你自己剛剛已經體驗過的，就是你的第一語言。語言心理學的研究指出，如果受試者的母語是中文，那麼，有很高的比例可能會把「moved forward two days」詮釋成提早到星期一。因為在中文裡，如果你說「把會議往前移」，這句話唯一的詮釋是指會議會提早發生。約定俗成的語義，在某些情境下限制了我們對時間概念的想像。後續的研究指出，還有很多其他生活的因素會影響這句話的詮釋。例如，比較沒有時間彈性的行

政人員偏好時動隱喻；比較有彈性的學生偏好我動隱喻；生活步調比較快的人偏好時動，步調較慢則偏好我動。代表對於時間的掌握和自主性，都會影響到對於時間隱喻的選擇。

另一方面，除了語言之外，你身體實際移動的狀態與經驗，也會影響你對這個句子的詮釋。有研究發現，如果你在機場問剛下機抵達目的地的旅客，他們有比較高的機率，會認為會議移到了星期五（我動隱喻，後發生在前）；相對的，如果詢問在機場裡待了很久在等接機的人，他們就比較可能會認為是移到了星期一（時動隱喻，先發生在前）。

你的語言和身體經驗，同時影響了你對時間的理解與詮釋。


## 時間向左走，向右走


除了到底是你在動、還是時間在動之外，你的語言文字也還影響了時間在你心中展開的方向。

我們再來做一個實驗：想像一下，你的面前擺了五張你自己不同時期、不同年紀的大頭照。現在，請你按照時間順序把這些圖片排成一條直線。

排好了嗎？讓我來猜一下，我想有非常大的可能，你會按照時序從左排到右。如果不是的話，那另一個可能，就是由上排到下。我猜對了嗎？

語言心理學家找了很多不同語言的母語人士來實際進行這個實驗，出來的結果主要有三大類：從左到右，從右到左，從上到下。為什麼會有這樣的差別呢？原來，你排序時間的方

法，跟你慣用的文字書寫系統有很緊密的關係。

如果受試者是使用英文或其他由左往右書寫的文字，在這個實驗裡通常會習慣將這些圖片從左往右排，幾乎很少有例外。如果是使用希伯來文或阿拉伯文這類一律從右寫到左的書寫系統，受試者則有很高的比例會完全相反，將不同時間的照片由右往左排。

那麼，使用中文的受試者呢？

中文在這系列的實驗裡呈現出非常有趣的現象。因為和英文或阿拉伯文相比起來，中文的書寫系統存在著比較多的歧異性。基本上，上述三種方向都有可能，其中很大部分取決於你在哪裡長大、在哪裡學寫字。

在臺灣，目前中文最大宗的書寫方向有兩大類。第一種跟英文一樣，是由左往右的橫式書寫。這一類的書寫方向，在中文書寫的歷史中，算是比較新進、西化的方法。但橫式書寫在臺灣也慢慢成為主流，愈來愈多印刷品以及多數網頁或社群媒體的中文字都是由左往右寫。

另外一種，在全世界的書寫系統算是相對少數，則是由上往下、由右至左的直式書寫。大多數紙本報紙中內文的文字是直式印刷。國語文課本、稿紙、門聯、紅包上的題字等，這些也幾乎都是從上往下書寫。

除了這兩大類之外，在更早期的臺灣，即使是橫式書寫也是由右向左。在一些招牌、匾額或是早期的國片電影字幕中，其實時不時都還可以看到這樣的歷史痕跡。換言之，在臺灣可以看到三種中文書寫的方向。

相對的，在現代的中國，不管是在網路媒體或是紙本印刷

中，漢字的書寫幾乎都是橫式由左向右，中國對於漢字橫書的推廣甚至更早於簡體字的推行。所以除了古書和日文漫畫這類本來就是直式書寫的文體，或是像書脊這種因為版面形狀大小不得不直書的部分，其他時候的中國簡體字都跟英文一樣由左向右寫。

那麼，書寫方向到底跟時間有什麼關係？有研究指出，即使是使用同一個語言，習慣的書寫方向，還是會影響受試者排列時間的方法。

語言心理學家找了分別在中國和臺灣長大、受教育的漢字使用者，請他們排列具有時間順序的圖卡。結果發現，跟之前說英語的受試者類似，絕大多數的中國受試者排列的結果傾向將圖片從左往右排，只有一小部分的人會把圖卡由上往下排。

但是輪到臺灣受試者的時候，他們的表現卻與中國及英語母語受試者非常不同。研究顯示，臺灣會把時間圖卡從左往右排列和由上而下排列的人數，竟然非常相近！更有趣的是，有一部分的臺灣受試者，甚至會把時間由右往左排列。這些結果，似乎都呼應了臺灣中文書寫方向的多樣性。

## 過去在東邊，未來在西邊？

中文的例子是不是特別有趣？還有比中文更有意思的。

我們在最後一章介紹語言相對論的部分將提到，世界上有一些語言非常依賴絕對方位，很少用到相對方位「前後左右」。我們講到這種語言的母語人士，通常會培養出絕對方向感，即使到了一個陌生的地方，只要有一點環境的線索，也可

以大略指出絕對方位，最有名的例子就是澳洲的辜古依密舍語（Guugu Yimithirr）。

但是在澳洲，除了辜古依密舍語，還有不少語言也是採取這樣的絕對方位系統。像在朋布羅（Pormpuraaw）這個位處澳洲北部約克角西海岸的原住民部落，當地居民所說的語言，例如庫克薩優里語（Kuuk Thaayorre）就是這樣的語言。

語言心理學家想要知道，這些語言中特殊的方位系統，是否也會影響他們對於時間的認知。因此研究者就找了一些朋布羅人來參與這個我們現在已經非常熟悉的實驗——時間圖卡排序。

朋布羅人表現出來的行為跟前面描述的結果完全不一樣：當朋布羅人面向東方的時候，他們會把圖卡從前方往自己的方向排；面向南方的時候，他們會把圖片從左往右排；面向西方的時候，會從靠近自己的位置往前排；面向北方的時候，會從右往左排。

這是怎麼一回事？難道在朋布羅人的心中，時間是毫無定向、四處亂飛的嗎？研究者認為，並非如此。

比較細心的讀者可能已經發現了，朋布羅人排列時間的方法，跟他們的語言一樣遵循著絕對方位：他們是統一將時間由「東」往「西」排。

看到這裡你可能會問：「你不是說這跟書寫系統有關嗎？難道有書寫系統是從東往西寫嗎？」就我們所知應該是沒有這樣的書寫系統。那麼，請再想一想，有什麼東西是從東到西行進，又跟時間有關係的？答案呼之欲出了，沒錯，就是「太陽」。

辜古依密舍語：是澳洲原住民辜古依密舍人的語言，主要分布在昆士蘭的希望谷一帶。「辜古依密舍」這個詞可以分解為「guugu」（語言）、「yimi」（這個）和「thirr」（擁有），意思大概可以翻譯為「擁有這個語言」或是「用這個方式說話」。

發表這個研究的學者認為，朋布羅人之所以會有這樣由東到西排列圖卡的偏好，並非因為他們語言裡的時間詞是用絕對方位來比喻，也不是因為他們的文字是由東往西書寫，而是根據太陽運行的方向。學者會這麼推斷，除了因為太陽的確也是由東往西運行之外，更重要的是因為他們談論時間時的「手勢」。

　　不知道你有沒有注意過，自己講到時間相關概念的時候，手會怎麼比？許多語言學家和心理學家發現，我們講話時比出來的手勢，常常會反映出我們的認知。你可能也有注意到，有時候你講話講到一半，想不到詞的時候，你的手已經先幫你把要講的概念比出來了。

　　語言與手勢的學者指出，我們談論時間時比出來的手勢，通常會跟語言中的時間隱喻有關。比如說，英文母語人士在講時間的時候，通常是比向前後；相對的，因為中文裡有「上午」、「下週」這樣的說法，所以中文母語人士除前後之外，有時提到相關的概念時也會往上或往下指。那麼，朋布羅人呢？他們則是會指向天空中某個位置，來表示一天裡的某個時間，像是早上、中午、下午。他們利用太陽運行的軌跡來認知時間，而這樣東西向的時間邏輯也被抽象化，並應用到其他的時間範疇，比如蘋果掉落的時間，或是男孩長大成為老人的過程當中。

　　這些研究的結果，再次呼應了雷克夫與詹森的「認知隱喻理論」：人類會用具體、熟悉的事物，來理解抽象的概念。而這些具體可見的事物可以是物體的移動，可以是文字書寫的方向，當然，也可以是太陽運行的軌跡。

## 時間的隱喻

　　儘管關於時間，我們還有很多尚未解開的謎題，電影中描繪的時間旅行，至今也還沒成真。但是我們的語言和認知機制，讓我們能夠輕鬆想像時間的流逝，我們可以穿越時間、揮霍時間或讓時間倒轉，我們甚至還可以讓時間飛！這一章談到與時間有關的研究，和上一章關於情緒隱喻的討論，都讓我們看到，隱喻是如何深深地影響我們的思考，而我們的語言文字和生命經驗，又能怎麼樣倒過來影響我們對隱喻的詮釋。

**想一想！生活中的語言學**

1. 你能在你會的語言裡，找到完全沒有利用到隱喻的時間用語嗎？你是怎麼理解這些概念的呢？

2. 除了語言文字和電影情節以外，你能不能在生活中發現其他時間隱喻的具體表現呢？這些表現又跟語言文化有沒有什麼關聯呢？（提示：可以到博物館或翻開歷史課本看看）

3. 你會的語言裡，有像「Next Wednesday's meeting has been moved forward two days」這樣具有時間隱喻歧義的句子嗎？你會怎麼詮釋呢？

**延伸閱讀與參考書目**

- 《回到未來》（1985）。
- 《全面啟動》（2010）。
- 《天能》（2020）。
- 《哈利波特》（2001 — 2011）。
- 《X戰警》（2000）。
- 《跳躍吧，時空少女》（2006）。
- 《哆啦A夢》（1969 — 1996）。
- 雷克夫、詹森（2006）。《我們賴以為生的隱喻》。新北市：聯經。
- 超級歪 SuperY（2020年10月17日）。〈天能電影解析：時間逆行的哲學 | 什麼是熵？| 熱力學定律 | 時間之箭 | 佛洛依德 | 尼采 | 胡賽爾 | 海德格 | 全面啟動 | 星際效應 | 超級歪電影院〉。取自https://www.youtube.com/watch?v=SsdaWUWHoCo
- TED（2018年5月2日）。〈How language shapes the way we think | Lera Boroditsky〉。取自https://www.youtube.com/watch?v=RKK7wGAYP6k&t=413s
- Seeker（2017年5月24日）。〈How Bilingual Brains Perceive Time Differently〉。取自https://www.youtube.com/watch?v=L2sw-oRR2D8
- Ahrens, K., & Huang, C. R. (2002). Time passing is motion. *Language and Linguistics*, *3*(3), 491-519.
- Bergen, B. K., & Chan Lau, T. T. (2012). Writing direction affects how people map space onto time. *Frontiers in psychology*, *3*, 109.
- Boroditsky, L. (2001). Does language shape thought?: Mandarin and English speakers' conceptions of time. *Cognitive psychology*, *43*(1), 1-22.
- Boroditsky, L., & Gaby, A. (2010). Remembrances of times East: absolute spatial representations of time in an Australian aboriginal community. *Psychological science*, *21*(11), 1635-1639.

● Boroditsky, L., & Ramscar, M. (2002). The roles of body and mind in abstract thought. *Psychological science*, *13*(2), 185-189.

● Duffy, S. E., & Feist, M. I. (2014). Individual differences in the interpretation of ambiguous statements about time. *Cognitive Linguistics*, *25*(1), 29-54.

● Feist, M. I., & Duffy, S. E. (2023). To each their own: a review of individual differences and metaphorical perspectives on time. *Frontiers in Psychology, 14*.

● Yu, N. (1998). *The Contemporary Theory of Metaphor: A Perspective from Chinese*. Amsterdam: John Benjamins Publishing Company.

# 第十六章

# 那些年，刻在我心底的曲子
# 從《冰雪奇緣》看語言與音樂的關聯

語言如何形塑我們對音樂的感知，如何影響作曲家的創作，語言和音樂學習又有什麼關聯？

◆ 樂來愈愛你

◆ 音樂你比我想得更像語言

◆ 傳情達意，聲聲不息

◆ 波斯語的高音比較細？

◆ 我們賴以為「聲」的隱喻

◆ 你被寫在我的歌裡

◆ 刻在我心底的聲音

---
**本章關鍵字**

#音樂　　#隱喻　　#韻律節奏　#重音計拍

#音節計拍　#聲調語言　#音樂教育

## 樂來愈愛你

電影——尤其是音樂劇電影——總是可以透過歌曲中的語言和音樂，帶領我們進到每個故事的宇宙裡。每一部熱門的電影，可能都有一首令觀眾耳熟能詳的主題曲。例如，《鐵達尼號》的〈My Heart Will Go On〉、《冰雪奇緣》裡的〈Let It Go〉、《玩命關頭7》的〈See You Again〉、《那些年，我們一起追的女孩》的〈那些年〉、《我的少女時代》的〈小幸運〉等。而電影配樂作曲家，如久石讓與漢斯・季默，也成為許多電影迷如數家珍的名字。多數電影的大獎，包含臺灣的金馬獎和美國的奧斯卡，都有音樂相關的獎項。由此可見，音樂對於電影這個藝術形式的重要性。作為人類特有能力的音樂跟語言，不管是作為個別獨立的溝通系統，或是相得益彰的藝術表現，兩者彼此之間有著密不可分的連結。在這一章，我們就要來好好談談，語言與音樂之間的深厚情緣。

## 音樂你比我想得更像語言

雖然依我們的直覺來看，語言和音樂是滿不一樣的兩個東西：語言是幾乎每個人都有的能力，音樂則似乎需要受一些額外的訓練；語言中的每個字詞都帶有明確的意義，但音符卻沒有相應的意義。即便如此，許多文獻常將語言和音樂拿出來相提並論，這也顯示出兩者在非常多方面有些相似。

第一個最大也是最明顯的相似性，就是兩者通常都和**聲音**有關。一旦關聯於聲音，就會牽扯到音高、音量、音長等特

質。

以音高來說，有的語言在一個字或單一的音節內會有音高變化，可以用來區別字義或詞義，稱作「聲調語言」（tone language），比如華語、台語和客語。其他的語言像英語和德語，音調的上升和下降幾乎只發生在片語或句子這些長一些的語言單位上，用來表達情緒、強調重點，或區別意涵，就是所謂的「抑揚頓挫」或「韻律起伏」（intonation）。例如在英語裡，大多直述句的句尾音調向下，是非問句的音調通常會上揚。

就音量來說，英語和其他語言裡還有重音（stress），有重音的音節像「language」（[ˈlæŋgwɪdʒ]）裡的「lang」（[læŋ]）或是「frozen」（[ˈfɹoʊzən]）的「fro」（[fɹoʊ]），聽起來就比較大聲。和聲調一樣，有些語言裡的重音可以區別詞義，像是英文中的「green house」，如果「green」和「house」都有重音，那指的就是綠色的房子，但如果只有「green」有重音，而「house」沒有，指的則是栽種植物的溫室。

音樂就更不用說，這些聲音的特質扮演了更重要的角色。每個音符都有其音量、音高、音長和演奏方式，而不同的音量、音高、音長和演奏方式會傳達出不同的訊息，也會帶給聽眾不一樣的感受。由好幾個音符組成一個樂句（musical phrase），樂句裡則有節奏、速度、和聲與旋律等這些構成音樂本質的關鍵要素。

而且這些聲音的特質，在語言和音樂裡大多都不是雜亂無章、想怎麼組合就怎麼組合的。這正是語言與音樂之間第二個相似之處：兩套系統同樣存在著**規則**與**結構性**。譬如字詞和音

**聲調語言**：指的是會利用音高區別詞彙或語法意義的語言，例如漢語語系的所有語言、越語、泰語、以及非洲的豪薩語（Hausa）等，而這些語言同時在句子上也有抑揚頓挫。

**重音**：一個詞的某個音節或一個句子的某個字，在發音上聽起來會比較強烈或突出，通常是伴隨音量、音高或音長的變化。

**樂句**：音樂當中的基礎結構單位，通常是具有開頭和結尾的旋律、節奏或和聲片段。

符的組合一樣，通常都不是隨機拼湊而成，而是依循著一定的原則。在語言裡，字詞的順序如何排列可能取決於詞性和語意（例如，英文會講「let it go」，而不是「go it let」）；音符則可能是與和聲有關。所以，我們往往可以預期句子中下一個字是什麼，或一段旋律裡的下一個音大概會是哪些。如果句子沒講完或是樂句沒唱完，卻接上太不符合規則的元素，我們通常能夠馬上察覺。

除此之外，也有學者指出，語言和音樂裡都充滿了**重複性**（repetition）。在音樂裡很常重覆的一個東西叫「動機」（motif），比如貝多芬第五號交響曲開頭的那四個音；或是在流行音樂裡所謂的「副歌」，像〈Let It Go〉這首歌裡的「let it go」。這些元素會在歌曲中反覆出現，中間通常也會穿插些許變化，我們幾乎很難想像有一首歌完全沒有重覆出現的部分。而重複性在語言裡則是隨處可見，像是「綠油油」、「做看看」，到成語中重複的結構，如「一心一德」、「不三不四」，甚至是句子段落的排比、對仗，又或是英語中常提到的「平行結構」（parallelism）等。這些都是語言中重複結構的例子。

## 傳情達意，聲聲不息

而這些語言和音樂中的結構和規則，讓人類更能藉此**進行溝通、傳達訊息和情感**。我們在第十四章討論過語言與情感的連結，除了字詞之外，語言中的抑揚頓挫也能表達與影響情緒。音樂也具有同樣的功能，我們也能夠透過創作、演出音樂來傳達情緒。

**平行結構**：指的是在一個句子裡使用類似字詞或語法結構。例如「I like to sing and to dance」這個英文句子當中，「like」後面接的兩個動詞都是用「to」開頭，就是好的平行結構。可是如果寫成「I like singing and to dance」，雖然沒有語法上的錯誤，但母語人士仍會避免使用這樣的結構。

想想看《冰雪奇緣》第一集當中，主角艾莎最著名的歌曲〈Let It Go〉（放開手），藉由調性和節奏的改變，傳達出她心情的轉換。而電影開頭在艾莎加冕為女王之前，兩姊妹所唱的〈For the First Time in Forever〉（前所未有的感覺），歌詞與音樂也對比出兩人心情的差異——妹妹的興奮喜悅對比於姊姊的焦慮不安。

作為聆聽者，我們的情緒也會因為音樂的旋律、和聲與節奏而有波動。一項腦神經科學研究指出，音樂能活化許多我們腦中的情緒迴路，例如前額葉與杏仁核，進而引發出不同的情緒。歌曲中的語言和旋律也會互相影響：如果是聽有歌詞的音樂，歌詞不僅能強化旋律的負面情緒，還會降低曲調所帶起的正向情緒。研究也發現，藉由語言和音樂，同一社群的人也能產生歸屬感而會更加團結。我們通常都會對講同樣語言或具有腔調的人備感親切，進而可以和對方一起唱歌、一起演奏樂器，也能加深彼此的連結。

除了以上這些相似之處，腦神經科學研究顯示，語言和音樂在我們的大腦之中似乎呈現出一些共同性，並共享了部分的腦區與迴路。也有學者認為，語言與音樂在人類演化上有著緊密的關聯，兩者互相影響、共同演化（co-evolve）。每個文化大多都會發展出自己的語言與音樂系統，甚至有學者認為，語言中的母音和同個文化發展出的音樂有極大的相關性。

由於實在有太多研究顯示，語言與音樂關聯相當緊密，接下來，我們的介紹會更加深入以下三個方向：語言如何影響音樂的感知？語言如何影響作曲家創作的音樂？以及，語言和音樂學習之間的愛恨糾葛。

## 波斯語的高音比較細？

　　就像我們曾討論的主題一樣，音樂也涉及許多抽象的概念，為了要理解與表達這些概念，每套語言各自發展出不同的隱喻，藉以描述與形容音樂的各個面向。從比較基礎的，像是「歌聲很**溫暖**」、「音**高不準**」和「節奏**脫拍**」；到比較複雜的，如「**大小調**」、「和聲的**色彩**」或是「樂曲的**結構**」等。這些說詞其實都是用比較具體、非音樂領域的內容（比如溫度、空間、動作、色彩）表達音樂中抽象概念的例子。

　　有趣的是，就像其他領域一樣，語言之間即便有共通性，仍會用不同的隱喻描述同一件事。以音高來說，中文和英文都是以「高低」這樣垂直距離的概念來形容。乍聽之下，這似乎是天經地義的事，但其實並不是每個語言都是如此形容音高的。例如，波斯語和土耳其語是用「粗細」這樣水平的距離來談音頻：高頻的音比較「細」，低頻的音比較「粗」。中非的曼扎語（Manza）不用距離，而是用「大小」來形容音高：音高的音是比較「小」，音低則較「大」。

　　對於音高的比喻也不只侷限在空間上，有些語言甚至把音高想成一個人，把用於人的形容詞來形容音高。例如一樣都位於中非，巴士人（Bashi）的語言將高音稱作「柔弱的」，低音則是「強壯的」；而亞馬遜盆地的蘇雅人（Suya）甚至把高音叫作「比較**年輕**的音」，把低音則為「比較**年長**的音」。這可真是，一個音高，各自表述。

# 我們賴以為「聲」的隱喻

　　如同前兩章提到的，這些隱喻不只是語言文化間習慣用語上的差異，更會影響到說話者對相應概念的認知。有一群荷蘭學者做了一項相關的研究，他們分別找來一群講荷蘭語和講波斯語的參與者，進行這項與音高相關的實驗。之所以選這兩種語言，是因為他們使用不同的音高隱喻：荷蘭語和英語相同，是以「高低」來形容音頻，而波斯語則是和土耳其語一樣使用「粗細」的概念。

　　在實驗的過程中，參與者會被要求做幾件事：第一，他們會從耳機中聽到一個音，音高是在Do（C）到升Sol（G#）之間的某個半音，他們要記住這個音的音高；第二，在聽到那個音的同時間，他們會從螢幕上看到一些畫面，一部分的畫面是不同相對高度的線，另一部分則是不同粗細的線；第三，他們要憑藉自己的記憶，盡其所能地去唱出跟他們聽到一樣音高的音。如此進行了好幾輪以後，研究者再去進行分析比對。研究團隊的假設是，參與者在螢幕上看到的線，會影響到他們唱出的音高（類似的現象和原理我們將在下一章提到）。先別偷看下面的說明，你猜猜看發生了什麼事？

　　猜到了嗎？結果顯示，說荷蘭語和說波斯語的參與者所唱出的音高，確實都會受到螢幕上的畫面影響。在不同的情況之下，以「高低」垂直距離來形容音頻的荷蘭語使用者，在實驗中如果看到螢幕上出現愈高的線，確實就愈容易唱出相對較高頻的音，但線的粗細程度對他們的音高影響不大。而用「粗細」來形容音頻的波斯語參與者，卻呈現出完全相反的

**半音**：音樂中最小的音高距離，鋼琴鍵盤最相鄰兩個鍵（白鍵與白鍵，像Si和Do，或白鍵與黑鍵，像Do和升Do）的距離，就是一個半音。

現象——線的高低對他們毫無影響，但線條的粗細卻有明顯的影響。平均來說，講波斯語的參與者看到的線愈細，他們唱出的音就愈高；反之，線愈粗，唱出來的音就愈低，而在波斯語裡，確實是用「細」去形容高音頻，而用「粗」去形容低音頻。由此實驗可見，語言中的隱喻，確確實實地干擾了我們對於音高的認知與產出。

不過，這樣的結果不代表隱喻的影響是完全無法扭轉的。同樣的研究團隊又找來另外兩組荷蘭語母語人士，請他們分別做不同的填空練習，像是完成「長笛的音比低音號 ＿＿＿＿＿ 」這樣的句子，其中一組是練習用荷蘭語中的「高低」詞彙去形容音頻，實驗參與者可能就會寫出「長笛的音比低音號**高**」這樣的句子，另一組參與者則是訓練用波斯語中的「粗細」詞彙去形容音頻，於是會寫出「長笛的音比低音號**細**」這樣的句子，完成填空練習實驗後，兩組人馬再各自進行看畫面唱出音高的實驗。結果發現，第一組使用荷蘭語練習填空的人唱出來的結果跟前一個實驗結果一樣，唱出來的音高只會受到線的高度影響，但經歷過波斯語「粗細隱喻」的那組參與者，則是和講波斯語的參與者一樣，受到了粗細的干擾——雖然都是荷蘭語母語使用者，這一次的實驗中，螢幕上的線愈細，他們卻唱出了愈高的音。


## 你被寫在我的歌裡


語言可能不只會影響到音樂的認知，還可能會影響到音樂的創作。長久以來，在音樂界流傳著一種說法：一位作曲家的

音樂風格，會受到他的母語影響。比如，德國音樂都像德語一板一眼，法國音樂和法語一樣浪漫細膩。然而，這些看法大多流於主觀的印象與評價。美國麻州塔夫茨大學教授安尼拉德・帕特爾（Aniruddh D. Patel）首先開始用系統性、科學化的方式來檢驗這個假設。

在帕特爾與同事合著的研究中，選擇比較英國和法國作曲家的作品。之所以會選擇英國和法國，是因為英語和法語在語言節奏上是相差甚遠的兩種語言。在語言學中，英語常被視為是所謂的「重音計拍語言」（stress-timed language），意思是指，語言裡每個重音之間不管有幾個音節，重音與重音發音時彼此的時間距離等長。另外一種解釋「重音計拍語言」常見的說法是，不管一個字有幾個音節，都是以重音作為母語人士自然語速下，一拍時間內講完的單位。這也是為什麼大家可能都學過一個發音規則：在英語裡，如果沒有重音的音節，母音常常就會弱化（如「frozen」的「e」），這個規則一部分是為了要達到以重音為單位的目的，因為這樣弱化的音節就可以比較快念過去。

有別於英語，法語在傳統上被認為沒有重音，所以每個音節的長度大致相同，因此計拍的時候常以音節為單位，而被稱作「音節計拍語言」（syllable-timed language）。另一個音節計拍語言的例子，就是你我所熟悉的華語。在華語中，每個漢字就是一個音節，除了輕聲的字以外，每個字的發音長度大致相同。這也是為什麼有些華語母語人士在講英語時的節奏，常會聽起來跟英語母語人士不同，好像有點笨重，一部分是因為不小心把講華語的習慣帶到英語，讓每個音節等長，而不是以重

音作為一個單位。

帕特爾教授認為，語言的節奏差異，會影響或反映在作曲家的音樂創作。為了驗證這個假設，他運用了「標準化成對差異指數」（normalized Pairwise Variability Index，以下簡稱「nPVI值」）的概念。所謂的「nPVI值」簡單來說，就是隨便拿兩個相鄰的母音出來比較，它們之間的距離跟所有母音之間的平均距離差異性愈大，這個語言的nPVI值也就愈大。

以法語和中文為例，因為這兩種語言是音節計拍，每個音節裡的母音長度都相去不遠。當我們任意抓出兩個母音進行比較，它們之間的差距也都會跟平均值差不多。但在英語這種重音計拍語言來說，重音和重音之間彼此等距，每個重音裡可能會有三個音節（像「melody」）、兩個音節（如「music」）以及一個音節（如「beat」）。如果這三個重音的距離都是等長，那麼，愈多音節的字，母音平均就會愈短，每一對母音之間的長度差異性，就會比較大，nPVI值就比較大。

以「這段旋律真美」和「this melody is really beautiful」這兩個句子為例，因為中文是音節計拍，所以每個字的母音之間的距離大致上都是一拍，差異性不大，nPVI值低。但英文是重音計拍，排除掉其他影響長度的因素，那「this」的「i」和「melody」的「e」之間，就是差一拍，因為兩個音節都有重音，但「melody」的「o」和「y」之間，可能就只有三分之一拍，因為一個重音一拍，一拍要發三個音節；同理，「really」的「ea」和「y」可能就只有二分之一拍。由此可知，英文的nPVI值比中文大得多。

這個概念放到音樂中，就是節奏的多樣性。如果把四分音

符想成一，那八分音符就是二分之一，附點四分音符就是一點五，一拍三連音的任一個音符就是三分之一，以此類推。如果節奏的多樣性愈高，每對音符之間的差異性就愈大，nPVI值也就愈高。

帕特爾教授和他的同事比較了英國和法國作曲家的器樂作品後發現，英國作曲家的音樂和法國作曲家的相比，前者nPVI值的確比較高，就如同英語的nPVI值比法語高一樣。這樣的實證發現，支持了他們的假設，也就是英語中的母音長度之間的差異較大、節奏比較多元，英國作曲家的音樂作品中的節奏也比較多元；法國則相反，語言中的母音長度都差不多，語言和音樂裡的節奏也都較為單一。作曲家的母語，的確可能影響到他的音樂創作。

這個結論在某種程度上解釋了，為什麼有時候英語歌曲被翻唱成中文，或中文歌的英語版翻唱會給人很不一樣的感覺。例如，〈Let It Go〉與中文版的〈放開手〉（臺灣版）或〈隨它吧〉（中國版）就給聽眾帶來不同的感受。其中一個原因很有可能是不同語言在語音節奏上的差異，影響了說那個語言的作曲家所習慣使用的節奏。

## 刻在我心底的聲音

這一章讀到現在，你應該對語言對於音樂在認知和創作上的影響，有了更多理解了吧？那麼，在音樂的學習上呢？

先前提到，多數人在臺灣會講的語言，例如華語、台語、客語等，包含移工和新住民所講的越語、泰語，都是所

謂的「聲調語言」。也就是說，在上述的這些語言裡，每一個字或是音節，都帶有一個可以辨別語意的詞彙聲調（lexical tone）。在華語裡就是大家熟悉的一、二、三、四聲，最有名的例子是「媽」、「麻」、「馬」、「罵」，這四個字在語音上的差異只有聲調，但彼此的意思卻大相逕庭。

這些詞彙的聲調，對於外語學習者來說，往往是最難掌握的部分。因為每學一個新的字，就要記得一組特定的聲音起伏；而且到底一個字要發哪聲並沒有明確的規則，文字上也不一定會標記；有時一個字甚至有多於一個聲調的可能性。儘管這看似不可能的任務，但聲調語言的母語者，卻可以非常輕易地記得大多字的聲調，並且可以在會話中自由的運用、做出適當的**變調**（sandhi）。

**變調**：指的是聲調語言中，因為兩個音節連讀，而需要進行的聲調變化。例如在華語中兩個三聲字連讀，就要將第一個三聲變成二聲，稱作「三聲變調」。

文獻指出，小時候學過聲調語言的人，相較於以非聲調語言為母語的人，在統計上似乎比較容易具有絕對音準（absolute pitch）。「絕對音準」指的是，在沒有參考基準的情況下，可以說出聽到的聲音音高是哪個音的能力。這個能力並不常見，每一千人大概也只有一人擁有絕對音準（大家一定不陌生的小學生死神——江戶川柯南，也是被設定為具有絕對音準，不過他唱歌時卻又是個大音痴）。學者認為，要得到絕對音準可能是先天具有基因優勢，或是在年紀很小的時候進行相關的訓練。其中，小時候有沒有學過聲調語言的經驗，被部分學者視為一個影響絕對音準分布的因素。

美國心理學家黛安娜·多伊奇（Diana Deutsch）和她的同事比較了北京中央音樂學院和美國音樂學院的數據，並發現前者有比較高比例的學生擁有絕對音感。因此，多伊奇教授提出

了「聲調語言的學習有助於得到絕對音感」這樣的說法。不過，這個理論仍然有些爭議。有人認為，這些研究的聲調語言大多集中在父母會鼓勵小孩接受音樂訓練的文化（比如東亞、東南亞），是受到這樣的教育方式才讓這些參與者較容易具備絕對音感。其次，也有研究指出，講聲調語言可能對某些音高或旋律的感知造成阻礙，而非有所助益。

但這不表示，會聲調語言對學習音樂一點關聯都沒有。有學者發現，比起非聲調語言的母語人士來說，以聲調語言為母語的人整體在音高的感知和產出上多了一些優勢。例如，講聲調語言的人較擅長辨別和記憶旋律，也比較能夠精準地模仿他人的歌唱。各位說聲調語言長大的讀者，你覺得呢？

除了語言對於音樂能力的影響，許多學者也對音樂訓練對於語言學習的影響很感興趣。例如，有研究指出，受過音樂訓練的人對於語音的敏感度較高，也較容易在吵雜的環境辨識語音。音樂能力較佳的成人與小孩相對能夠辨別出外語裡詞彙聲調的變化，而學習音樂的經驗也有助於識別語音的長度。

一部分可能因為對於語音感知的能力有所提升，有研究發現，受過音樂訓練或是音樂能力較佳的人，通常外語發音的表現也比較好。最後，除了聲音方面的能力之外，也有研究發現音樂能力——尤其是節奏感——跟閱讀技巧的發展有關；受過音樂訓練的小孩，在外語理解的表現也比沒受過訓練的更佳。

整體而言，語言能力或學習和音樂能力或學習是有呈現出相關性，但到底是語言影響音樂？還是音樂影響語言？抑或是有另一個因素（像是工作記憶）同時影響兩者，還有待更深入的研究了。

常有人說音樂是人類共通的語言、是情緒的語言。許多實證研究也指出，音樂和語言有著更多藏在表面之下的相關性。下次看電影聽到主題曲或背景音樂而深受感動時，不要只是「let it go」，還可以想想語言和音樂是怎麼聯手讓你歡笑讓你哭，讓你的 heart 能夠 go on and on。

1. 你最喜歡的華語歌是哪一首？你能找出那首歌裡用到文中討論過的哪些隱喻嗎？這些隱喻又跟歌曲的旋律或節奏有沒有什麼關聯呢？

2. 你覺得電影畫面或歌曲的 MV 會不會影響你對於音樂或歌詞的感受、理解與詮釋呢？為什麼？能不能找到一些例子來佐證你的看法？

## 延伸閱讀與參考書目

- 《冰雪奇緣》（2013）。
- 《鐵達尼號》（1997）。
- 《玩命關頭7》（2015）。
- 《那些年，我們一起追的女孩》（2011）。
- 《我的少女時代》（2015）。
- 蔡振家、陳容姍（2017）。《聽情歌，我們聽的其實是……：從認知心理學出發，探索華語抒情歌曲的結構與情感》。臺北市：臉譜。
- 蔡振家（2020）。《音樂認知心理學》。臺北市：國立臺灣大學出版中心。
- 妮娜・克勞斯（2022）。《大腦這樣「聽」：大腦如何處理聲音，並影響你對世界的認識》。臺北市：天下文化。
- 丹尼爾・列維廷（2020）。《為什麼傷心的人要聽慢歌：從情歌、舞曲到藍調，樂音如何牽動你我的行為》。成都：四川文藝出版社。
- Deutsch, D., Henthorn, T., & Dolson, M. (2004). Absolute pitch, speech, and tone language: Some experiments and a proposed framework. *Music Perception*, *21*(3), 339-356.
- Dolscheid, S., Shayan, S., Majid, A., & Casasanto, D. (2013). The thickness of musical pitch: Psychophysical evidence for linguistic relativity. *Psychological Science*, *24*(5), 613-621.
- Patel, A. D. (2003). Language, music, syntax and the brain. *Nature Neuroscience*, *6*(7), 674-681.
- Patel, A. D., & Daniele, J. R. (2003). An empirical comparison of rhythm in language and music. *Cognition*, *87*(1), B35-B45.
- Li, C. W., Cheng, T. H., & Tsai, C. G. (2019). Music enhances activity in the hypothalamus, brainstem, and anterior cerebellum during script-driven imagery of affective scenes. *Neuropsychologia*, *133*, 107073.
- Temperley, D. (2022). Music and language. *Annual Review of Linguistics*, *8*, 153-170.

第十七章

# 寶可夢的名字暗藏玄機？
# 談語言認知與其他感官的
# 魔幻交流

耳朵裡聽到什麼也和眼前所見所聞的景象
有著緊密的關聯

◆ 你的真相不是你的真相

◆ 聽見我的唇，看到我的聲

◆ 連耳朵也以貌取人？

◆ 地名標註與絨毛玩偶的魔力

◆ 汪汪與咪咪：語言中的語音象徵現象

◆ 波巴、奇奇、馬魯馬

◆ 叫「雷丘」還是「皮卡丘」跟體型有關？

◆ 比電影特效更魔幻

┌─ 本章關鍵字 ─

#跨感官整合　#麥格克效應　#語音感知
#語音象徵　#波巴─奇奇效應

## 你的真相不是你的真相

　　隨著科技日新月異，電影視覺特效也愈來愈華麗與細膩，有了視覺特效，再瘋狂、再有創意的想像，都可以如實地呈現在我們的眼前。像在《阿凡達》這部科幻史詩鉅作中，電影團隊利用視覺與聽覺特效，創造出一個嶄新的宇宙，讓人難以分辨真實與虛幻之間的界線。其實，這樣藉由多重感官整合製造出的新世界，並不只在科幻電影裡，也存在於真實世界的語言感知當中！你可能不知道，你的眼睛（和其他感官），其實常常可以欺騙你的耳朵。而你耳朵聽到的語音，竟也能夠影響你對於某個人事物的外表及其他面向的期待。這一章，我們就要來談談語言認知和其他感官的相互影響。

## 聽見我的唇，看到我的聲

　　你有沒有想過，你以為你聽到的東西，其實並不一定是你真的聽到的東西？

　　這個問題聽起來有點玄、有點靈異，但這個現象的確存在，而且幾乎無人得以避免這類情形。

　　還記得上一章談語言和音樂的時候提到，受試者眼前所見的直線高度或粗度會影響他們對於音高的記憶嗎？類似的現象也發生在語音的辨認上，而且不管你講什麼語言，都會出現一樣的錯覺。

　　我們來實驗看看。你可以用手機掃描三〇三頁的Qrcode，或是輸入以下這串網址：https://reurl.cc/eLObAK。你將會看

到一支YouTube影片，裡面有個長頭髮、大鬍子、戴方框眼鏡的白人男性。仔細看這支影片、聽他發出的聲音，你應該會聽出三對、總共六個音節。你可以暫時先把書放下，看一下這個影片，一定要看喔，我們等你！

告訴我，你從影片裡聽到的是「巴巴」（baba）、「搭搭」（dada），還是「嘎嘎」（gaga）呢？讓我猜一下，你八成是聽到了「嘎嘎」？我猜對了嗎？應該有一部分的讀者會聽到「搭搭」，但我想應該極少人會聽到「巴巴」。

現在，請你再去聽一次，這一次，你點了影片之後，就把眼睛閉起來聽。

聽完了嗎？我猜你這次應該八成只有聽到「巴巴」了吧！

覺得很神奇嗎？這在語言學和心理學界是一個很有名的錯覺，叫作「麥格克效應」（McGurk Effect）。這個效應最早的正式紀錄是在《自然》期刊一九七六年的一篇論文裡。這篇論文的兩個作者哈利‧麥格克（Harry McGurk）教授和他的研究助理約翰‧麥克唐諾（John MacDonald），兩人本來想要了解不同發展階段的嬰兒如何感知語言，於是請了技工為幫影片配一段跟影片裡的人所發出的不同聲音。當他們再次聽這個配音後的影片時，神奇的事情發生了！

他們聽到的不是片中人發的音，也不是事後的配音，而是憑空出現的第三個音。麥格克和麥克唐諾就把這個神奇的現象記錄下來，並設計出心理學實驗進行測試。結果發現，大多數說英語的成年人都會產生這種「錯覺」。

以上面這個影片為例，裡面語音播出的實際上是用嘴唇發

**子音的發音位置**：區
分子音一個很重要的
因素，在於其「發音
位置」，通常是指子
音發音時，發聲器
官中氣流會受到阻礙
的地方。例如 [b] 和
[p] 就是唇音；[t] 和
[d] 就是齒齦音（上
排牙齒後方突出的部
分）；[k] 和 [g] 就是
軟顎音（大概是口腔
接近舌根上方的部
位）。

的「巴巴」，但片中大叔的嘴型卻是比較靠舌根的「嘎嘎」，兩個子音的發音位置（place of articulation）不同，當我們的大腦接受到聽覺和視覺兩個互相衝突的訊號，就會進行調節。一旦視覺的效果較強，就很容易只聽到視覺引導的「嘎嘎」（我去校園演講示範到這個效應時，大部分的觀眾聽見的都是「嘎嘎」），如果聽覺影響多一點，可能就會聽到介於兩者之間的「搭搭」。

　　無論你聽到的是「搭搭」或者是「嘎嘎」，這都表示看到發音的動作確確實實地影響到你的語音辨識。這也告訴我們，原來我們對於語言的感知，其實融合了來自不同感官的訊息，而不僅單靠我們的耳朵。

　　除此之外，這個效應強大到就算你已經知道了背後的原理，你也閉上眼聽過了單純語音的版本。只要你睜開眼看見嘴型，你又會聽到不一樣的音，而無法用意識控制自己聽到原來的音。

　　自從麥格克和麥克唐諾發現這個效應，語言心理學界接續做了非常多相關的研究，許多研究者發現，除了個別的音之外，甚至整個單字都可能會被視覺影響。而且在所有目前研究過的語言中都發現了麥格克效應，這也代表了，這個效應不是只侷限在英語或相近語言的現象。

　　但也有研究指出，說某些語言或在某些文化裡長大的人（例如日文和中文），麥格克效應似乎就會弱一些。他們的推測是，在這些文化裡長大的人，通常會習慣避免盯著別人的臉說話，因此視覺對於他們語音感知的影響比較小。不過，這樣的推斷跟我在校園的演講經驗有些不同，在看那個影片的時

候，臺灣的學生大多都聽到「嘎嘎」，這代表視覺對於臺灣人仍有一定程度的影響力。也有可能是因為現在臺灣較為西化，所以可以接受跟人講話時有眼神接觸，另一種可能則是臺灣人習慣看電視字幕，連母語片也是。於是乎，我們可以說視覺扮演著相當重要的角色。

更神奇的是，除了視覺以外，甚至連觸覺，都有可能會影響到我們對於語音的感知。一群加拿大麥基爾大學研究者發現，如果在聽音的時候，往受試者的脖子送氣，那他們就容易聽到[p]（發音時比較多氣流送出），而非[b]的聲音。而且即使不是送氣到脖子而是手腕，都會影響到受試者對於語音的感知。這個研究讓我們知道，麥格克效應不僅只侷限在視覺對聽覺的影響，甚至也包含了觸覺對於聽覺的影響。

總結來說，我們不只用耳朵來學習和感知語言，我們還用到眼睛乃至全身，來觀察和分析別人產出語音的方式。而最後，我們以為自己聽到的，其實是大腦整合了所有的刺激後形成的概念。

## 連耳朵也以貌取人？

你以為這樣就結束了嗎？還沒完。人類不只對別人如何產出語音的動作很敏感，甚至連環境中任何一點相關的資訊，都會大大影響到我們對於語言的認知。

不知道你有沒有這種經驗：當你人在國外試著講英語或當地的語言，明明沒講錯，也沒有太重的口音，但當地人卻聽不懂。舉一位在臺灣讀書、工作的德國友人為例，就外國人來

說，他的中文非常流利，腔調近乎完美；但因為他白人的外貌，使得他曾經歷在用中文對店員說話時，對方卻驚慌地表示自己聽不懂英語。如果你也有類似的經驗，別擔心，這不是你的問題。有研究指出，這又是因為我們的眼睛再度騙了耳朵。

一位加拿大的語言學家找了背景各異的英語母語人士擔任受試者，請他們聆聽一連串有著背景噪音的錄音，其中由華裔與白人的加拿大英語母語人士錄了好幾句的英語句子。受試者要把聽到的內容轉寫成英文，以此測量可理解度，再判斷說話者的腔調有多重。

首先要特別提一下，因為這些英語母語錄音員在外表和認同上有華人也有白人，可能有人認為他們的口音說不定真的有所不同。因此研究者就事先請了另外一組受試者來測試，確認過這兩批人的錄音只靠聽覺難以有效區辨，也就是說，錄音員的語音腔調實際上並沒有顯著差異。

主要實驗裡的母語人士受試者也聽了這些句子，但不一樣的是，他們有一部分的句子除了聽到語音之外，還會看到錄音者的照片。研究結果顯示，當受試者看到華裔錄音者的照片時，他們的轉寫表現就會明顯變差，這表示音檔對他們的可理解度降低；但看到白人錄音者的照片卻沒有這類情況出現。而在腔調判斷上，受試者如果看到白人錄音員的相片，就會認為音檔比較沒有腔調，但如果看到的是華裔錄音者的照片，則傾向會覺得腔調比較重。

不過，有著一張外國臉孔也未必就一定說話讓人難懂，當英語的腔調變成明顯的外國腔時，理解的結果又會截然不同。一項美國研究曾讓受試者去轉寫帶有背景噪音，而且中文腔

很重的英語錄音，結果發現，無論這些受試者是否有過接觸華人的經驗，如果受試者看到華人面孔的照片，他們轉寫的正確度就會明顯比看到白人面孔照片時來得高。原來當我們的眼睛「預設」說話者是華人，對於中文腔英文的理解度就能提高呀！

這些例子告訴我們：我們的眼睛時常欺騙耳朵，而社會期待也深深影響著我們的語言認知。

而且，不僅是人臉，連國家的名字，甚至是看到可愛的絨毛玩偶，竟然都可能會觸發同樣的效應。

## 地名標註與絨毛玩偶的魔力

在加拿大英語的發音裡有一個很有名的特色，是 [aʊ] 這個雙母音（像是「out」的「ou」，發音近似中文注音「ㄠ」）第一個部分的音會發得比較高，所以聽起來像是 [əʊ]（[ə] 的發音像是「about」裡的「a」）。這個發音特色在北美電視節目中常被提到甚至是拿來開玩笑。不過其實在美國境內，尤其是北邊靠近加拿大的地區，包含密西根州的底特律市，很多人也會把 [aʊ] 發成 [əʊ]。加上這個發音時常受人取笑，也有點遭到「污名化」，所以底特律人都不認為自己會這麼發音。

一位美國的學者找了一群底特律人來聽真人錄製的自然英語音檔，讓受試者聆聽六段電腦合成的語音，並請他們判斷這六段語音當中哪一個比較接近句子中的某個母音。這對母語人士來說，應該是輕而易舉的事。但實驗的設計就來了，有些受試者手上拿到的答案卷上，寫了「Canada」（加拿大）的字

母音的發音位置：在發母音時，雖然幾乎不會有氣流的阻礙，但舌頭仍然有相對的位置。通常在描述母音時，會用前中後和上中下來區分。比如，[i] 和 [e] 就比較前面，[u] 和 [o] 比較後面，[ə] 偏中間。就高度而言，[i] 和 [u] 比較高，[e]、[ə] 次之，[a] 最低。

樣，有些人拿到的答案卷上則寫「Michigan」（密西根）。

　　僅僅只是這樣的差別，卻會出現很不一樣的結果。研究者發現，拿到寫著「加拿大」字樣的受試者，傾向認為自己聽到的是比較接近[əʊ]的音，拿到「密西根」字樣的這組卻沒有這樣的傾向。

　　另一批學者試著在紐西蘭進行類似的實驗，只是這次的重點是在澳洲和紐西蘭人發的[ɪ]這個音（像是「big」裡「i」的發音）。在這個例子裡，澳洲人和紐西蘭人發[ɪ]的位置不太一樣，澳洲人的[ɪ]會比較高、比較前面，紐西蘭人的[ɪ]則會比較中間、也比較低，而更接近[ə]。

　　跟美國版的實驗一樣，紐西蘭的受試者會聽到真人錄製的音檔，然後要從幾個合成的音檔中選出最接近的音。一樣有一部分人拿到印有「Australia」（澳洲）字樣的答案卷，另一些人則會拿到印有「New Zealand」（紐西蘭）的答案卷。

　　結果發現，在澳洲組的女性受試者，傾向選擇發音位置比較高、比較前面的[ɪ]，也就是澳洲口音的[ɪ]。最有趣的是，有一位受試者在事後問卷調查裡提到，他其實聽得出來音檔裡的是紐西蘭人，即使知道這件事仍阻止不了他聽見澳洲版的[ɪ]。

　　覺得在答案卷上印地名的暗示太直接、太明顯了嗎？同一群學者後來的研究發現，連受試者在實驗中看到的絨毛娃娃都會左右我們對語音的感知。

　　在這項新的研究裡，受試者一樣是紐西蘭人，一樣要聽自然音檔，然後再選擇最接近的合成音檔，但是這次的答案卷上沒有寫國名，研究者想到了非常有創意的方式來激發受試者對

這兩個國家的聯想。

在受試者聽完音檔，準備開始做答前，負責引導實驗的人為了拿出要給受試者的答案卷，會特意在受試者面前打開櫃子。這個環節其實是故意設計的：當櫃子開啟，答案卷上放了一些絨毛玩偶，如果是澳洲組，就是大家熟知的澳洲兩大特有種——袋鼠和無尾熊；如果是紐西蘭組，就會是紐西蘭的國鳥——奇異鳥。

引導實驗的人看到櫃子玩偶的時候，要裝作不知情並表現出非常驚訝的樣子，接著把玩偶放到受試者面前的桌子，讓每個受試者都注意到有這個玩偶，再把答案卷拿給受試者。等到一切準備就緒，隨即開始正式實驗。

即使沒有明確的文字提到澳洲或紐西蘭，這個實驗還是再次得到類似的結果，在澳洲組的紐西蘭籍女性受試者，傾向聽到澳洲版的 [ɪ]，紐西蘭組的則是聽到原本偏紐西蘭版的發音。除此之外，研究者還發現了另一個有趣的現象：不同於女性表現出來的傾向，澳洲組的男性受試者比起紐西蘭組的男性，反而更少選到澳洲版的 [ɪ]。為什麼會有這樣的性別差異呢？

研究者在論文中提出了兩個可能的解釋。一個是女性通常對於腔調和社會特徵之間的關聯比較敏感，也有比較強烈的意識，因此容易把這樣的關聯串起來。不過這似乎難以解釋為什麼男生不只是不受影響，澳洲概念的提示反而讓他們往反方向走。

研究者提出的第二種解釋是，澳洲和紐西蘭雖然地理和文化上相近，但在運動競賽——尤其是英式橄欖球的比賽——是

不共戴天的世仇，使得兩地民眾對體育和國族認同有很強烈的連結。跟女性比起來，男性對於運動又更加狂熱，使得他們在察覺到任何跟澳洲概念有關的事物時（例如袋鼠），就會激起國族主義，也就表現得更加「紐西蘭」。研究者認為可能是因為這個緣故，在澳洲組的紐西蘭男性，就愈抗拒選擇像澳洲腔的那個發音，所以相對起來就比紐西蘭組的男性選得更少。這個解釋聽起來有點天馬行空，但這個研究團隊後來的研究也多少支持這個解釋，他們發現紐西蘭的體育狂熱分子通常在這樣的語音實驗裡的確會跟其他人表現得不太一樣。人類對語音的感知，真的比我們想像得還要複雜卻也有趣的多！

## 汪汪與咪咪：語言中的語音象徵現象

說了那麼多其他感官影響語言感知的研究，那麼，有沒有什麼是語音影響其他感官的呢？有的，本章最後要談的「語音象徵現象」（sound symbolism）就是這樣的例子。

特別是從瑞士語言學家索緒爾（Ferdinand de Saussure）以降的現代語言學界，通常會認為語言——尤其在詞彙的層次——是充滿武斷性（arbitrariness）的。意思是說，為什麼會是用某個音的組合來代表某個意思，其實是沒有什麼道理、很「武斷」的。

就以「書」這個概念為例，在中文裡是發「ㄕㄨ」（shu），在台語裡是「冊」（tsheh），在日文裡是「本」（ほん，hon），在英文裡是「book」，在法文裡是「livre」。以上五個語言裡代表「書」的名詞，其組成的子音（sh、tsh、h、

斐迪南・德・索緒爾：瑞士語言學家，又被稱作「現代語言學之父」，同時也創立了符號學。其提出的眾多概念，如「能指」（signifier）與「所指」（signified）對後續語言學及符號學發展都有重大影響。

n、b、k、l、v）和母音（u、e、o、oo、i）截然不同，更不用說中文和台語裡每個音節甚至還有不同的聲調。

從這個例子就可以知道，雖然某些語言裡的同一個概念，在發音、拼法或是字型上可能有些關聯，但到底什麼語意要對應到什麼語音，似乎沒有一個放諸四海皆準的明確規則。

真的是這樣嗎？「語音象徵」的研究告訴我們，原來某些詞語的意思或特質，其實跟它們的發音還是有某種程度的關聯。「語音象徵」，就是一種語音和語意有所對應、有所連結的現象。在文獻上其實已經有滿多語音象徵的例子，最典型的代表例子莫過於擬聲詞（「汪汪」、「哈哈」、「嘩啦啦」），雖然不同的語言有各自約定俗成的方式來模仿這些聲音，但基本上使用到的語音跟實際的聲音還是有些關聯。例如，狗叫聲在中文裡是「汪汪」（wang wang），在英文裡是「woof woof」，在<u>坦米爾語</u>（Tamil）是「wal wal」，雖然三種語言裡的狗叫聲各有不同，但從這些例子裡大致可以看出一些雷同的地方。例如開頭的子音常會用到嘴唇，像是 [w]，而母音則比較少用到像是 [i]、[e] 這樣發音位置比較前面、比較高的音，而多用像是 [a] 或 [ʊ] 這樣發音位置相對比較低或比較後面的音。

也有研究調查了許多語系中語言的詞彙後發現，有些語意或概念在統計上傾向是用特定的語音表達，像是在跨語言研究結果中，會發現鼻音常會和「胸部」、「母親」以及第一、二人稱代名詞有所連結。研究者認為，之所以這些概念常會用到鼻音來表達，是因為鼻音是嬰兒在喝奶時，還有跟早期的照顧者互動時，很常發出的聲音（想想你小時候跟父母親撒嬌的聲音）。中文的「咪咪」、「媽媽」、「奶奶」和「你」，還有英文

坦米爾語：為達羅毗荼語系之一支，和中文與英文都不相同，通用於印度、斯里蘭卡、馬來西亞、新加坡等地，為印度坦米爾那都省及朋迪治里、斯里蘭卡與新加坡的官方語言之一。

裡的「mother」、「nanny」、「me」、「my」，這些都是數量明顯的類似例子。當然，也可以找到例外，但此處希望我們能藉此研究留意到，這個現象是跨語言統計上的一項明顯趨勢。

## 波巴、奇奇、馬魯馬

除了在既有的語言裡找到語音象徵的證據之外，也有語言科學家發現，人們在面對命名的新詞彙時，也會表現出語音象徵的偏好，其中一個現象在文獻中有個很可愛的名字，叫作「波巴－奇奇效應」（Bouba-Kiki Effect）。

波巴－奇奇效應最早是由德國的心理學家沃夫岡・科勒（Wolfgang Köhler）在一九二九年時發現，當時他實驗中使用的詞是「takete」和「baluba」（後來一個版本改為「maluma」）。二○○一年時，美國研究者維萊亞努爾・蘇布拉馬尼安・拉馬錢德蘭（Vilayanur Subramanian Ramachandran）和愛德華・哈伯德（Edward Hubbard）把實驗素材改成「bouba」（波巴）和「kiki」（奇奇），從此「波巴」和「奇奇」變成這個效應廣為人知的名字。

什麼是「波巴－奇奇效應」呢？在實驗當中，研究者通常都會找來一群受試者聽一堆他們語言當中不存在的字，像是「波巴」和「奇奇」，或是「takete」和「maluma」。受試者的面前會出現兩個圖案，一個像榴槤那樣充滿了尖刺，一個則比較圓滑，像阿米巴原蟲，研究者請他們從中選擇「波巴」和「奇奇」比較像是哪一個圖案。

如果是你，你會怎麼選擇？

如果你跟大多數語言的受試者一樣，那麼，你可能會覺得「奇奇」或是「takete」應該是那個充滿尖刺的圖案，而「波巴」或是「maluma」則是那個像阿米巴原蟲的圖形。

研究者們發現，如果這個新詞是由有聲子音、唇音或是比較後面的母音組成的話（例如「bouba」或「maluma」），那通常受試者傾向選擇圓形的圖案；如果這個新詞是由無聲子音、非唇音（像 [t] 和 [k]）以及比較前面的母音（[i] 和 [e]），那就會比較常被認為是有尖刺的形狀。

許多研究後來也都證實了這個效應，不管受試者是小孩或是成人，也不論受試者要選的是抽象的圖形或是真實的物品，即使把像「波巴」、「奇奇」這樣的假詞（pseudoword）換成是真實的名字像「莫莉」（Molly）和「凱特」（Kate），人們仍傾向把特定的語音連結到特定的形狀。

有研究甚至指出，受試者會進一步把這個連結，從具體的形狀延伸到個性等抽象的特質上。也就是說，跟圓滑形狀相關的語音（例如「bouba」），容易連結到描述圓滑個性的形容詞，像是「友善的」（friendly）和「隨和的」（easy-going）；而與尖角相關的語音（例如「kiki」），則會對應到形容尖銳個性的詞語，比如「惡毒的」（mean）或「愛生氣的」（irritable）。

波巴－奇奇效應在商業行為上很有參考價值。例如，當創作者要寫小說或是劇本，需要為角色或物品取名時，就可以參考這樣的現象，來加強形象或是製造反差感。也有行銷學相關的論文指出，受試者偏好一些較為符合語音象徵的品牌名稱。比如說，如果商品是形狀比較尖銳的刀子，受試者就會偏好發

**有聲子音／無聲子音**：在語音學當中，要區分子音，有一個很重要的特質就是發聲時聲帶有無振動（voicedness）。如果有的話，就是有聲子音（或濁音），例如 [b]、[d]、[g]、[v]、[z]。如果沒有的話，就是無聲子音（或清音），例如 [p]、[t]、[k]、[f]、[s]。

音位置比較前面的母音（如[i]）組成的品牌名，例如「格理芙」（Gliv）；如果是比較厚重的槌子，則是偏好發音位置比較後面的母音（像是[a]），則有「格啦芙」（Glav）。而且不管是用母語、外語、英文字母或是漢字呈現，又或是受試者外語的程度高低，都可以得出同樣的結果。

## 叫「雷丘」還是「皮卡丘」跟體型有關？

在這一系列波巴-奇奇效應研究中最有趣的，莫過於日本學者對寶可夢名字的分析。

日本學者曾在二〇一八年發表了一篇論文，旨在探討寶可夢名字中的語音象徵現象。他們收集了截至二〇一六年十月二十日為止，所有可以找得到的寶可夢日文名，比如「皮卡丘」（ピカチュウ）、「小火龍」（ヒトカゲ）和「妙蛙種子」（フシギダネ）等。並比較了這些日文名字成分裡的子音、母音和<mark>音拍數</mark>（mora），他們想知道這些因素會不會對寶可夢角色的大小、體重、強度，還有進化程度造成影響。

統計的結果發現，如果名字裡有愈多的有聲<mark>阻塞音</mark>（voiced obstruent），像是[b]、[d]、[g]，寶可夢角色的大小、重量、強度還有進化程度都會相對比較高。就名字開頭用到的母音而言，如果是發音位置比較高的母音，像是[i]和[u]，角色的身形就會比較小，重量也較輕。例如，「皮卡丘」（Pikachu）的開頭母音是[i]，進化成雷丘（ライチュウ）（Raichu）時，開頭母音就變成比較低的[a]。最後，就音拍數來說，名字裡愈多音拍的寶可夢，在尺寸、重量、進化程度和

**音拍**：語音時間長度的單位，跟音節不同，通常是討論日語的時候會用到的概念。在日文中，一個假名通常是對應到一個音拍。以「本」（hon）這個字為例，它只算一個音節，但卻有兩個音拍，因為在日文中，結尾的「ン」（n），也會發到一個音拍的長度，和中文與英文的[n]不同。

**阻塞音**：前面提到，子音會有不同的發音位置，指的是發音時氣流在哪裡受到阻礙。如果是完全擋住後再發出的話，就稱阻塞音，[p]、[t]、[k]或是ㄅ、ㄉ、ㄍ都是阻塞音的例子。

各項力量的指標上都會比較高。以小火龍為例，小火龍的日文名「ヒトカゲ」有四個音拍，進化成噴火龍以後的名字就變成了五個音拍的「リザードン」。

看到這邊，是否覺得對寶可夢多了另一層認識呢？

## 比電影特效更魔幻

電影裡各種炫麗的視覺特效可以利用我們認知的特性，騙過我們的眼睛和我們的大腦，讓我們彷彿置身在導演和編劇無限寬廣的想像世界。我們的語言也是如此。我們常以為自己聽到的語音，就是真正客觀存在於這世界的聲音，但我們的大腦其實是整合了來自各個感官的訊息，最後在我們的心裡建構出一個世界。看完這章之後，你應該會發現，語言其實不是一座獨島，它會受到其他感官的影響，也會形塑我們對其他感官內容的期待。這樣跨感官的交流與整合無時無刻都在發生，而且交織出來的結果，甚至可以跟電影一樣魔幻，或跟神奇寶貝一樣神奇！

## 想一想！生活中的語言學

1. 文章中提到，麥格克效應可能會受到文化的影響，而有所強弱。那你覺得還有沒有其他的因素會影響到不同人感受到的麥格克效應呢？

2. 你能在生活中找到應用了波巴–奇奇效應的例子嗎？如果你今天要創作一個故事，你會怎麼利用這個效應呢？

**延伸閱讀與參考書目**

- 《寶可夢》（1999 —）。
- 賽門・羅伯斯（2020）。《身體記憶，比大腦學習更可靠：臉書、Google、皮克斯的工程師這樣「用身體」，新手變快手的捷徑，滑世代必讀》。臺北市：大是文化。
- 妮娜・克勞斯（2022）。《大腦這樣「聽」：大腦如何處理聲音，並影響你對世界的認識》。臺北市：天下文化。
- Babel, M., & Russell, J. (2015). Expectations and speech intelligibility. *The Journal of the Acoustical Society of America*, *137*(5), 2823-2833.
- Erben Johansson, N., Anikin, A., Carling, G., & Holmer, A. (2020). The typology of sound symbolism: Defining macro-concepts via their semantic and phonetic features. *Linguistic Typology*, *24*(2), 253-310.
- Gick, B., & Derrick, D. (2009). Aero-tactile integration in speech perception. *Nature*, *462*(7272), 502-504.
- Hay, J., Nolan, A., & Drager, K. (2006). From fush to feesh: Exemplar priming in speech perception. *The Linguistic Review*, 23(3), 351-379.
- Hay, J., & Drager, K. (2010). Stuffed toys and speech perception. *Linguistics*, 48(4), 865-892.
- Kawahara, S., Noto, A., & Kumagai, G. (2018). Sound symbolic patterns in Pokémon names. *Phonetica*, *75*(3), 219-244.
- Köhler, W. (1929). *Gestalt Psychology.* New York: Liveright.
- McGurk, H., & MacDonald, J. (1976). Hearing lips and seeing voices. *Nature*, 264(5588), 746-748.
- Niedzielski, N. (1999). The effect of social information on the perception of sociolinguistic variables. *Journal of Language and Social Psychology*, 18(1), 62-85.
- Ramachandran, V., & Hubbard, E. (2001). Synaesthesia: a window into

perception, thought and language. *Journal of Consciousness Studies, 8*(1), 3–34.

- Shrum, L. J., Lowrey, T. M., Luna, D., Lerman, D. B., & Liu, M. (2012). Sound symbolism effects across languages: Implications for global brand names. *International Journal of Research in Marketing, 29*(3), 275-279.
- Sidhu, D. M., & Pexman, P. M. (2015). What's in a name? sound symbolism and gender in first names. *PloS One, 10*(5), e0126809.

第十八章

# 你的語言就是你的超能力？
# 從《異星入境》談語言相對論
# 的前世與今生

我們說的語言可能讓我們少迷點路或是多存點錢？

◆ 換了語言就換了腦袋？

◆ 拯救世界的語言學家

◆「你的語言能影響你的認知」──

　　沙皮爾－沃爾夫假說

◆ 新・沃爾夫主義

◆ 法國的叉子是女生，西班牙的床是男生

◆ 你踩到我北方的腳

◆ 我的未來不是夢──當語言學遇見經濟學

◆ 語言為你的人生開一扇窗

---

**本章關鍵字**

#語言相對論　#沙皮爾－沃爾夫假說
#語言與認知　#方向詞　#語法性別

# 換了語言就換了腦袋？

你會說幾種語言呢？你覺得講不同語言的時候，會看見不一樣的世界嗎？這個問題乍聽之下好像有點蠢，但卻曾在語言學和心理學的領域掀起一番論戰。直至今日，仍然有很多相關學者在研究這個議題，這個熱潮甚至延燒到經濟學界。這類認為「語言會影響思考、改變認知」的想法，在學界叫作「語言相對論」（linguistic relativity），又稱作「沙皮爾–沃爾夫假說」（Sapir-Whorf Hypothesis）。

## 拯救世界的語言學家

老實說，語言學家是個滿冷門的職業，工作內容並不特別光鮮亮麗或精采刺激，因此鮮少出現在戲劇裡，更不用說在劇中擔綱主角了。我們在第一章提到的《窈窕淑女》，可說是語言學家第一次以男主角的身分躍上大銀幕。在這部電影中，語言學在一定程度上也是推動劇情的重要關鍵。再下一次要在主流電影裡看到語言學家擔任主要角色，就要等到半世紀後的《異星入境》。最酷的是，劇裡語言學家這個要角竟然用語言學拯救了全世界！

《異星入境》這部電影的故事主軸就圍繞在語言相對論上。故事描述某日有十二艘貝殼形狀太空船，突然降落在地球十二個不同的地區，為了與太空船裡的外星人溝通，美國軍方徵召了擅長多種語言與翻譯的語言學教授露薏絲·班克斯，以及物理學家伊恩·康納利。兩人進入位於美國蒙大拿州上空的

太空船當中，與外星生物七腳族展開了面對面的接觸。

　　經過一番努力，他們赫然發現，原來七腳族有兩套語言溝通系統：一個是一直聽到的，如廣播電報般的嘈雜聲音，人類稱之為「七腳族語言Ａ」，類似人類的口說語言；另一個，則是浮現在玻璃牆上的黑色圓形符號，被稱作「七腳族語言Ｂ」，類似人類的文字書寫系統。然而，與許多像是英語和其他歐洲語系的語言文字系統不同的是，七腳族的兩套溝通系統彼此並無關聯，無法找到對應的關係。

　　更為奇特的是，七腳族語言Ｂ中的每一個圓，都像是人類語言中的一個句子，可以分解出不同的部分，而每個部分都有其代表的概念，組起來可以表達一個完整的意思。但是，有別於人類語言的句子在時間上必須以線性的方式，一個詞、一個詞地說或寫出來，七腳族可以在同一瞬間，製造出一個具有完整語義的圓。圓沒有起點、沒有終點，開始即結束，結束亦開始，而不像人類語言呈現具有特定方向性的直線。因此，過去、現在、未來在七腳族語言Ｂ裡，也不像英語的時態那樣劃分得壁壘分明。

　　也因為語言Ｂ的這個特性，讓七腳族具有預見未來的能力。學會了這個語言的女主角，也因此獲得這項能力。電影最後，憑藉著眼前所見的未來，她化解了一場星際危機，讓地球免於陷入與外星人的戰爭，拯救了全世界。

## 「你的語言能影響你的認知」——
## 沙皮爾－沃爾夫假說

在《異星入境》中，男主角提到了沙皮爾－沃爾夫假說，簡單來說就是，「你說的語言會影響你的認知」。這項假說體現在電影裡，正是「女主角學會七腳族語言B而能預見未來」這段劇情。雖然假說被冠上了「沙皮爾」和「沃爾夫」兩個人的姓氏，但其實主要是由美國的語言人類學家班傑明・李・沃爾夫（Benjamin Lee Whorf）在一九三〇年代左右時所提出的。

在開始研究語言學之前，讀化學工程的沃爾夫是個在火災保險公司上班的防火工程師。他觀察到，有些廠房會把裝滿汽油的汽油桶和空的汽油桶分開放置，並針對這兩群汽油桶有不同程度的安全措施與警覺度：工人們如果在放了裝滿汽油的汽油桶旁邊，就會小心翼翼地避免製造出任何火花；但是，一到放空汽油桶的空間，就變得鬆懈隨便，甚至會在旁邊抽菸，最後釀成爆炸與火災。

沃爾夫認為，釀禍的原因來自於工人習慣用「空的汽油桶」稱呼那些沒有裝液態汽油的桶子。事實上，這些所謂「空」的汽油桶裡面其實充「滿」了揮發出來的氣體瓦斯，肉眼雖然看不見，但卻一樣易燃，也因此更加危險。這個在語言學界裡非常有名的例子，就被沃爾夫拿來佐證「語言會影響認知與行為」的論點。

而沙皮爾－沃爾夫假說中的沙皮爾（Edward Sapir），則是當時鼎鼎有名的人類學大師，也是沃爾夫在耶魯大學的老師。在老師的鼓勵下，沃爾夫開始一邊工作，一邊學習與研究

霍皮語（Hopi）這個著名的美洲原住民語以及他們的文化。沃爾夫發現，這個語言不像英語在時態上區別過去、現在、未來（這個特徵聽起來有點像七腳族語言B），也缺乏表達時間的詞語和語法結構。因此，沃爾夫認為，如果一個人只會說霍皮語，那他就很難和說英語的人一樣，將時間想像成一個如河流般平順前進的線性連續體。

　　儘管後人的研究指出，沃爾夫對於霍皮語時間詞的說法並不正確，他對霍皮族人時間認知的描繪也並非完全都是事實。但這個例子卻充分體現了沃爾夫的想法：語言與認知沒有絕對，語言與認知密不可分，最重要的是，「你說的語言能影響你的認知」。

## 新・沃爾夫主義

　　然而，沙皮爾－沃爾夫假說至今之所以仍然被稱作「假說」，一部分是因為科學界還無法完全證實這個設想，而且我們在直覺上來說，似乎也可以舉出許多反例。事實上，語言相對論的概念在為人所知之後，一直都遭受不少批評。有語言學家與心理學家認為，即使不同語言的表達方式各有異同，但整體來說，語言都能對應於真實世界的事物，並在說話者心中形成一樣（或是相近）的表徵，而不單純只有主觀影響，也就不會是「相對」的。其次，也有人批評，沃爾夫的論文過度依賴軼聞個案，沒有嚴謹的實證研究支持。而且，如果沃爾夫能用英文翻譯出霍皮語的概念，那就代表語言並不會限制人類的思考。

霍皮語：是主要生活在美國亞利桑那州東北方的美洲原住民——霍皮族——所使用的語言，屬於猶他–阿茲特克語族中的一支。

**生成語法**：由喬姆斯基創立的語法理論，目標在於以少數核心的語法規則，解釋及預測一個語言中的詞彙如何組合成無數符合語法的句子。強調語法能力的天生性，也相信人類心智中具有「普遍語法」（Universal Grammar）以習得母語，為目前最主流的語法理論之一。

在美國著名的語言學家、哲學家喬姆斯基（Noam Chomsky）的生成語法（generative grammar）成為現代語言學主流學派之後，學界的焦點和重心從比較語言與文化間的差異，轉移到找尋語法間的共通性（universality）。語言開始被視作天生賦予在人類心智中的一個模組（module），與其他心理機制互相獨立、互不影響。對語言的理解，從群體的、文化的、相對的系統，轉變為個人的、心理的、共通的機制。語言相對論以及關於這個假說的論戰，也都隨著學界的大轉向，漸漸退到了學術研究的鎂光燈之外，隱沒進語言學討論的背景之中，只在茶餘飯後偶爾會被拿出來消遣一番。

到了一九八〇、九〇年代，語言學家與心理學家將語言相對論拿出來重新檢視、討論與實驗。當然，現代的學者不再單純地相信，我們的認知完全受到我們的語言（尤其是母語）所禁錮和限制。但是我們的思考與認知，甚至是對這世界的感官經驗，也並不能完全撇除語言對我們的影響。現代的心理學實驗也告訴我們，其實語言影響的層面可能比我們原本想像得還要更加廣闊、也更加深入。

## 法國的叉子是女生，西班牙的床是男生

如果今天要請你為房間裡的床配上一個人聲，你會選擇男人的聲音，還是女人的聲音呢？如果是替餐桌上的叉子配音呢？想好了嗎？為什麼你會做出這樣的決定呢？

相信正在閱讀這本書的你，對中文應該不太陌生。在中文裡，我們在某些名詞上可能會區分性別，像是「男女夫

妻」、「兄弟姊妹」、「父母子女」等；在動詞上有一些詞是專屬於特定性別，比如「娶」或「嫁」；在形容詞上，雖然沒有強制，但也有一些詞帶有性別偏見，好比說「英俊」通常是用在男生身上，「美豔」則是用在女生身上。在書寫現代中文時，很多人也會在代名詞上做出區別，例如「他」和「她」，或是「你」和「妳」。在中文和英文這樣的語言當中，這些區別對應於所謂的「自然性別」（natural gender，或稱「生理性別」），也就是說，這些詞的語意大多表達了依生物特徵區分的「性別」。

如果你學過英語以外的歐洲語言，你應該就會知道，在很多語言中，每個名詞不管是不是生物，也都有一個性別。例如在法語裡，房子是陰性（la maison），花園則是陽性（le jardin）。每一個名詞的性別，大多都與這個名詞的語意或代表的概念沒有（直接）相關，而不同的語言可能會賦予表達同樣意思的名詞相異的性別。例如一樣是太陽，在德語裡就是陰性（die Sonne），在西班語裡就是陽性（el sol）。這些語言中的性別，通稱「語法性別」（grammatical gender）。

更特別的是，一個名詞的語法性別會影響到句子裡其他詞類的性別與形式，最常見的是冠詞（英文裡的「a」和「the」）、指示詞（英文裡的「this」和「that」），還有形容詞。也就是說，一旦說話的人決定要用特定語法性別的名詞，那麼上述這些詞類的性別也要跟著改變。例如，在法語中可以說「C'est un bon livre.」（這是一本好書），因為「livre」（書）是陽性，所以冠詞「un」和形容詞「bon」都要使用陽性的形式。如果你要說「C'est une bonne question.」（這是個

好問題），那冠詞和形容詞就要配合「question」，變成陰性的「une」和「bonne」。總結來說，如果你是講有語法性別的語言，那你在認識一個名詞的時候，就一定要、也一定會知道這個詞的性別。

以往的語言學家都認為，語法性別與自然性別的關聯性很低，具有語法性別語言的使用者，通常也不是真的把那個名詞當成是特定自然性別。但是，已經有一些心理語言學的實驗指出，語法性別或多或少還是會對語言使用者內心的概念分類有些影響。回到一開始的問題，床和叉子到底發出的是男生還是女生的聲音？曾經有心理語言學家做過實驗，他們找了一群說法語和一群說西班牙語的受試者，請他們想像如果要為沒有生命的物品配音，他們會配什麼性別的聲音？結果發現，選男或是選女，果然與受試者說的語言有關。

以「床」來說，在法語裡是陽性（le lit），在西班牙語裡是陰性（la cama），在實驗中，說法語的受試者就傾向選擇男生的聲音，而說西班牙語的，則比較會為床搭配女聲。「叉子」在法語裡是陰性（la fourchette），在西班牙語裡是陽性（el tenedor），實驗的結果就與「床」那題的結果恰恰顛倒。這樣的偏好，不僅反映在其他的語法性別不同的名詞上，後續針對雙語受試者所做的研究，也觀察到類似的趨勢。這些研究發現在在顯示出，語法性別可能並不像一般認為的，只停留在語法裡而不會影響自然性別。

要注意的是，這些研究並非是想表達「所有說法語或西語的人都覺得所有陽性的名詞都是男性，陰性名詞都是女性」，或是「受試者不知道這些東西其實沒有生理性別」這樣的判

斷，只是透過經科學方法得到的實驗結果，來支持研究者對於語言相對論的觀察與假設。雖然後續有學者指出語法性別對於認知的影響，其實受到語言和情境上的限制，也不如這個研究所宣稱的那麼深遠，但某種程度上也呈現出語言與認知之間並非彼此獨立，而是有所連結。

## 你踩到我北方的腳

你的語言除了影響你的想像，它也可能真的可以為你帶來一些非凡的能力。

方位詞是一個每個語言都有的詞類，如「東西南北」、「前後左右」。我們每人天天一起床、一踏出房門，都要處理方向和位置。對於原始部落而言，這更是至關重大的議題。不管是漁獵採集，還是農耕放牧，如果無法區辨方向、表達方位，後果可能不堪設想。也因此，在學習一個新語言的時候，方向詞往往是很早就會遇到的內容。

多數語言的方位詞至少可以分為兩大類：一大類是以自身或某物為基準的相對方位詞，例如「前後左右」；另外一種，則是與地圖和指南針方向一致的絕對方位詞，例如「東西南北」。例如我們熟悉的中文和英語，便同時擁有這兩套方位詞，說話的人也通常會隨著語境調整方位詞系統的使用。舉例來說，「前面**右**轉有一間便利商店」（相對方位詞），或「這班是往**南**的列車」（絕對方位詞）。

然而，有語言人類學家發現，世界上的某些語言只使用絕對方位詞，也就是說，說這些語言的人，如果要談到方位，無

論如何都得說「東西南北」不可。這類語言當中最有名的例子，就是我們在第十五章提過的澳洲原住民族語——辜古依密舍語。

辜古依密舍語是澳洲最早被歐洲人發現與紀錄的原住民語，這個語言有兩大世界著名的特色：第一，澳洲特有的袋鼠「kangaroo」這個英文詞，就是來自辜古依密舍語。雖然曾經一度有笑話戲稱其實「kangaroo」在辜古依密舍語裡的意思是「我不知道」，但後來經查證，「kangaroo」在這個語言裡的確是指稱袋鼠這些可愛的有袋類動物。第二個辜古依密舍語的特殊之處，就是這個語言很少用到相對方位詞，幾乎只會使用絕對方位詞的系統。

語言學家發現，即便是在我們習慣用「前後左右」形容的情境中，說辜古依密舍語的澳洲原住民一律都是以「東西南北」來指出方向和位置。在中文裡，我們常會說「把開關往右邊轉」、「你踩到我的左腳」、「生鮮蔬菜在走道的右手邊」，但如果把這些內容放到辜古依密舍語以及其他只有絕對方位系統的語言裡，說話的人可能就會說出「把開關往西邊轉」、「你踩到我北方的腳」、「生鮮蔬菜在店裡的東南邊」這樣的句子。即使是形容腳這樣身體部位的位置，「東西南北」對這些語言的使用者來說，幾乎仍是唯一的選擇。

由於語言的這項特徵，辜古依密舍語的使用者只要在清醒的時候，就必須搞清楚絕對方位。看到這裡，你可以先暫停一下，試著想想看：如果現在有人問你「西北方在哪裡」，你能馬上毫不猶豫地指出來嗎？如果你現在坐車坐到一個你不是很熟悉的城鎮，下車後又看不到太陽位置和路標，你還能馬上判

其他只有絕對方位系統的語言：只使用絕對方位詞這件事，不僅只存在在辜古依密舍語當中，很多澳洲原住民語，例如庫克薩優里語，也都具有這個特色。

斷哪裡是西北方嗎？對大多數的人來說，如果是在非常熟悉的環境，多少能大致判斷東南西北，但如果是到了陌生又沒有標示的地方，就會失去這樣的絕對方位感。但對辜古依密舍語的使用者來說，在絕大多數的情境下，他們都可以依照各種不同的環境線索，精準地指出物品所在的絕對方位，因為這就是他們的語言要求他們要做到的事。能夠隨時辨認出東西南北，對生長於都市的我們來說，真的算得上是一種超能力了！

　　辜古依密舍語除了為使用者養成了絕對方位感以外，甚至還影響著他們記憶影像的方式。想像一下，你面前有張桌子，桌子上擺了一個小人偶和一棵小聖誕樹，你可以自由決定這兩樣東西要怎麼擺。想好了嗎？請把這個畫面深深記到腦海裡。再來請想像你轉了一百八十度，面前又出現另一張桌子，現在請重新把小人偶和小聖誕樹放到新的桌子上，擺成原本的樣子，你會怎麼擺呢？

　　心理語言學的實驗指出，如果你是講同時具有相對和絕對方向詞的語言（例如華語裡會說左邊、右邊，也會說東南西北），那你很有可能是以**你身體**為中心，去記憶這兩個物品的相對位置。也就是說，如果在第一張桌子，你是看到小人偶擺在你的右手邊，聖誕樹擺在左手邊，那你轉了一百八十度之後，也會以**你自己為中心**擺出同樣的相對位置。

　　但如果你是講跟辜古依密舍語一樣只有絕對方向詞的語言，那麼，無論你是轉九十度還是一百八十度，有很高的可能性你會按照**絕對方位**來擺放。如果你看到的小人偶是放在東邊、面朝西方的話，那轉了半圈或四分之一圈以後，不管小人偶跟你本人的相對位置為何，你還是會擺成放在東邊、面朝西

方的樣子。

　　當然這不是說，辜古依密舍語的使用者就完全無法判斷前後左右。有文獻提到，當辜古依密舍語使用者說英文的時候，他們還是可以很自然地使用「right」（右）和「left」（左）這些相對方位；而若是在使用辜古依密舍語時，這個語言就會要求使用者必須不斷釐清東南西北在哪裡。

　　舉個跟方向感無關，但也許可以幫助讀者理解的例子。這有點像在說華語時，如果對談中提到親戚，就要先搞清楚那個人的性別、相對年齡，還有對方到底是爸爸那邊的親戚？還是媽媽那邊的親戚？甚至需要釐清是血親還是姻親，才有辦法決定如何使用稱謂。但在講英文的時候，可以用簡單的「uncle」、「aunt」、「cousin」一詞帶過，說話的人自然也就不會一直注意這件事。語言不會完全限制認知的可能性，但卻會大大影響以色列語言學家蓋伊・多徹（Guy Deutscher）所謂的「思考的習慣」（habits of thought）。

## 我的未來不是夢——當語言學遇見經濟學

　　前面提到《異星入境》裡的女主角，因為學會了外星人沒有時態的語言，而獲得看見未來的能力嗎？雖然這聽起來像是小說裡才會出現的情節，但經濟學家發現，我們說的語言事實上真的可能會影響到我們對未來的決定。

　　華裔美籍經濟學教授陳凱思（Keith Chen），在爬梳、比對了大量的跨國數據資料之後發現，我們語言當中的時態，有可能真的會影響到我們對於自我的認知，進而顯著地影響到我

思考的習慣：多徹在著作中針對語言相對論的議題提出「思考的習慣」這個概念，認為語言並不會「限制」人類的認知，只會形塑人類習慣的思考方式和認知策略。因為要說某個語言時，必須要思考到某個面向（例如絕對方位或性別），但這樣的習慣並非恆定不變，而是有所彈性，可以隨著情境、主題或正在說的語言而調整。

們行為的決策。而在眾多的時態當中，最為重要的就是「未來式」（future tense）。

陳凱思的研究將語言根據時態的表現分成兩大類：一種是語法上有區別現在式和未來式，像是英語、西班牙語和越南語（以下稱為「有未來式」）；另一種是沒有做此區別的，包含德語、日語、中文（以下稱為「沒有未來式」）。接著，再去比較條件相當、但說不同類型語言的人口，他們在存款金額、退休後資產，以及健康相關方面與未來決策行為相關的數據。猜猜看，說哪一種語言的人，平均來說會有比較好的表現呢？

研究結果相當驚人。

在控制了眾多變項之後，陳凱思在研究成果裡發現，如果一個人說的母語沒有未來式，那麼，與有未來式語言使用者相較之下，他通常會有較多的儲蓄，退休時擁有更多的資產，較少抽菸，從事性行為時使用保險套的比例較高，通常較少有肥胖的狀況。也就是說，如果你的母語沒有未來式，那你可能就比較容易做出對未來有利的決策。

怎麼會這樣？

這可能會跟你原本想的不一樣，有未來式的語言，不是比較會想到未來，進而多做規畫嗎？陳凱思的詮釋是，如果你說的母語有區辨現在式和未來式，那麼你可能就比較傾向將現在的自己和未來的自己區隔開來，在做決策時，也可能會傾向認為現在的決策與未來並不相關，因而有較高的可能會做出一些風險偏高的決定。反之，如果你的母語不分辨現在和未來式，那你就比較可能將現在和未來的自己視為一體，而現在的決定影響到的就是以後的自己，所以心理上自然而然會謹慎以對。

當然有人可能會質疑這個研究對於未來式的定義，也會好奇語言和決策是否存在如此直接的因果關係。但單就這個研究的結果而言，我們所說的語言好像真的有可能會影響我們的人生。

看來，《異星入境》的結局似乎離真實的世界沒有那麼遠，而語言學家在「未來」還有很多可以努力研究的方向。

## 語言為你的人生開一扇窗

很多人排斥語言相對論，除了學理上的考量之外，可能還會認為「語言影響認知」的說法過於武斷，彷彿語言會為你設下一道無形的牆，讓你寸步難行。但是換個角度想，多學一些語言，不就等同於為自己開了好幾扇看見世界的窗？畢竟你的語言就是你的超能力，就算你不能隨時指出東南方在哪裡，無法想像叉子發出女生的聲音，或甚至預見未來、拯救全世界，但是你絕對能多看見一些以前從沒見過的新奇景象。

**想一想！ 生活中的語言學**

1. 本章中提到中文裡有絕對和相對方位詞，說話者會依情境做調整。觀察看看自己平常的用語，你覺得什麼時候比較會用絕對方位詞，什麼時候又比較會使用相對方位詞呢？如果你會流利地使用另一個語言，那想想看，語言之間有沒有什麼差異呢？

2. 如果你有學過外語的經驗，那請試著想看看，那個語言裡有沒有什麼語法或是詞彙是你的母語所缺乏的（像是英語中的過去式和顏色詞）？你學習或使用這些概念的時候有遇到什麼困難嗎？這些語法或詞彙有幫助你多看到不同的世界嗎？

**延伸閱讀與參考書目**

- 《異星入境》（2016）。

- 蓋伊‧多徹（2021）。《換了語言，就換了腦袋：從荷馬史詩到達爾文，語言如何影響我們的思想》。臺北市：貓頭鷹。

- 丹尼爾‧艾弗列特（2020）。《別睡，這裡有蛇！：一個語言學家在亞馬遜叢林》。新北市：大家出版。

- TED（2018年5月2日）。〈How language shapes the way we think | Lera Boroditsky〉。取自 https://www.youtube.com/watch?v=RKK7wGAYP-6k&t=413s

- TED（2013年2月20日）。〈Keith Chen: Could your language affect your ability to save money?〉。取自 https://www.youtube.com/watch?v=l-w3YTbubyjI

- Chen, M. K. (2013). The effect of language on economic behavior: Evidence from savings rates, health behaviors, and retirement assets. *American Economic Review*, *103*(2), 690-731.

- Levinson, S. C. (1997). Language and cognition: The cognitive consequences of spatial description in Guugu Yimithirr. *Journal of linguistic anthropology*, *7*(1), 98-131.

- Samuel, S., Cole, G., & Eacott, M. J. (2019). Grammatical gender and linguistic relativity: A systematic review. *Psychonomic Bulletin & Review*, *26*, 1767-1786.

- Sera, M. D., Elieff, C., Forbes, J., Burch, M. C., Rodríguez, W., & Dubois, D. P. (2002). When language affects cognition and when it does not: An analysis of grammatical gender and classification. *Journal of Experimental Psychology: General*, *131*(3), 377.

- Whorf, B. L. (1956). *Language, Thought, and Reality: Selected Writings of Benjamin Lee Whorf*. USA: MIT Press.

**後記**

# 改變世界的語言學家

文◎蘇席瑤

發現日常語言裡的「箭頭」竟然可以改變世界？

◆ 不知其所以然，有何不可？

◆ 錯的英語其實沒有錯？談《安娜堡判決》

◆ 語言學帶你看見一個更好的未來

語言是文明的基礎，將一個族群聚集在一起，也是衝突發生時，最先使用的武器。

《異星入境》

是她說話的方式，而不是她的破衣服和髒臉蛋，讓她不得翻身。如果你像她一樣說話，你現在大概也只是在賣花。

《窈窕淑女》


　　我教授語言學和社會語言學課程已經有十多年的時間。在研究所和學生一起探索社會與語言的多重連結及研究的新方向，這些過程都很令人興奮。但我也意識到，將語言如何運作的知識普及到更多人的生活中，這可能是比教學和研究更重要的事。換句話說，這個世界不一定需要大量的鑽研議題的語言學家，但是讓多數人了解語言運作的方式，絕對是件必要的投資。

　　為什麼這麼說呢？

　　語言是我們生活很重要的一部分。我們說話（或者用手語溝通），我們書寫，我們在手機、電腦上傳訊息。人類絕大部分的社會活動，都需要倚靠語言才能進行。即使如此，我們卻很少真正理解語言如何運作。


## 不知其所以然，有何不可？

　　其實「知其然而不知其所以然」的狀況並不是那麼令人驚訝，也不是語言學獨有的情況。以我們所處世界的物理現象來

說，在牛頓提出萬有引力定律之前，這個世界早就有會掉下來打到人的蘋果。人們即便不知道萬有引力的原理，只要學會閃避這些落果，就能相安無事一輩子。

那為什麼需要「知其所以然」？（也就是前言所說的那個「白色小箭頭」）

這是因為，當我們不理解箇中道理，便很可能做出不正確的假設，而錯誤的假設則可能造成不恰當的處事方式。比方說，古人不了解月蝕其實是由太陽、地球和月球的相對關係造成，而有「天狗食月」一說；也因為深信天狗食月的說詞，家家戶戶在月蝕時都要敲鑼打鼓、發出巨大聲響，試圖把天狗嚇走。當初的作法如今看來只是白費力氣。而在西方科學史上，一度流行目前已不被主流科學界接受的「自然發生說」。該假說的支持者以腐肉會生蛆、不潔的衣物會有跳蚤，而推斷生物體可以在無生命的物質中自然產生。十七世紀雷文霍克（Antoni van Leeuwenhoek）發現微生物，因為當時科學界尚不清楚微生物的來源，反而讓「自然發生說」變得更加流行。一直到十九世紀，法國微生物學家巴斯德（Louis Pasteur）做了一項著名的實驗：他在兩個鵝頸瓶裡倒入肉汁，一個連瓶帶肉汁高溫煮沸，另一個沒有。接著將兩個瓶子封口放在室溫下，幾天過去，高溫煮沸過的那瓶肉汁狀況依然良好，沒有煮沸過的那瓶則早已腐敗發臭。煮沸過的那瓶在拿掉封口幾天之後，也開始腐敗發臭。這個實驗證實了，微生物不會無中生有，並對後來的食品科學帶來深遠的影響。至今我們能喝到可以冷藏保存數日的鮮奶跟豆漿，甚至允許在室溫存放的保久乳和各式罐頭，都是多虧了這位微生物學家的研究。

# 錯的英語其實沒有錯？談《安娜堡判決》

自然科學界的假設和發現能影響人們的生活。對語言如何運作的假設和發現，因為與人類社會息息相關，於是影響更大。以俗稱為「黑人英語」（black English）的非裔美國人英語（African American Vernacular English）為例，由於有些跟標準英語不同的語法結構與發音，過去常被誤認為是不標準、次等的英語。人們對此提出各式各樣充滿偏見的解釋，例如：非裔美國人的舌頭太大不靈活，環境裡缺乏優美的語言，或者語言發展遲緩等。這樣的刻板印象反映在學校場域裡，老師也容易認為，說著一口非裔美國人英語的學生，他們的智能及學業表現很可能比較低下。但是，許多語言學研究提出不同的看法，認為非裔美國人英語有許多不同於標準英語的語法規則，其中還有一些細微的語法變化，甚至比標準英語更能做出細緻的區分。舉例來說，「He be working Tuesdays」這個非裔美國人英語的句子，儘管它並不符合標準英語的語法，但是「be」在這裡有一個很特殊的功能，即是用來表示這是一個慣性、常態的狀態。所以，這一句的意思是「他常常在星期二工作。」從語言學的角度來說，非裔美國人英語有它自成一格的語法系統，即便不同於標準英語，也並不是「說錯」的英語，而是「不一樣」的英語。

語言學家的見解幫助翻轉社會對於非裔美國人英語的態度。美國教育史上有一項重要的法庭判決，被稱為《安娜堡判決》（Ann Arbor Decision）。這個判決起於一九七〇年代密西根州馬丁路德金恩小學的勞工階級非裔家庭學生（及家長）對

安娜堡學區提起的訴訟，認為該學區未能考慮貧窮非裔學生的語言、文化及社會因素對其就學的影響。訴訟請到語言學家協助作證，釐清非裔美國人英語有其規則及邏輯，不能據此判定非裔學生學習能力低下。最後，判決裁定安娜堡學區未能在提供教育指導時考慮學生的家庭語言因素，有違聯邦法律，責請學區找出家庭語言為非裔美國人英語的學生，並以對非裔美國人英語的知識為橋樑，教導他們學習標準英語。

## 語言學帶你看見一個更好的未來

《安娜堡判決》就是一個知其所以然而修正對語言的錯誤假設、做出調整，進而降低身分差異、提升社會進步的實際案例。但還有太多跟語言相關的偏見建築在未經驗證的假設上，世界上可能沒有任何一個人，可倖免於所有有意無意的偏見之外。若是人們對語言的運作奧祕，有更多的理解，也願意在這個基礎上時時驗證與反思，我們是不是就能期待一個更開明、有趣的世界呢？

這就是我們著手撰寫這本書的初衷。也謝謝各位讀者與我們同行，一起縱橫於超過七十部影視作品之間，走了這十八回。

# 致謝

我的研究興趣是語用學,是把語言放到情境中觀察和解釋的學科。對語用學家來說,要理解任何的字詞或句子,都無法將其從情境中抽離,而一本書的完成,更是如此。以下是我的情境:感謝爸媽和姊姊一家,即使不清楚什麼是語言學,也給予我完全的信任與支持。感謝汪仔還有其他陪我一起看劇、看電影、看動畫的好友,容忍我愛觀察分析的語言學家小怪癖。感謝聖富一直被我追問語言學的問題;感謝佳怡提供台語相關的知識。感謝臺師大英語系和臺大語言所的老師們,讓我能成為語言學家,書裡很多內容都是在老師們的課上學到的。感謝席瑤老師接受我這個累人的提議,而且最後交稿還比我準時。感謝麥田出版的維珍總編和徐凡主編給我們這個機會,感謝徐凡主編和貞儀責編,有你們的細心、耐心與決心,才讓這本書得以成真。最後感謝讀到這裡的你,讀了那麼多語言學,那再來追點動畫、追點劇吧!

謝承諭

謝謝我的父母,在我把外文系填為第一志願的時候,相信我知道自己在做什麼。

謝謝我的伴侶,總是默默支持我的神隊友。

謝謝我的孩子,我的陽光,喜悅,和靈感。

謝謝學術路上的良師益友,引領我走進了一個前所未知,豐富迷人的世界。

謝謝我的手足和好友,在工作與育兒左支右絀之時,接住我的每一次下沉。

謝謝承諭的發想和徐凡、貞儀兩位編輯的協助,我們一起完成了這個原本看似遙遠的夢。

蘇席瑤

# 語言學家私房片單

在此將兩位語言學家於本書提到的所有影劇作品分類列出，並列出作品出現的章節，以供查找。

## 劇情片

### 電影

《KANO》（2014），馬志翔（導演）、魏德聖（監製）。故事講述在一九三一年日治時期的臺灣，一支由原住民、漢人、日本人組成的嘉義農林棒球隊（簡稱「嘉農」，即片名「Kano」），在臺灣贏得冠軍後，遠征甲子園大賽的過程。▶▶▶ 第六章、第九章

《孤味》（2020），許承傑（導演）。故事講述一位拉拔三個女兒長大的單親媽媽和三位成年女兒，面對離家多年的丈夫／父親的死訊的各種愛恨糾結。主演陳淑芳以此片拿下第五十七屆金馬獎最佳女主角。
▶▶▶ 第十章

《哈勇家》（2022），陳潔瑤（導演）。「哈勇家」（GAGA）在泰雅語的意思是祖訓，指的是一種部落裡的社會規範。本作講述一個泰雅族部落裡三代同堂的家族，如何因選舉、異國文化等價值觀而產生衝突，和解的故事。導演陳潔瑤以此片拿下第五十九屆金馬獎最佳導演獎，成為第一位獲獎的臺籍女性導演，也是第一位獲獎的原住民導演。
▶▶▶ 第十章、第十一章

《窒息》（Angoroj, 1964），阿特利耶・馬埃（Atelier Mahé，導演）。這是一部完全以世界語拍攝而成的作品。講述一段發生在巴黎周邊一位騙子跟小偷的犯罪故事。
▶▶▶ 第十三章

《賽德克・巴萊》（2011），魏德聖（導演）。故事描述一九三〇年發生的霧社事件，分為〈太陽旗〉、〈彩虹橋〉上下兩集，兩集皆於同年上映。本部電影不僅榮獲第四十八屆金馬獎最佳劇情片等大獎，也在臺灣國片票房排行榜上名列前茅。
▶▶▶ 第六章、第十一章

《藍色大門》（2002），易智言（導演）。本部曾於第五十五屆坎城影展「導演雙週」單元展映，並獲得第二十三屆香港電影金像獎「最佳亞洲電影」的提名。▶▶▶ 第八章

### 電視劇

《八尺門的辯護人》（2023），唐福睿（導演、編劇）。改編自鏡文學百萬影視小說首獎的同名小說，探討死刑，漁業環境，族群認同，官商勾結等問題。李銘順，雷嘉汭，初孟軒等人主演。▶▶▶ 第十章

《村裡來了個暴走女外科》（2022），賴孟傑（導演）。本作改編自劉宗瑀的同名作品，由蔡淑臻主演。▶▶▶ 第二章

《非常律師禹英禑》（2022），劉仁植（導演）、文智媛（編劇）。本作由朴恩斌，姜泰伍，姜基榮，河允景等人主演。女主角朴恩斌也以扮演自閉症天才律師的精湛的演技，榮獲韓國第五十九屆百想藝術大賞電視部門的最高榮譽「百想大賞」，以三十歲之齡成為史上最年輕的得獎者。▶▶▶ 第五章

《茶金》（2021），林君陽（導演）。這部電視劇是臺灣首部海陸腔客語劇。以一九四九到一九五〇年代初期，新竹北埔茶商家族的興衰為切入點，描繪臺灣茶產業的競爭起落。二〇二二年於第五十七屆金鐘獎一共入圍十六項獎項，成為金鐘獎史上入圍最多獎的戲劇。▶▶▶ 第九章、第十章

《斯卡羅》（2021），曹瑞原（導演）。改編自歷史小說《傀儡花》。由溫貞菱，法比歐，查馬克・法拉屋樂，吳慷仁等人主演。於第五十七屆金鐘獎獲得最佳戲劇節目。
▶▶▶ 第十章

《機智醫生生活》（2020），申元浩（導演）、李祐汀（編劇）。本作由曹政奭、柳演錫、鄭敬淏、金大明、田美都主演。第二季於二〇二一年六月起播出。▶▶▶ 第四章

## 浪漫愛情

### 電影

《我的少女時代》（2015），陳玉珊（導演）。這是一部由宋芸樺、王大陸、李玉璽、簡廷芮主演的臺灣校園愛情電影，鮮明刻畫了一

九九○年代臺灣社會的氛圍。
▶▶▶ 第三章、第十六章

《那些年，我們一起追的女孩》（2011），九把刀（導演）。改編自九把刀同名半自傳小説，講述了少男少女的青春回憶故事。電影主題曲《那些年》也在第四十八屆金馬獎被提名為最佳原創電影音樂。▶▶▶ 第十六章

《刻在你心底的名字》（2020），柳廣輝（導演）、瞿友寧（監製）。故事取材自導演本人在高中時期的愛情經歷，並加入了威權以及宗教元素。電影由陳昊森、曾敬驊、邵奕玫、戴立忍、王識賢跟法比歐主演。
▶▶▶ 第八章

《海角七號》（2008），魏德聖（導演）。臺南出生的臺灣電影導演魏德聖，以本部作品一炮而紅，眾多主演演員如范逸臣、田中千繪等也人氣高漲，拿下當年金馬獎年度臺灣傑出電影等六項大獎。目前仍為臺灣最賣座國片。▶▶▶ 第六章

《窈窕淑女》（1964），傑克・華納（監製）、喬治・丘克（導演）。本作改編自蕭伯納劇作《賣花女》，榮獲一九六五年奧斯卡最佳影片、最佳男主角、最佳導演等八項大獎。
▶▶▶ 自序、第一章、第二章、第十八章、後記

《撒嬌女人最好命》（2014），彭浩翔（導演）。改編自女性工具書《會撒嬌的女人最好命》，由周迅和黃曉明主演的都市愛情喜劇電影。▶▶▶ 第九章

《鐵達尼號》（1997），詹姆斯・卡麥隆（導演）。部分情節改編自鐵達尼號沉沒的真實事件，講述由李奧納多・狄卡皮歐飾演的傑克，跨越社會階級等重重藩籬，與凱特・溫斯蕾飾演的蘿絲墜入愛河的浪漫史詩。
▶▶▶ 第十六章

## 電視劇

《月薪嬌妻》（2016），金子文紀、土井裕泰、石井康晴（導演）、野木亞紀子（編劇）。本作為二○一六年在日本TBS電視台播出之劇集。由編劇野木亞紀子改編自海野綱彌創作的漫畫作品，新垣結衣和星野源主演。▶▶▶ 第四章

《我可能不會愛你》（2011），瞿友寧（導演）、徐譽庭（編劇）。二○一一年播出的臺灣偶像劇。由林依晨、陳柏霖主演。在二○一二年第四十七屆金鐘獎的電視部分奪得七項大獎，成為當屆電視金鐘獎最大贏家。
▶▶▶ 第七章

《流星花園》（2001），蔡岳勳（導演）。《流星花園》是一部改編自日本漫畫《花樣男子》的偶像劇。由徐熙媛（大S）、男子團體F4主演，二○○一年播出後，開啟偶像劇的熱潮。因此得到「偶像劇鼻祖」的稱號。▶▶▶ 第九章

《慾望城市》（1998），戴倫・史達、莎拉・潔西卡・帕克（監製）。HBO的情境喜劇，從一九九八到二○○四年共播出六季，並獲得許多艾美獎和金球獎的獎項。
▶▶▶ 第七章

## 動 作 冒 險

### 電影

《X戰警》（2000），布萊恩・辛格（導演）。劇情改編自漫威漫畫中的超級英雄團體X戰警，本作也被譽作是超級英雄電影的起始。
▶▶▶ 第十五章

《玩命關頭7》（2015），溫子仁（導演）。這部電影是演員保羅・沃克的遺作，片尾悼念保羅的部分搭配了片尾曲〈See You Again〉。這首電影歌曲推出後在串流媒體播放量迅速破億，成為最熱門的嘻哈歌曲之一。▶▶▶ 第十六章

《神力女超人》（2017），派蒂・珍金斯（導演）。改編自DC漫畫中的同名超級英雄角色，由蓋兒・嘉朵擔綱主演。
▶▶▶ 第十三章

《黑豹》（2018），瑞恩・庫格勒（導演）。改編自漫威漫畫中同名的超級英雄角色。其中，瓦甘達國的語言其實是非洲南部的科薩語。本作獲獎無數，成為漫威電影宇宙系列中首部在奧斯卡獲獎的電影。
▶▶▶ 第十三章

《驚奇隊長》（2019），安娜・波頓、萊恩・弗雷克（導演）。改編自漫威漫畫旗下的角色卡蘿・丹佛斯，本作是漫威電影宇宙系列中首部女英雄電影。▶▶▶ 第十三章

## 電視劇、動畫

《一拳超人》（2019），ONE（原作）、村田雄介（重製）、夏目真悟、櫻井親良（導演）。此為作者ONE以超級英雄為題材創作的動作漫畫，因其幽默有趣的故事背景及引人入勝的劇情，在網路上大獲好評。
▶▶▶ 第八章

《北斗神拳》（1983–1988），武論尊（原作）、原哲夫（作畫）、蘆田豐雄（導演）。講述核子戰爭的倖存者過著艱困的生活，直到出現一位胸口有北斗七星狀傷痕的拳四郎成為救世主的故事。▶▶▶ 第八章

《海賊王／航海王》（1999–），尾田榮一郎。這是一部講述主角蒙其・D・魯夫想成為「海賊王」而出航的海洋冒險故事。
▶▶▶ 第八章

《鬼滅之刃》（2016–2020），吾峠呼世晴。本部作品是日本漫畫家創作的奇幻少年漫畫，並連載於《週刊少年Jump》當中。至二〇二三年為止，已有三季的動畫改編以及一集動畫電影。▶▶▶ 第十二章

《寶可夢》（舊譯「神奇寶貝」，1999–），湯山邦彥、富安大貴（總導演）。改編自遊戲寶可夢系列，遊戲廣受好評，接續推出了一系列動畫、漫畫等相關產品。▶▶▶ 第十七章

## 武 俠 經 典

### 電影

《千刀萬里追》（1977），張美君（導演）。故事講述明朝一位王爺遭東廠錦衣衛追殺，而後在眾人協助下與反叛展開決一死戰。這部是臺灣歷史上第一部3D立體功夫武俠電影。▶▶▶ 第八章

《太極張三豐》（1993），袁和平（導演）。這是由李連杰、錢小豪、楊紫瓊主演的古裝動作片。本作也在第三十屆金馬獎入圍最佳動作指導。▶▶▶ 第八章

《笑傲江湖》（1978），孫仲（導演）。改編自金庸同名武俠小說《笑傲江湖》。講述主角令狐沖因受衡山派劉正風與魔教長老曲洋託付琴譜而展開的故事。▶▶▶ 第八章

《笑傲江湖II東方不敗》（1992），程小東（導演）。改編自金庸同名武俠小說《笑傲江湖》，由李連杰、林青霞、關之琳及李嘉欣主演，併入了為了第二十九屆金馬獎與第十二屆香港電影金像獎多項提名。▶▶▶ 第八章

《鬼太監》（1971），葉榮祖（導演）。由白鷹、焦姣等演員主演。講述了兩名當朝太監仇人的報仇故事。▶▶▶ 第八章

《新龍門客棧》（1992），李惠民（導演）。翻拍自一九六七年胡金銓的《龍門客棧》，由張曼玉、林青霞、梁家輝及甄子丹主演，敘述亂世當中的兒女情仇。▶▶▶ 第八章

《劍雨》（2010），蘇照彬（導演）、吳宇森（監製）。由楊紫瓊、鄭雨盛領銜主演，講述女殺手細雨退隱後和枕邊人江阿生，以及暗殺組織之間的糾葛。▶▶▶ 第八章

《錦衣衛》（1984），俊谷（導演）。由梁家仁、劉永領銜主演，講述宦官弄權與錦衣衛殘害忠良的故事。▶▶▶ 第八章

《龍門客棧》（1967），胡金銓（導演）。本作不僅獲得當年臺灣票房冠軍，並開啟了臺灣武俠片的熱潮，也曾獲第六屆金馬獎優等劇情片、最佳編劇獎。▶▶▶ 第八章

《龍門飛甲》（2011），徐克（導演）。故事延續一九九二年的《新龍門客棧》情節，由李連杰、周迅、陳坤等人領銜主演。本片為首部華語武俠3D電影。▶▶▶ 第八章

## 恐 怖 驚 悚

### 電影

《噩夢》（Incubus, 1966），萊斯利・史蒂文斯（導演）。這是一部以世界語拍攝而成的電影作品。講述在一個妖魔鬼怪橫行的小島上，一個男人與邪惡勢力對抗的故事。
▶▶▶ 第十三章

## 懸 疑 科 幻 ／ 奇 幻

### 電影

《天能》（2020），克里斯多福・諾蘭（導演）。由約翰・大衛・華盛頓、羅伯・派汀森、伊莉莎白・戴比基等人主演。並在第九

十三屆奧斯卡金像獎、第七十四屆英國電影學院獎等多項大獎大有斬獲。▶▶▶ 第十五章

《全面啟動》（2010），克里斯多福‧諾蘭（導演）。內容描述一群「盜夢者」潛入他人潛意識，植入特定想法的故事。本作第八十三屆奧斯卡金像獎獲得四項獎項。▶▶▶ 第十五章

《回到未來》（1985），勞勃‧辛密克斯（導演）。講述主角回到過去改變歷史後返回原來時空的故事。本作在第五十八屆奧斯卡金像獎、第四十三屆金球獎等獎上屢獲提名。▶▶▶ 第十五章

《你的名字》（2016），新海誠（編導）。由神木隆之介與上白石萌音分別為片中男女主角配音。本作與《天氣之子》、《鈴芽之旅》合稱為新海誠的「災難三部曲」。▶▶▶ 第七章

《阿凡達》（2009），詹姆斯‧卡麥隆（導演）。本部作品內容主要描述人類與虛構星球「潘朵拉」上的居民「納美人」之間交流的故事。續集《阿凡達：水之道》於二○二二年上映，兩部電影在全球和臺灣都創下極高的票房紀錄。▶▶▶ 第十三章

《哈利波特》（2001-2011），J‧K‧羅琳（原著）、克里斯‧哥倫布、艾方索‧柯朗、麥克‧紐威爾、大衛‧葉慈（導演）。改編自J‧K‧羅琳的同名小說。原著不僅是世界上最暢銷的小說，改編電影也成為全球史上最賣座的電影系列。▶▶▶ 第十五章

《星際效應》（2014），克里斯多福‧諾蘭（執導、監製）。本作講述一組太空人因為地球出現糧食危機，勇敢穿越蟲洞、為人類尋找新家園的冒險故事。電影最後因不同星球之間的時間落差，看起來仍當壯年的男主角再前見到自己女兒時，對方卻已白髮蒼蒼。這是一部二○一四年上映的電影，馬修‧麥康納、安‧海瑟薇、潔西卡‧崔絲坦和麥可‧肯恩主演。本部電影也獲得第八十七屆奧斯卡金像獎最佳視覺效果獎。▶▶▶ 第四章、第十五章

《星艦迷航記》（1979），羅伯特‧外斯（導演）。本作是以科幻影集《星際爭霸戰》為基礎的第一部電影，講述發生在二十三世紀晚期的外星勢力與星際艦隊之間的故事。

▶▶▶ 第十三章

《異星入境》（2016），丹尼‧維勒納夫（導演）。本作入選美國電影學會和國家評論協會「二○一六年十佳電影」之列，並獲得美國編劇工會獎最佳改編劇本和奧斯卡最佳音效剪輯獎。故事改編自美國華裔作家姜峯楠（Ted Chiang）一九九八年出版的中篇小說《妳一生的故事》（Story of Your Life）。▶▶▶ 自序、第十五章、第十八章、後記

《跳躍吧，時空少女》（2006），細田守（導演）。故事講述日本東京一名女高中生紺野真琴意外發現自己具有時空跳躍的能力，隨後發生的一連串事件。▶▶▶ 第十五章

《魔戒》（2001－2003），J‧R‧R‧托爾金（原著）、彼得‧傑克森（導演）。改編自J‧R‧R‧托爾金的同名奇幻文學作品。魔戒電影三部曲，不僅廣獲好評與票房佳績，也榮獲奧斯卡金像獎、奧斯卡獎等多項殊榮。▶▶▶ 第十三章

## 電視劇、動畫

《冰與火之歌：權力遊戲》（2011－2019），大衛‧貝尼奧夫、D‧B‧魏斯（主創）。改編自喬治‧R‧R‧馬丁的奇幻小說系列《冰與火之歌》。▶▶▶ 第十三章

《虎與兔》（2011），日昇（原作）、佐藤敬一（導演）。故事講述擁有超能力的超級英雄們，身著贊助商提供印有商標的戰鬥服，為了和平而戰。▶▶▶ 第八章

《星際牛仔》（1998），矢立肇（原作）、渡邊信一郎（導演）。故事講述主角群駕駛飛船Bebop號在宇宙中以捉捕逃犯以換取獎金為生的賞金獵人故事。▶▶▶ 第八章

## 輕　鬆　幽　默

## 電影

《大尾鱸鰻》（2013），邱瓈寬（導演）。本作由豬哥亮、郭采潔、楊祐寧主演。這部臺灣喜劇電影描寫意外成為黑道大哥的朱大德，和女兒漸行漸遠，後在一連串變故後修補關係，回歸平凡生活的故事。▶▶▶ 第九章

《冰雪奇緣》（2013），克里斯・巴克、珍妮佛・李（導演）。改編自安徒生童話的《冰雪女王》。藉主題曲〈Let It Go〉獲得第八十六屆奧斯卡金像獎最佳原創歌曲、第五十七屆葛萊美最佳配樂歌曲等多項殊榮。▶▶▶ 第十六章

《幸福路上》（2018），宋欣穎（導演）。這部在臺灣製作的 2D 手繪動畫電影透過主角林淑琪的成長與追尋，回顧臺灣一九七〇至二〇一〇年代期間的歷史記憶。在第五十五屆金馬獎，二〇一八東京動畫獎，德國斯圖加特國際動畫電影都獲得大獎。▶▶▶ 第九章

《哆啦A夢：大雄與奇蹟之島～動物歷險記～》（2012），楠葉宏三（導演）。這部是哆啦A夢誕生倒數百年、小學館九十週年的紀念之作。劇中的原住民克洛克族所使用的語言是世界語。▶▶▶ 第十三章

《海洋奇緣》（2017），羅恩・克萊門茨、約翰・馬斯克（導演）。本作是迪士尼推出的動畫電影，故事講述玻里尼西亞莫圖努伊島上的酋長女兒莫娜為了拯救她們的人民，而前往尋找半人神毛依（Maoi），並展開的冒險故事。▶▶▶ 第十一章

《馬達加斯加》（2005），艾瑞克・達奈爾、湯姆・麥葛瑞斯（導演）。該部作品是夢工廠操刀推出的動畫電影，講述一群原本在紐約中央公園動物園的動物，跑到馬達加斯加島上後發生的故事。因本部電影大受歡迎，後也推出多部續集。▶▶▶ 第十一章

《救救菜英文》（2012），葛莉・辛德（導演）。本作為寶萊塢喜劇電影，由詩麗黛瑋・阿雅潘擔綱主演。被路透社等國際媒體盛讚為「二〇一二年最佳印度電影」。▶▶▶ 第二章

《鹿鼎記》（1983），華山（導演）。改編自金庸同名小說《鹿鼎記》。講述以主角韋小寶因緣際會之下結識結識反清志士茅十八發生一連串的故事。▶▶▶ 第八章

《腦筋急轉彎》（2015），彼特・達克特、羅尼・德爾卡門（導演）。本部電影榮獲第八十八屆奧斯卡最佳動畫片獎等大獎。製作團隊針對人類情緒的相關內容，曾諮詢以情緒研究著名的心理學家保羅・艾克曼（Paul Ekman）及達契爾・克特納（Dacher Keltner）。劇中關於基本情緒的設定，以及

情緒對於人類社交互動的功能，即參考此兩位學者的論點。這兩位心理學家也曾在二〇一五年於《紐約時報》發表專文，討論本電影相關的心理科學。▶▶▶ 第十四章

《辣妹過招》（2004），馬克・華特斯（導演）。由琳賽・蘿涵、瑞秋・麥亞當斯等人主演。本作以諷刺幽默的手法，探討美國青少女在學業、家庭或交友方面所面對的各種問題。▶▶▶ 第三章

《聽見歌再唱》（2021），楊智麟（導演）。這部是由華納兄弟推出的喜劇電影，講述一個布農族的部落小學，為了讓學校免於廢校，而組成合唱團參加比賽的故事。▶▶▶ 第十一章

## 電視劇、動畫

《白兔玩偶》（2005-2011），宇仁田由美。於《FEEL YOUNG》漫畫月刊連載。故事劇情描述二十七歲男主角收養了一位外祖父私生女的六歲女主角後，兩人過的同居日常生活。本作也曾改編為動畫與真人電影。▶▶▶ 第十二章

《宅男行不行》（2007），查克・洛爾、比爾・普拉迪（製作）。本部系列影集為美國情境喜劇，在二〇〇七年播出第一季，二〇一九年播出最終季。故事圍繞著四個加州理工學院的科學家／工程師，和他們的鄰居和朋友的故事。▶▶▶ 第五章

《俗女養成記》（2019），嚴藝文、陳長綸（編導）。改編自作家江鵝的同名散文作品，由謝盈萱、吳以涵等人主演。講述主角陳嘉玲在一夕之間沒了老公和工作，而返回家鄉臺南展開生活的故事。▶▶▶ 第二章

《哆啦A夢》（1969—1996），藤子・F・不二雄（原作）、原平了、芝山努、楠葉宏三等（導演）。內容講述來自二十二世紀的貓型機器哆啦A夢回到過去幫助主角野比大雄的故事。▶▶▶ 第十五章

## 電視節目

《魯保羅變裝皇后秀》（2009），魯保羅・安德爾・查爾斯（製作）。這是一檔電視實境競賽節目，開播至今已經播出十五季。贏得了二十六項艾美獎，並衍生出多個相關節目。▶▶▶ 第八章

NEW 不歸類 RG8051

# 語言學家看劇時在想什麼？

從時事、熱門台劇、韓劇到經典電影，認識日常裡無處不在的
語言學，探索人類思考與互動背後的奧祕

• 作者：謝承諭、蘇席瑤 • 封面設計：廖勁智 • 主編：徐凡 • 責任編輯：吳貞儀 • 國際版權：吳玲緯、楊靜 • 行銷：闕志勳、吳宇軒、余一霞 • 業務：李再星、李振東、陳美燕 • 總編輯：巫維珍 • 編輯總監：劉麗真 • 事業群總經理：謝至平 • 發行人：何飛鵬 • 出版社：麥田出版／城邦文化事業股份有限公司／115 台北市南港區昆陽街16號4樓／電話：(02) 25000888／傳真：(02) 25001951、發行：英屬蓋曼群島商家庭傳媒股份有限公司城邦分公司／115 台北市南港區昆陽街16號8樓／書虫客戶服務專線：(02) 25007718；25007719／24 小時傳真服務：(02) 25001990；25001991／讀者服務 信箱：service@readingclub.com.tw／劃撥帳號：19863813／戶名：書虫股份有限公司 • 香港發行所：城邦（香港）出版集團有限公司／香港九龍土瓜灣土瓜灣道86號順聯工業大廈6樓A室／電話：(852) 25086231／傳真：(852) 25789337 • 馬新發行所／城邦（馬新）出版集團【Cite (M) Sdn. Bhd.】／41, Jalan Radin Anum, Bandar Baru Seri Petaling, 57000 Kuala Lumpur, Malaysia.／電話：+603-9056-3833／傳真：+603-9057-6622／讀者服務信箱：services@cite.my • 印刷：漢格科技股份有限公司 • 2024年2月初版一刷 • 2024年8月初版三刷 • 定價420元

國家圖書館出版品預行編目資料

語言學家看劇時在想什麼？從時事、熱門台劇、韓劇到經典電影，認識日常裡無處不在的語言學，探索人類思考與互動背後的奧祕／謝承諭, 蘇席瑤著. -- 初版 . -- 臺北市：麥田出版：英屬蓋曼群島商家庭傳媒股份有限公司城邦分公司發行, 2024.02
　面；　公分 . -- (NEW 不歸類；RG8051)
ISBN 978-626-310-561-4（平裝）
EISBN 978-626-310-560-7（EPUB）
1. CST: 語言學　2. CST: 電影學
800　　　　　　　　　　　　　112016693